ナイトランド叢書 3-3

ルクンドオ

エドワード・ルーカス・ホワイト

遠藤裕子 訳

アトリエサード

LUKUNDOO

and other stories

Edward Lucas White

1927

装画：中野緑

目次

ルクンドオ

エドワード・ルーカス・ホワイト

遠藤裕子 訳

ルクンドオ

Lukundoo

「それはそうだろう」とトゥオンブリーが言った。「自分の両の目で見た事実を受け入れないわけにはいかないし、目と耳の意見が同じなら、疑う余地などないじゃないか。目で見た上に耳で聞きもしたことを信じないなんて話があるか」

「そうとも限りません」とシングルトンが抑えた声で言った。

誰もがシングルトンに目を向けた。トゥオンブリーは火の前に置かれた敷物の上に立ち、背中を火格子に向け、両脚を大きく広げ、この場にいる者はみな我が指揮下にありといういつもの態度だ。シングルトンも普段と変わりなく、できるだけ目立たぬよう隅のほうにいた。しかし、彼が話をするとなれば一聴の価値がある。我々はみなシングルトンに向き直り、彼の気が変わらないようにとめいめいが期待のうちに自然と口をつぐんで発言を促した。

「思い出していたのです」しばらく間を置いたのち、シングルトンは言葉を継いだ。「わたしがアフリカで見聞きしたことを」

これまでどうしてもできなかったことをひとつ挙げるとすれば、それはシングルトンからアフリカでの経験談を具体的に聞き出すことだった。アルプスを踏破した登山家に話を聞いても、登って降りてきたとしか言えないのと同じで、シングルトンの話も、要はそこへ行って帰ってきたというばかりだった。彼の言葉はたちまち一座の興味を引いた。トゥオンブリーは敷物の上からいなくなっていたが、彼が居場所を移したことに気づいた者はひとりもいなかった。誰もが体の向きを変えてシングルトンに注目し、なかには慌てて新しい葉巻にこっそり火を点ける者たちもいた。シングルトンも葉巻に火を点けたが、火はすぐに消え、そのまま点け直されずじまいであった。

I

我々は大森林地帯《グレート・フォレスト》に分け入り、ピグミーを探していた。ファン・リーテンの持論によれば、スタンリーやほかの者たちの見つけた小人はどれも、普通の黒人と本物のピグミーとの混血に過ぎないそうで、彼の願いは三フィートそこそこか、さらに低い背丈の人種を発見することだった。我々はそうした人種の存在する証跡を見つけられずにいた。

現地人はほとんどおらず、狩りの対象となる動物は少なく、獲物のほかに食べるものはなかった。あとはひたすらに奥深く、湿っぽく、露の滴り落ちる森ばかりだ。我々はその地にあって唯一の見慣れぬ生きもので、出会った現地人にとっては初めて見る白人であり、たいていの者は色の白い人間がいることさえ知らなかった。ある日突然、午後の遅い時間に、ひとりのイギリス人が我々の幕営地にやって来た。疲労困憊の体であった。我々のほうではその男の噂を耳にしたことはなかったが、当人はこちらの存在を聞き知っていた上に、凄まじい五日間の道程を経てここにたどり着いたのだった。案内人とふたりの人足も、男と同じく消耗し切っていた。男は、そのぼろぼろの着衣と五日分の髭からでも、本来はこざっぱりとした身ごしらえを心がけ、毎日髭をあたるたちであることが見て取れた。小柄だが、屈強そうだ。いかにもイギリス人らしい面差しで、顔に心の動きが映らぬよう細心の注意を払っているので、他国の者には感情を表す働きを失った顔の男と見えるかもしれない。この種の顔が少しでも感情を表に出すとすれば、なによりもまず、真摯に世の中を渡っていこう、他人を邪魔したり困らせたりせずに生きようという決意であろう。

男は名をエッチャムといった。慎ましい自己紹介をすませ、我々と食事をともにしたその落ち着きぶりからは想像もできなかったのが、我々の人足が彼の人足から聞いた話によると、かの五日間のうち食事はたった三度だけ、しかもわずかな量であったという。一座が食後の葉巻に火を点けるのを待って、エッチャムはここに来たわけを話しはじめた。

「わたしどもの隊長の具合がひどく悪いのです」エッチャムは葉巻をふかしながら言った。「このままではまず助かりません。わたしが思うに、おそらくは……」

静かな淡々とした口ぶりだったが、わたしの目には小さな汗の玉が、短く刈り込まれた口髭に埋もれた上唇にいくつも浮かぶのが映り、抑えた感情のうずきが声の調子に、表に出すまいとした熱意がまなざしに、胸の内でわななく不安が物腰に現れて、わたしの心をたちまちのうちに動かした。

ファン・リーテンにそうした情の深さはなかったし、仮に心を動かされたとしても、それを外に表したりはしなかった。しかし彼はじっと耳を傾けていた。わたしは驚いた。いつもならすぐに聞く耳を持たなくなるからだ。その彼が、エッチャムの一貫性に欠けた回りくどい話に耳を貸している。しかも質問まですることはないか。「隊長の名前は」

「ストーンです」エッチャムはもたつく舌で言った。

その名に我々は仰天した。「ラルフ・ストーンのことですか」ふたりとも思わず大声を出した。

エッチャムは首肯した。

しばらくファン・リーテンもわたしも口が利けなかった。ファン・リーテンはストーンに会ったことがないが、わたしは彼の級友であり、ファン・リーテンとは幕営地の焚火越しに幾度もストーンの話題で語り合った。我々は二年前にも彼の噂を耳にした。バルンダ族の地であるルエボ南部で、彼がバルンダ族の呪術師を相手に派手にやりあったという話が聞こえてきたのだ。結局は妖術使いのほうが完膚なきまで打ち負かされ、ストーンの前に部族は面目を失ったという。あまつさえ部族の者たちはかのまじない師の笛を壊し、その破片をストーンに与えた。エリヤがバアル神の預言者に勝利したかのような出来事だったというのが、バルンダ族にとっての実感だったろう。彼がまだアフリカにいて、一足先にこの地を踏み、我々のピグミー探しの機先を制しているとしたら、かなり奥地に行ってしまっているものと、我々はそう思っていたのだ。

Ⅱ

エッチャムがストーンの名前を出したことで、我々は彼の紆余曲折に満ちた経歴を思い起こした。羨ましいほど立派な両親と、その悲劇的な死。学術優秀な学生時代。目もくらむばかりの財産。前途有望な青年時代。広く知られた悪評と、それゆえわずかに真実味の削がれてしまった名望。色恋沙汰の果ての駆け落ちは当時流行りの女流作家が相手で、女はたちまち矢継ぎ早に小説をものして名を挙げ、その美貌と魅力は広く喧伝された。そして婚約不履行の訴えという大醜聞がそれに続き、新妻は訴訟のあいだも夫に深い愛情を示し続けたものの、裁判が終わった途端に夫婦は仲違いをし、離婚してしまう。その後触れ散らされたのが、彼との結婚を控えている相手が、かの婚約不履行訴訟の原告だという噂であり、唐突な元妻との再婚と、二度目の仲違いに二度目の離婚を経たのち、彼は母国を後にして、暗黒大陸に姿を現したのだった。こうしたことから思い起こされる感情が一気にわたしの胸に迫るなか、ファン・リーテンもまた同じであろうことが、黙して座すその姿から確かに伝わってきた。

ややあってファン・リーテンが訊いた。「ウェルナーはいまどこに」

「亡くなりました」とエッチャム。「わたしがストーン隊に加わる前に」

「ルエボより北では、あなたはまだいなかったのですね」

「ええ。わたしの参加はスタンリーの滝からです」

「ストーンは、いまは誰と一緒に」

「ザンジバルから連れてきた下男が数名と、人足たちがいるだけです」

「人足はどういう者たちですか」

「マン‐バトゥの男たちです」エッチャムはこともなげに答えた。

話がマン‐バトゥにおよぶと、ファン・リーテンもわたしも大いに心を揺さぶられた。いまの答えで、ストーンが傑出した指導者であるという世評が裏づけを得たことになる。それまで、マン‐バトゥの男たちを彼らの土地の外で人足として使ったり、長く困難な遠征のあいだじゅう隊に留めておけたりすることのできた者はいなかったからだ。

「あなたはマン‐バトゥの男たちと一緒になって長いのですか」ファン・リーテンが質問を続けた。

「数週間といったところです」とエッチャム。「ストーンはマン‐バトゥ族に興味を持ち、彼らの言葉や言い回しをたくさん集めました。マン‐バトゥがバルンダ族の支族であるという仮説を立てて、彼らの慣習のなかにその仮説を裏づける事実を数多く確認したのです」

「食料はなにを」

「狩りの獲物ですね、ほとんどが」エッチャムがわずかに言い渋った。

「ストーンが寝ついてどれくらいになるのですか」

「ひと月を過ぎました」

「そしてあなたもその間ずっと仲間のために狩りに出ておられると！」ファン・リーテンが感嘆の声をあげた。

エッチャムの、ただでさえ日に焼けて皮のむけている顔が、赤らんだ。

「難しくない的すら何度か外してしまいまして」と情けなさそうに申し開きをした。「あまり向いていないようです」

「隊長の具合はどうなのです」

「ひどい腫れ物がいくつかできまして」

「腫れ物のひとつやふたつ、あの人なら大丈夫ですよ」ファン・リーテンが請け合った。

「ただの腫れ物ではないのです」エッチャムが説明する。「ひとつやふたつではありません。これまでに数十個、ときには一度に五個もできました。いわゆる悪性の腫れ物であったなら、とうの昔に死んでいたでしょう。ですが、ある面ではそこまで悪いものではなく、その一方でいっそうたちが悪いのです」

「どういう意味です」

「あの」エッチャムは言い淀んだ。「腫れ具合は、悪性のものほど深くもなければ広くもなくて、さほど痛みはなく、たいして熱も持ちません。とはいえこれらの腫れ物はなんらかの病気の症状でしょうし、病気のせいで隊長は精神的に参ってしまっています。ひとつめの腫れ物の手当てはわたしも手伝わせてもらいましたが、それ以降はひどく慎重に隠すようになりました。わたしからも、ほかの男たちからもです。いまでは腫れ物ができると自分の天幕にこもってしまいますし、包帯の取り替えや付き添いも、まったくさせてもらえません」

「包帯は十分にあるのですか」

「多少は」エッチャムは心許なげだ。「ですが、使おうとしません。自分で包帯を洗って、繰り返し使っているような次第で」

「どうやって自分で腫れ物の手当てをしているのだろう」

「肉のあたりまでこそげ取るのです。自前のかみそりで」

「なんだって」ファン・リーテンが大声を出した。

エッチャムはなにも答えなかったが、ファン・リーテンの目をじっと見据えた。

「失敬」ファン・リーテンが慌てて詫びた。「びっくりしたものですから。それで悪性のはずがない。悪性ならとっくに死んでいる」

「わたしも悪性ではないと言ったと思いますが」エッチャムは言いにくそうに指摘した。

「だが、頭をやられてしまったに違いない！」ファン・リーテンが語気強く言った。

「まったくです」とエッチャム。「わたしの忠告も世話も受けつけません」

「これまでいくつそうやって処置したのでしょう」ファン・リーテンが詰問した。

「ふたつです、わたしの知るかぎりでは」

「ふたつ？」

エッチャムが再び顔を赤くした。

「隊長が処置するところを見たのです」と打ち明けた。「小屋の壁の隙間から。見張らずにはいられませんでした。なにをしでかすかわからない様子だったので」

「無理もありません」とファン・リーテンが理解を示した。「それで、あなたは彼が自分で処置するのを二度、見たのですね」

「これはわたしの想像ですが、残りの腫れ物もすべて同じように処置したのでしょう」

「これまでにいくつできたのですか」

「何十個と」エッチャムは口ごもりながら言った。

「食事は取りますか」

「それこそオオカミのように。人足ふたり分より食べます」

「歩けるのですか」

「少し這う程度です。唸りながら」エッチャムは淡々と答えた。

「熱はほとんどない、とおっしゃいましたね」ファン・リーテンは考えをめぐらせた。

「絶対に間違いありません」エッチャムは断言した。

「意識が混濁したことはあったのですか」

「二度だけありました。初めて腫れ物が破けたときと、そのあとにもう一度。二度目のときは、隊長は人を寄せつけようとしませんでした。ですが、わたしどもには隊長の話している声が聞こえたのです。ずっとしゃべり続けていたので、現地人が怯えてしまいまして」

「彼が錯乱状態でしゃべっていたのは、現地の言葉なのですか」

「違います、でもいくらか似たところのある言語でした。ハメド・バルガシュによれば、隊長が話していたのはバルンダ語とのことでした。わたしにはバルンダ語はほとんどわかりません。語学の習得は得意ではないもので。ストーンが一週間のうちに覚えるマン‐バトゥ語の数は、わたしが一年かけてやっと覚えられるかどうかという数より多いのです。ともかく、わたしにはマン‐バトゥ語に似た言葉が聞こえたように思えました。いずれにせよ、マン‐バトゥの人足たちは怯えていました」

「怯えていた？」ファン・リーテンが訝しげに繰り返した。

「ザンジバルの男たちも、ハメド・バルガシュでさえも、もちろんわたしも。普通では考えられない理由ですが、ほかに思いあたりません。隊長はふたつの声音で話していたのです」

「ふたつの声音」ファン・リーテンは考え込んだ。

「そうです」エッチャムの口調がこれまでになく熱を帯びた。「ふたつの声音で、会話を交わすように。片方は隊長の声で、もう片方は小さく、弱々しく、不満げな、聞いたこともない声でした。わたしにもなんとなく理解できたのは、太い声のほうが口にした、わたしの知っているマン‐バトゥ語に似た言葉です。ネドル、メテババ、ネド、といった言葉はそれぞれ『頭』『肩』『腿』という意味ですし、クドラとかネケレといった、『話す』とか『口笛』を表す言葉も聞こえました。耳障りな甲高い声音のなかには、マトミパ、アングンズィ、カモマミ、という言葉も聞こえました。それぞれ『殺す』とか『死』とか『憎しみ』という意味です。ハメド・バルガシュもそれらの言葉を聞いています。マン‐バトゥ語については、彼はわたしよりずっと詳しいのです」

「人足たちはなんと言っていましたか」

「『ルクンドオ、ルクンドオ！』と。わたしは知らなかったのですが、ハメド・バルガシュが言うにはマン‐バトゥ語で『豹』のことだそうで」

「マン‐バトゥ語で『魔術』のことですよ」とファン・リーテン。

「人足たちがそう思うのももっともです。誰だって妖術の存在を信じてしまいますよ、ああしてふたつの声を聞かされた日には」

「一方の声がもう一方の声に応じていると」あまりのことにファン・リーテンも形ばかりの返事をした。

エッチャムの日焼けした顔に影が差した。

「双方同時に、ということも」答える声がかすれている。

「双方同時に！」ファン・リーテンが思わず大声を出した。

「人足たちにもそう聞こえたそうです。しかも、それだけではありません」

エッチャムは言葉を切ると、我々につかのま心細げな視線を向けた。

「人はしゃべると同時に口笛を吹くことができるものでしょうか」

「どういう意味です」

「わたしどもにはストーンがしゃべり続けているのが聞こえました。大きな、厚みのある胸から発せられる彼のバリトンが低く響くそのなかに、高く鋭い口笛の音を、世にも奇妙な喘鳴を、わたしども全員が耳にしたのです。むろん、大人の男でも甲高い音で口笛を吹くことはできましょう。ただ、そうは言っても、少年や女性や少女が吹くのとは違う感じがするものです。そのときの口笛は、心なしか、もっとキンキンと響いて聞こえました。そう、たとえば、ようやく口笛を吹けるようになったくらいの小さな女の子が、調子っぱずれな音をいつまでも鳴らし続けているような、そんな感じの口笛で、とんでもなく高い音のそれが、ストーンの低い声が響くあいだもずっと鳴っているのです」

「それでも彼のそばに行ってやらなかったのですか」ファン・リーテンが語気を強めた。

「脅かしを言っても聞く人ではありませんから」とエッチャムは自分の責任を否定した。「むしろ脅かしを言ってきたのは隊長のほうで、まくしたてるのでもなければ、病人らしくもありませんでしたが、淡々とそしてきっぱりと、わたしどものうちの誰であれ、とこのわたしと人足たちを一緒くたにして、隊長の具合の悪いときにそばに近づくことがあれば、その者は死ぬ、とそう言いました。そして言葉の内容もさることとながら、隊長のまとう空気が気になりました。まるで一国の王が、己の尊厳を守れと死の床から命じているかのようで。誰がその命に背く気になれますか」

「そうでしたか」ファン・リーテンが言葉少なに言った。

「隊長はとても具合が悪いのです」エッチャムは力なく繰り返した。「わたしが思うに、おそらく……」

ストーンに対するあふれてやまぬ親愛の情、心からの愛情が、胸裡を悟らせまいと鍛錬してきた表向きの面持ちからにじみ出ていた。崇拝にも似たストーンへの思いが源泉となって、彼を突き動かしていた。

有能な男の多くがそうであるように、ファン・リーテンもなにより自分の利益を優先させるところがあった。このときもそれが前に出た。彼いわく、自分たちも命懸けで一日一日を生き延びており、必死なのはストーンと変わらない、同胞としての絆や探検家同士の助け合いをないがしろにするわけではないが、手の施しようもなさそうな者のために、どれほどの果を挙げられるのかも疑わしいのに、一探検隊を危険にさらす意味はない、狩りをするにも隊ひとつを養うだけで手一杯であり、ふたつの隊が一緒になった場合の食料確保の難しさは二倍ではすまない、飢死する恐れは十二分にある、とのことだった。エッチャムの粘り強い行動力についてはファン・リーテンも称賛を惜しまなかったが、我々が予定の行程から丸七日間も逸れてしまえば、我が隊の探検自体がすべて水泡に帰してしまうかもしれなかった。

Ⅲ

ファン・リーテンには彼なりに通すべき筋があり、使命があった。エッチャムは申し訳なさそうにかしこまってその場に座し、そのさまは校長を前にした第四学年の男子児童さながらであった。

ファン・リーテンは遠回しに切り出した。

「わたしはピグミーを追っていて、そこに自分の命を賭けている。ピグミーのあとを追うのがわたしの任務です」

「そういうことであれば、こんなものにご興味が湧くのでは」エッチャムがごく淡々と言った。

彼はふたつの物体をシャツの脇のポケットから取り出すと、ファン・リーテンに手渡した。その物体は丸く、大ぶりのスモモよりは大きく、小ぶりのモモよりは小さく、普通の大きさの手であれば片手で包み込めるほどのものだった。色は黒く、一見しただけではなにかわかりかねた。

「ピグミー！」ファン・リーテンが声をあげた。「ピグミーだよ、驚いたな！　これだと二フィートにも満たないんじゃないのか！　あなたはこれが成人の頭部だとおっしゃりたいのですか」

「わたしにはなんとも」エッチャムは感情を抑えた声で言った。「ご自身でお確かめください」

ファン・リーテンは片方の頭をわたしに寄こした。日がちょうど暮れはじめたところで、わたしはその物体をじっくりと眺めまわした。それは干からびた頭部で、どこも損なわれておらず、肉の部分はアルゼンチンの牛の乾肉のように固い。椎骨の一部が出っ張っているのは、失われた首の筋肉が縮んで何層にもなった場所だ。突き出た顎の先は小さく尖り、小粒の並びのよい白い歯が、後ろに引っ込んだ唇のあいだからのぞき、こぢんまりとした鼻は低く、狭い額は引っ込んでいて、貧相な縮れ毛の塊がちっぽけな頭蓋をわずかに覆っている。赤ん坊や子ども、若者の頭部といった様子はなく、むしろ成人から老人にかけてのものであった。

「これらはどこから」ファン・リーテンが訊いた。

「わかりません」エッチャムははっきりと答えた。「わたしがその頭を見つけたのはストーンの身の回り品をひっくり返していたときのことで、薬かなにかがあれば本人やわたしの助けになるかもしれないと思って探していたのです。隊長がどこで手に入れたのかはわかりません。ですが、確実に言えるのは、わたしどもがこの地域に足を踏み入れた時点では持っていなかったということです」

「断言できるのですか」

ファン・リーテンは目を大きく見開き、エッチャムを見据えて訊いた。

「できますとも」エッチャムの憤慨が、わずかにもつれる舌に表れた。

「しかし、どうやって手に入れたのだろうか、まわりに気づかれずに」ファン・リーテンにはいまひとつ納得がいかないらしい。

「わたしどもが狩りに出て、十日ほど戻らないことが何度かありました。ストーンは口数の少ない人です。自分がなにをしたなどと人に話したりしませんし、ハメド・バルガシュも余計なことは言わないたちで、男たちにもその点をしっかり守らせています」

「あなたもこの頭を調べてみましたか」

「細かな点まで」

ファン・リーテンが帳面を取り出した。彼は実務に長けた男だった。帳面から紙を一枚はぎ取り、それを折って三等分した。一枚をわたしに、もう一枚をエッチャムに渡した。

「わたしの考えがあたっているか、ちょっと検証させてください。この頭部を見てストーンがどう考えたか、思うところを書いてもらえますか。それぞれの答えを比べてみたいのです」

わたしはエッチャムに鉛筆を手渡した。彼は書き終わると鉛筆をわたしに返してくれたので、わたしも書いた。

「三つとも読んでくれないか」とファン・リーテンが自分の書いた紙を寄こした。

ファン・リーテンはこう書いていた。

「バルンダ族の老呪術師」

エッチャムはこうだ。

「マン‐バトゥ族の老まじない師」

わたしの答えはこうだ。

「カトンゴの老妖術師」

「やっぱり!」ファン・リーテンが声をあげた。「思ったとおりだ! ワガビやバトワ、ワンブトゥやワボトゥのような特徴がこの頭部には見られない。ピグミーらしさもない」

「わたしもそう思います」とエッチャム。

「それに、彼が前々からこの頭を持っていたわけではないと、そうおっしゃいましたね」

「持っていませんでした、間違いありません」エッチャムは言い切った。

「これはもっと調べてみるべきですね」とファン・リーテン。「行きましょう。ですがなによりもまず、ストーンを救うことに全力を尽くしますよ」

ファン・リーテンの差し出した手を、エッチャムは黙って握り返した。感謝の念を体じゅうににじませながら。

Ⅳ

エッチャムがその行程を五日でこなせたのは、ひとえにストーンの体を気遣う一念ゆえだったのだろう。もと来た道をたどるにあたっては、道順が明らかな上に我が隊の助けもありながら、八日間を要した。七日ではどうにもたどりつけず、それゆえにエッチャムは我々をせき立てたのだが、ストーンを深く案じる、抑えようとして抑えきれないその思いは、所属する隊の長への熱烈な忠誠心というだけでなく、献身的な篤き親愛の情であり、ストーンへの一個人としての敬慕の念の発露であり、感情を映さぬいつもの外貌の下で燃えさかっていたものが、思わず知らず表出したのだった。

ストーンの世話は行き届いていた。エッチャムが厚く高いサンザシの柵で幕営地を囲っておいた上に、小屋はどれもしっかりとしたつくりで屋根が葺かれ、ストーンの小屋も資源の許すかぎり快適にしつらえられていた。ハメド・バルガシュがふたりのサイド（イスラム世界における重要人物を指す尊称）の名を冠しているのには、やはりそれなりの理由があった。彼はスルタンとしての資質をそなえ、マン‐バトゥ族が散り散りにならぬよう、ひとりも欠けることなくまとめあげていた。病人の世話に秀で、従者としても信頼がおける人物だ。

ほかのふたりのザンジバル人も、狩りで見事な成果をあげていた。誰もが空腹ではあったが、飢えとは無縁だった。

ストーンは帆布の簡易寝台に横たわっており、寝台のそばにはトルコの円筒形の腰かけに似た、野営用の折りたたみ式の小卓があった。その上には水の入った瓶が一本、薬瓶が数本、ストーンの腕時計、そして箱に入ったかみそりが置いてあった。

ストーンの体は清潔に保たれ、痩せた様子もなかったが、衰弱し切っており、意識はないわけではないが朦朧としていて、命令を下したり応戦したりする力はなかった。わたしたちが入って来たのも、わたしたちがそばにいるのもわからないらしい。わたしには、どこにあっても彼とわかる自信があった。彼に少年時代の溌剌さや愛嬌はすでになく、そのこと自体は至極当然だ。だが、頭部はますます獅子のごとき様相を呈していた。髪はいまなお豊かで黄金色に波打っている。密に生えた金色の縮れたひげは、体調を崩しているあいだに伸びてはいたが、それで面差しが変わってしまったわけではなかった。体つきはいまだがっしりとして、胸も広く厚い。だがまなざしには力がなく、もごもご、ぶつぶつと意味の通らない、言葉にならない音の連なりを口にしていた。

エッチャムに手助けしてもらいながら、ファン・リーテンは掛け布をはいでストーンの容体を確かめた。長く寝ついているわりには、ちゃんと筋肉がついている。傷があるのは膝と、肩と、胸だけだった。両膝には数多くの丸い瘢痕があり、両肩にも数十か所、体の前面は痕だらけだ。そのうち傷口のふさがっていないのが二、三か所、ほとんど治りきっているものが四、五か所あった。できたばかりの腫れ物はふたつだけで、左右の胸筋のあたりにひとつずつあり、左にあるもののほうが、もう片方のものよりも肩に近く、互いにずいぶんと離れていた。吹き出物や悪性の腫れ物とは違うようだが、丸みを帯びた固いものが健やかな肉と肌の下から盛り上がって見えており、ひどく腫れ上がっているわけではなかった。

「切開はやめておきましょう」とのファン・リーテンの言葉に、エッチャムも同意した。

ふたりはストーンが心地よくいられるようできるだけのことをし、日が落ちる前に我々でもう一度様子を見に来た。彼はあおむけに寝ており、その胸は相変わらず広く厚くがっしりとしていたが、なんの反応も見せずに横たわっていた。我々はエッチャムだけを彼の元に残して隣の小屋へ移った。エッチャムが自分の居場所を我々に譲ってくれたのだ。密林の物音はここ数か月でほかの場所で耳にしたものと少しも変わらず、わたしはすぐに眠りに落ちた。

V

いつしか真っ暗ななかでわたしは目を覚まして聞き耳を立てていた。ふたつの声が聞こえたのだ、ストーンの声と、歯擦音の目立つ喘鳴が。ストーンの声を最後に耳にしてからずいぶんたつが、忘れてはいない。もう一方の声には聞き覚えがなかった。生まれたばかりの赤ん坊の悲鳴じみた泣き声よりは小さいが、耳にこびりつくしつこさがあり、虫の甲高い鳴き声にも似ていた。じっと耳をすませていると、ファン・リーテンの息づかいが暗闇のなかで、そば近くに聞こえてきた。彼はわたしのたてる音から、わたしが隣の音に耳を傾けているのに気づいたのだ。エッチャムと同じくわたしはバルンダ語をほとんど知らないが、ひと言ふた言なら理解できた。ふたつの声は沈黙を挟みながら交互に響いてきた。

次いでいきなり双方の声が同時に早口で聞こえ、ストーンの低めのバリトンは十分な声量で健康そのもの、そこにやたらと耳障りなかぼそい声が被さって、同時になにごとかを話しており、言い争い、互いをやり込めようとしているかのような、ふたり分の声がするのだった。

「このままではまずい」とファン・リーテンが言った。「様子を見に行こう」

彼は電気式の筒型ランタンをひとつ手に取った。手探りでボタンのありかを探して押し、一緒に来るようわたしに合図した。小屋の外で彼はわたしにじっとしているよう身振りで示すと、目が見えると聞くことがおろそかになってしまうのか、無意識のうちに灯りを消した。

人足たちの焚き火の燃えさしがかすかに光るほかは漆黒の闇で、わずかな星の瞬きがどうにかこうにか木々のあいだから見え、川がごく小さな音を立てて流れている。ふたつの声は同時に聞こえていたが、軋むような高い声のほうが急に、鋭く空を切る口笛の音に変わり、ストーンが怒った口調で言葉を絞り出すなかに割り込み、鳴り続けていた。

「なんだこれは！」ファン・リーテンが思わず声を出し、慌てて灯りを点けた。

エッチャムは深く眠り込んでしまっていたが、それは長いあいだの心労と、超人的な強行軍のあとで疲れ果てていた上に、心の重荷をファン・リーテンの両肩に預け替えた心持ちのいま、すっかり安心し切っていたからだ。光を顔に当てられても目覚めなかった。

空を切るような口笛の音はやみ、いままたふたつの声がいちどきに響いていた。どちらもストーンの寝台からで、一筋の白い光に照らし出された彼は、我々が小屋を出たときのままに横たわっていたが、両腕が頭上に投げ出され、掛け布と包帯が胸から剥ぎ取られていた。

右胸の腫れ物が破けていた。ファン・リーテンが灯りを当てたので、その様子がはっきり見えた。皮下に収まりきれずに生え出していたのはひとつの頭であり、エッチャムが我々に見せたふたつのひからびた頭部と同じく、バルンダ族のまじない師の頭部が小さく縮んだものに見えた。色は黒く、漆黒のアフリカ人の肌のように黒光りしており、邪気を宿す小さな目の白目を落ち着きなく動かし、極小の歯を唇のあいだからのぞかせている。黒人特有の赤い唇が、非常に小さな顔にあってもぼってりと厭わしい。ちりちりの縮れ毛を小さな頭に生やし、怨みの表情を映した顔を左右に動かして、この世のものとは思えない甲高い声で間断なくしゃべっている。ストーンはとぎれとぎれになにごとかを口走りながら、相手の饒舌に対抗していた。

ファン・リーテンはストーンからエッチャムへと視線を移し、彼を起こしにかかった。多少手間がかかったものの、目を覚まして事態を把握したエッチャムは、一点を見つめたままひと言も発しなかった。

「あなたは彼が腫れ物をふたつ削ぎ落とすのを見たのですよね」ファン・リーテンが訊いた。

エッチャムは苦しげに首肯した。

「出血は多かったのでしょうか」ファン・リーテンが強い口調で確認した。

「ごく少量でした」

「両腕を支えていてもらえませんか」

ファン・リーテンはストーンのかみそりを手に取り、灯りをわたしに寄こした。ストーンには灯りが見えている様子も、わたしたちがその場にいることに気づいている様子もなかった。一方、件の小さな頭は我々に向かって弱々しい泣き声をあげたり悲鳴をあげたりしている。

ファン・リーテンの手つきは危なげなく、かみそりの動きは安定して正確だった。ストーンの出血は驚くほど少なく、ファン・リーテンが傷口に包帯を巻いたが、あざや擦り傷程度の傷にする巻き方で十分だった。

ストーンは、あの隆起した頭部が切除された瞬間を境にしゃべらなくなっていた。ファン・リーテンはストーンにできるかぎりの手当てをし、次いでわたしからほとんどひったくるように灯りを取り上げた。小銃を構えて寝台に近い地面に視線を走らせると、床尾を一、二度憎々しげに打ち降ろした。

自分たちの小屋に引き上げたものの、わたしは眠れそうになかった。

VI

あくる日の正午近く、日の燦々と照るなかに、あのふたつの声がストーンの小屋から聞こえてきた。エッチャムは世話を託されているはずの患者のそばで寝入ってしまっていた。左側の腫れ物が破れ、また新たな頭部が生えて、かぼそい叫び声をあげたりなにごとかをまくしたてたりしている。エッチャムも目を覚まし、我々三人でその場に突っ立ち、ただ見つめていた。ストーンはしゃがれ声を、おぞましい物体の発する高い調子の唸り声をさえぎるように差し挟んでいた。

ファン・リーテンが進み出て、ストーンのかみそりを手に取ると、寝台のそばにひざまずいた。干し上がった頭部が金属音にも似た息苦しげな怒声を浴びせてきた。

そのとき突然ストーンが英語で話し出した。「誰だ、わたしのかみそりを持っているのは」

ファン・リーテンは後ずさり、立ち上がった。

冴えと明るさの戻ったストーンの両目が、小屋のなかをぐるりと見渡した。

「終わりか」とストーンが言った。「終わりが来たのだな。エッチャムの姿が見えるようだ。まるで生きているみたいに。それよりもシングルトンだ！　ああ、シングルトン！　少年時代の幽霊たちがわたしを見送ってくれるというわけか！　それからおまえだ、黒い髭を生やした、どこのどいつともわからぬ幽霊め、わたしのかみそりなど持ち出しおって。汝ら、みな消えうせよ！」

「幽霊じゃないよ、ストーン」わたしは必死に声をふり絞った。「生きている本物だ。エッチャムもファン・リーテンも。きみを助けに来た」

「ファン・リーテンか！」ストーンは声をあげた。「わたしの仕事をわたしよりも優れた人物が引き継いでくれるとは。幸運を祈る、ファン・リーテン」

ファン・リーテンはストーンのそばに寄った。

「もう少しだけ我慢してください」気持ちを和らげようと声をかけた。「痛いのはあと一回だけですから」

「こんな痛みを幾度我慢して来たことか」ストーンは穏やかななかにもきっぱりと言葉を返した。「このままでいい。わたしのいいように死なせてくれ。ヒュドラ（ギリシャ神話に登場する九頭の怪物。一本の首を切り落とされても、そこから新たに二本生えてくる）でさえ、こいつに比べればかわいいものだ。この頭を断ち切るだけなら十回でも百回でも千回でもできるが、呪いを断ち切ったり取り除いたりはできない。骨まで染み込んだものが肉を離れることは決してないのだよ、骨のなかで育ったものが肉を離れないのと同じことだ。これ以上わたしを切り刻むのはやめてくれ。いいな！」

その声には少年時代の命令口調が残っており、かつて誰もがその口ぶりに心を動かされたように、ファン・

リーテンもまた心を動かされた。

「わかりました」

ファン・リーテンがそう答えるや、ストーンの両目は再び曇ってしまった。

それから三人はストーンのそばに腰を下ろし、なにごとかを喚きちらす醜悪な怪物がストーンの体から生え出でて、二本のひょろ長く気味の悪い黒い腕が自由に動きはじめるところをじっと見ていた。ごくごく小さな爪は、生え際の、ほとんど見えない半月の部分までよくできていて、手のひらの薄赤い斑点もあまりに自然で気味が悪い。この両腕が盛んに動き、果ては右腕が伸びてストーンの金色の髭を引っ張った。

「我慢できん」ファン・リーテンが声をあげて、またかみそりを手に取った。

その刹那、ストーンの両目が開き、険しい表情を浮かべてぎらりと光った。

「ファン・リーテンともあろう者が約束を破るのか」噛みしめるように言う。「絶対にならん!」

「ですが、あなたを助けなければ」ファン・リーテンが呻くように返した。

「どんなに手当てをしても、どんなに切っても、意味はない」とストーン。「最期の時が来た。この呪いは誰かにかけられたものではなく、わたしのなかから出て来たものなのだ、この怪物のように。そろそろ幕切れだ」

彼の両目が閉じられ、我々がなすすべもなく立っているあいだにも、ストーンに寄生する魔物は金切り声でしゃべり続けている。

「貴様は何語でもしゃべれるのか」ストーンがくぐもった声で訊いた。

すると体から生えている小さな怪物が、唐突に英語で返事をした。

「ああ、そうだ、おまえらの話す言葉ならなんだって」極小の舌を突き出し、唇を歪め、頭を左右に振りながらそう答えた。糸のように細いあばら骨が、貧弱な両脇腹の上で呼吸時の動きそっくりに上下するのが見えた。

「あの女はわたしを許したのか」ストーンがかすれた苦しげな声で訊いた。

「霧藻が糸杉から垂れ下がるかぎり」頭が耳障りな高い声で言った。「星がポンチャトレーン湖の上で瞬くかぎり、彼女はおまえを許さない」

その言葉を聞き終わるや、ストーンがひと息に、体を横向きによじった。次の瞬間、彼はこと切れていた。


シングルトンの話が終わり、部屋はしばらく静まり返った。互いの息づかいが聞こえるほどだった。トゥオンブリーが無神経さを発揮してその沈黙を破った。

「と言うことは、その小さなやつを切り取って、アルコール漬けにして持って帰ったんだな」

シングルトンはトゥオンブリーに険しい表情を向けた。「我々はストーンを埋葬しました。亡くなったときのまま、なにも損なわずに」

「だが」と良心の呵責というものに縁のないトゥオンブリーが言いつのった。「証拠がないんじゃなにひとつ信じられないね」

シングルトンがその身をこわばらせた。

「あなたに信じてもらえるなんて、はなから思ってはいませんよ。わたしはこう前置きしたはずです、自分で見聞きしたことだけれども、振り返ってみると自分でも信じられないと」

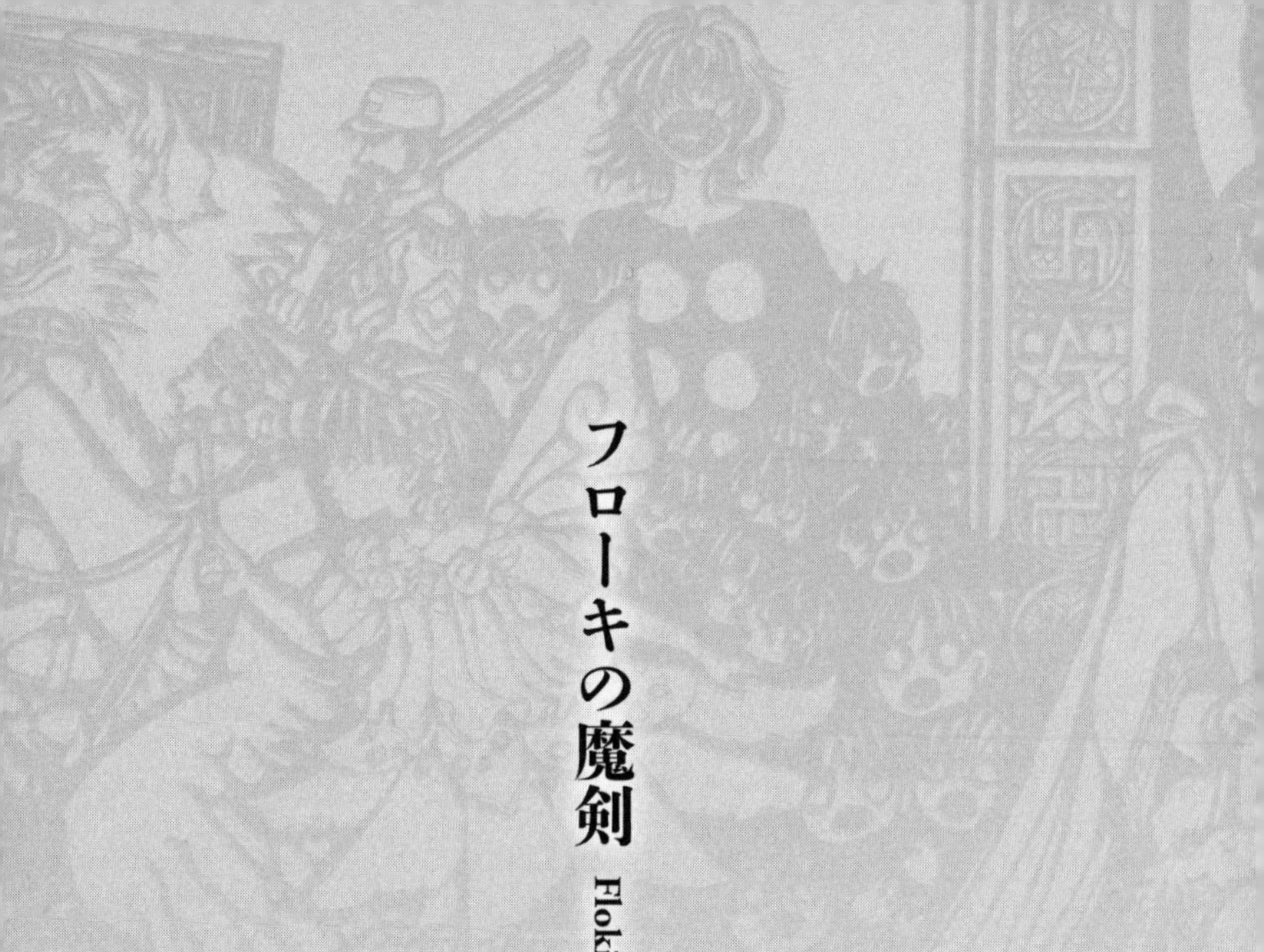

フローキの魔剣

Floki's Blade

I

ソルケル・ヴィルゲルズソンはノルウェー一の美青年として世に聞こえたばかりでなく、負け知らずの戦士としてもその名を轟かせ、いかなる戦闘にあっても必ず相手を斃し、また武器の扱いの巧みさゆえに、これまでに参加した無数の戦いでも、深手を負うことは一度としてなかった。それゆえに、海の大鳥号《シー・レイヴン》の残り三十九名の男たちは、のきなみ彼を妬み嫌っていたが、誰も彼に挑んだり、挑発したり、どうにかして恥をかかせようとしたりはせず、皆、小心翼々として礼儀正しくつきあっていた。

男たちは皆、ソルケルを嫌っていた。海の大鳥号の持ち主であり、今回の危険な旅を計画した三人の首長、ハールフダン・インゴールヴソン、コルグリームル・エルレンズソン、ロズブロークル・アイリーフソンはソルケルを嫌っていて、その理由というのが、本人たちもそれに気づいて当惑したことには、自分たちが紛れもなくソルケルを恐れていたからだった。首長の六人の奴隷《スロール》たち、ヴィーフィル、ウールヴル、フンディ、ケップル、ソクホールヴル、エルプルが、自分たちの主人を嫌う以上にソルケルを嫌っていたのは、彼のなんとも言えず偉そうな態度ゆえであった。他の二十六人のヴァイキングたちが彼を嫌っていたのは、自分たちが劣った存在に感じられ、またそれを心のなかであっても認めたくなかったからだった。友人のふりをした不誠実な四人の男たち、フローズマル・フィンゲルズソン、シグルズル・アトラソン、ゲッリル・コルスケッグソン、ボズヴァル・エギルソンは、ソルケルを破滅に導いて殺す策を練り、今回の旅に誘い出した張本人たちであり、彼らのほとんどがソルケルの美貌、気品、軽やかな身のこなし、溌剌とした知性ゆえに彼を嫌っていた。この四人はソルケルにあえて矛先を向けず、腹のなかでふてくされながら時機を待ち、表向きは穏やかに笑みを浮かべながらも、互いにこそこそと目配せを交わしていた。

　こうした男たちにとっての好機は嵐のあとに訪れた。船は嵐に押し流され、当時は星だけが船乗りたちの道しるべだったので、自分たちがいまどこにいて、どこへ向かっているのかがわからなくなった。三日三晩のあいだ、星も太陽も見えなかった。それどころか、船が進む際の水しぶきや土砂降りの雨越しでは、一隻分の船の長さの距離がどうにか見通せるばかりであり、そしてそのあいだじゅう、あえて一枚の帆も張らず、しかし交代で、奴隷も兵士も首長も誰も彼もが、断片的に短い、大して体も休まらない睡眠を取るだけで、力のかぎりに櫂を漕ぎ、船首を強風の来る方向に向け続け、船が沈まぬよう水をがむしゃらにかい出した。この大嵐のあまりのものすごさに、自他共に認める我らが頭領コルグリームルは、舵取りを放棄するのをよしとせず、ずっと舵にしがみついていたので、疲労困憊の果てに休息を取らざるを得なくなった。彼が交代してほしいと合図を出したときでさえ、ハールフダンもロズブロークルも、進んでその重要な役割を引き受けようという気概を見せなかった。ふたりが躊躇したそのとき、ほんの一瞬ではあったが、ソルケルが舵柄をつかみ、と同時にコルグリームルの手の力が緩んだ。ソルケルの操舵の巧みさは、操船の妙手という評判を完璧に裏づけることとなり、その後はソルケルがコルグリームルの交代要員であるよりも、むしろコルグリームルがソルケルの交代要員となり、船上の者は皆、コルグリームルも含めて、ソルケルが舵取りをすることでいっそう安心したのだった。

　北方の長い一日の日没まであと一、二時間というころ、嵐が静まり、空が晴れ、風が緩んで心地よいそよ風に変わった。男たちは帆柱を立て、帆桁を上げて、総帆を張り、ハールフダンが舵を取り、ロズブロークルが舳先で見張りに立ち、残りの者たちで大いに飲み食いした。慌てる必要もなくむしゃむしゃとがっつき、大量の食べ物を平らげ、おびただしいほどの樽抜きの蜜酒《ミード》で流し込んだ。誰もこれ以上ひと口も飲み込めなくなると、今度はシグルズルが舵柄を握り、ボズヴァルが見張りについた。そしてハールフダンとロズブロークルが食事を取るあいだ、残りの皆は眠気に襲われはじめ、ほとんどの者たちは左舷に、予備の櫂と巻いた綱の上に、漕ぎ座の下にと寝場所を確保した。

短い北方の夜のあいだ、シグルズルとボズヴァルは、空いっぱいに広がるまばゆい星たちの配置のおかげで、海の大烏号を本来の進路に乗せることができたが、夜明け前にはその星たちも水平線のあたり一帯に隠れてしまい、また次第に高く昇って来たときには、ほんの幾つかがぼんやりと真上に見えるばかりだった。そのため、寝ていた者たちが起きてみると、船は分厚い霧に包まれていて、しかも夜が明けるとすぐに風が弱まり、櫂に人を配置して船上から船脚を保たなければならなかった。疲れ切っていた奴隷たちとコルグリームルが最後に目を覚ました。コルグリームルが起きてしまうと、寝ているのはソルケルだけとなり、当の本人は舵柄の操作で疲れ果て、深い眠りに落ちていた。

巻いた綱の上に横たわるソルケルをじっと見ていたフローズマルとゲッリルは、シグルズルとボズヴァルに合図を送った。シグルズルとボズヴァルは進んで交代してくれる者に役目を譲り、船の中央を、休憩中の男たちや必死に櫂を漕ぐ者たちのあいだを、注意深く歩いてやって来た。コルグリームル、ロズブロークル、ハールフダンがそこに合流し、七人で話し合った。全員でソルケルを軽く叩き、彼がぐっすり眠り込んでいて、とうてい起きそうにないという点で意見が一致した。次いで三人の首長たちは自分たちの六人の奴隷たちに向かって合図をし、指示を出した。エルプルとウールヴルは手頃な長さの段索を数本手に取り、引っ張ればするりと締まる輪縄になるよう結んだ。ヴィーフルはフンディと、ソクホールヴルはケップルと組み、それぞれの組が軽めの綱を、と言っても大柄な男の親指よりも太いものを、一本ずつ選んだ。六人の奴隷たちは慎重にソルケルに這い寄り、船上の男たちは、眠っている者たちとソルケルのいる場所よりも後方で櫂を漕ぐ者たち数名を除いて全員が、六人の近づいていくのを意地悪げにおもしろがりながら眺めていた。フンディとヴィーフルはソルケルの両膝の下に綱を滑り込ませた。ケップルとソクホールヴルは綱をソルケルの両足首に巻きつけ、ウールヴルとエルプルはめいめいの輪縄を彼の手首にはめた。六人全員の準備が整うと、皆でコルグリームルに視線を向け、コルグリームルが頷いたのを合図に、二本の輪縄をきつく締め、ソルケルの膝と足首に絡めた綱を結びあげてしまった。それでもソルケルは目を覚まさず、エルプルとウールヴルが綱を引いて彼の両腕を引きずり、大きく広げ、四人の偽りの友人たちがその上に飛びかかり、ソルケルをうつぶせにして、猛烈な取っ組みあいの果てに、というのも膝と足首を縛りつけられてなお、ソルケルが大暴れして抵抗したからなのだが、ソルケルの両腕を背中側で縛りあげ、元のようにあおむけにして、緊縛して体の動きを奪った。

そして彼らは勝ち誇ったようにその姿を眺め、本当はソルケルのことをどう思っていたかを言って聞かせ、気のすむまで彼を罵倒した。ハールフダンは誉れ高き詩人《スカルド》であり、ソルケルを打ち負かした勝利の頌歌《ドラーバ》を即興で吟じた。奴隷たちでさえ、嫉妬に染まった激しい憎悪をあらわにした。ゲッリルはソルケルを刺し殺せと言い出し、ボズヴァルは海に投げ込めと言った。しかしコルグリームルがためらいを見せた。奴隷でない自由民たる三十四人の男たちは、ヴァイキングの旅に欠かせないしきたりとして、互いに友情を分かち合う旨を誓約しており、コルグリームルは、自分たちはひとり残らずその誓約に縛られているのだから、精神はそれに背いても字義上は守らねばならないと忠告した。

そこでロズブロークルは、ソルケルを縛ったまままいちばん小さな舟で流そう、と提案した。その舟は先の嵐のあいだに半壊し、おそらくは水漏れのするであろう代物だった。そして小さな携帯用の水入れと燻製の魚を一尾、一緒に乗せようと言った。そうすれば、自分のわがままから逃亡したとして、ソルケルに責めを負わせられるのだった。

そうこうするうちに日の出の時刻というよりは昼近くになり、しかし太陽は見えず、霧のなかにあっては空のどこに太陽があるのかを推し量ることもできなかった。彼らの目に映るものと言えば、わずかな風もないがゆえに、灰色の靄と滑らかな波のうねりばかりだった。

彼らは小舟から帆、帆柱、櫂を取り払ったが、ほかの細かな点までは調べなかった。舟中には革の水入れと二尾の小さな魚の燻製を置いた。ソルケルを括ったまま舟に横たえたが、海に流すにあたってコルグリームルが膝と足首の綱を切った。

小舟と船とがだんだん離れていくと、裏切り者たちはソルケルをあざ笑い、低い手すりの背後に居並ぶ盾という盾の隙間や上部から、にやついた顔を覗かせた。

「帆を張れ!」ボズヴァルがはやし立てた。「ノルウェーでもアイスランドでも、好きなほうへ向かうがいい。どちらからも遠ざかろうとしているぞ。いずれにしろ、大した違いはないさ」

「餌が口に合うといいな!」ゲッリルが大声で言った。

「すぐにも両方の櫂が必要になりそうだ」フローズマルが甲走った声をあげた。「なのに二本とも見当たらないぞ」

「淦汲《あかく》みがあればよかったんだがなあ!」シグルズルが声高に叫んだ。

まもなくソルケルには霧しか見えなくなった。

平底の小舟の底に、汚い水がぴちゃぴちゃと跳ねるのが見えた。舟は、たちまちのうちにというほどではないものの、水漏れがしていた。舟縁に水がかぶることはなく、大きな波のうねりは長くて穏やかだった。そよとの風もなかった。さしあたり、案ずるべきは水漏れだけだった。そして、舳先部分の三角形の狭い場所に窮屈な漕ぎ座があり、その下に木製の小さなスコップ型の淦汲みがつっかかっているのに気がついた。これはソルケルにとって、後部の漕ぎ座の下にある二尾の小さな魚と革の水袋よりも、はるかに大切なものと言えた。

ソルケルは舟縁と漕ぎ座を念入りに調べた。鋭くささくれたところが二箇所見つかった。大きくて鋭いほうは役立てようのない場所にあったが、苦痛に耐えつつ必死に努力して、もがき、体を丸め、ねじり、手首を縛っている綱がもう一方のささくれにあたるようにした。たちまち不安がつのり、次いでまもなく悶々とした思いにとらわれながらも懸命に、綱をそのささくれにこすりつけて引き切ろうとした。息が切れ、疲れで力が抜け、体が震え、汗がにじみ、気が遠くなりかけたが、船底の水がふと目に入るたびに、新たな力が湧いてきた。

希望も力も潰えかけたそのとき、ついに綱が切れた。両腕と両手を何度か伸ばしたりねじったりしたところ、自在に動くようになった。体を震わせ、両腕を胸に打ちつけてから、淦汲みに飛びついた。さほど時間がかからぬうちに、そう手際よくやらずとも水位を半分にできたので、大いにほっとした。小舟の水漏れがそれほど速くなかったことが幸いした。

濃い霧とまったくの凪が海原を覆うように広がり、緩慢なうねりがさらに勢いを減じたので、ソルケルの小舟は一昼夜どころかその後丸二日間、漂うばかりであった。しかし、漂流の身となって三日目の夜、ソルケルは疲労の極みに達しつつあった。三日間のうちの半分の時間を水のかい出しに費やし、筋肉が悲鳴をあげていた。眠ってしまえば目が覚めるより先に浸水して沈没するのではないかと気が気でなかった。一度、我知らずぐっすり眠り込み、目覚めたときには舟縁が水面の高さすれすれになっていたことがあり、死に物狂いで水をかい出すことで、かろうじて命を永らえた。必死に水を汲むうちに、残っていた魚はうっかりと、ひとかきの水とともに海中に投げ捨ててしまった。水入れも二日目の日暮れまでには空になり、我慢するしかなかった。

ゆっくりと日が昇り、霧が光を受けて白くなり、短い北極地方の夜が明けたとき、ソルケルは自分の頭がおかしくなったかと思った。寄せる波の岩にあたる轟きが、そう遠くない場所から聞こえてくるような気がしたからだ。

するとそのとき、突然に霧が晴れはじめ、太陽の光が霧の最後のひとかたまりを切り裂き、空気が澄んで、ソルケルはくっきりとした太陽を、雲ひとつない空を、周囲の水平線を目にし、自分からそう遠くない、昇ったばかりの太陽の正面に、岩だらけの海岸線を見つけて目が釘づけになった。

察するに、裏切り者たちは海の大烏号の位置を大きくとらえ間違えていたらしく、アイスランドの東側から数リーグ(移動距離を表す単位で、時代や国によって異なるが通常は約三マイルとされる)しか離れていない場所にソルケルを置き去りにしたのだった。ソルケルの頭のなかは混乱し、口はからからに乾き、四肢は震え、ほとんど気を失った状態ではあったが、新たな活力が体じゅうにみなぎり出すのがわかった。ブナの木でできた粗末なスコップで、水をかき出しては水をかいて進むのを繰り返した。潮の流れが断崖へと引き寄せてくれているかに思えた。岬角が間近に見えてきた。ソルケルは涂汲みで猛然と漕ぎながら、小舟を岬へと誘導した。潮はありがたいことに目指す岬角へと向かって流れており、ソルケルもそちらに流れていった。浜辺は見えなかったが、水面すれすれの高さにてっぺんの平らな岩がたくさんあり、そのうちの幾つかは、波がのんびりと寄せ返すので水をかぶる様子もなかった。岩とソルケルとのあいだに砕け波は見えなかった。小舟が勢いよく岩のどれかひとつに向かって進み、その岩を擦るほどに近づけば、ソルケルは岩の上に飛び移れて、水中に落ちずにすむかもしれなかった。

果たして彼は幸運にもそれを成し遂げ、ほぼ乾き切った玄武岩の上にしっかりと足場を確保したのちに、乗ってきた小舟が大破するのを目の当たりにした。

ソルケルは上衣《ダブレット》と段袋《ホーズ》と粗革の靴を身につけ、衣服の下には腰帯をつけていたが、ベルト、マント、剣、短剣はなく、携帯用の小刀すら手元にはなかった。身につけているものはどれも、霧と、長いあいだ水をかい出して浴びた水はねのせいで湿っていた。しかし、薄ら寒い朝の空気で歯が鳴る上に、海上では気温が低めだったこともあっていっそう肌寒く感じるにもかかわらず、半ば凍りついた漂流物とはならずにすんだ。とはいえ、岸まで泳がねばならなかったとしたら話は別であったろう。

ソルケルの左手にあたる南の岩壁は、波が打ちつける場所のようだった。西側にあたる正面の、そう遠くないあたりには、浜辺がぼんやりと見えた気がした。右手は北にあたり、はるか遠くのフィヨルドの向こう側に見えるのが岬角らしい。西に向かって歩いたソルケルはふらふらとよろめき、つまずき、体をまっすぐに保てないながらも、なんとか転ばずにいた。カモメなどの海鳥たちが、頭上や周囲を旋回したり、金切り声をあげたりしている。陸地に上がった場所から百歩も行かないところで、ソルケルは崖の片隅にしたたり落ちる細い水の流れに行き当たった。膝をつき、片手いっぱいに氷のように冷たい水をすくい上げた。そしてその流れの脇に横たわり、水を片手いっぱい飲むたびに、ゆっくりと百数えてから次の水を飲んだ。喉の渇きがすっかり癒えるより先に立ち上がることができた。

次に岩場で鳥の巣を探した。巣はたくさんあったが、山ほどの卵を割ってみたなかで、食べられるものはひとつしかなかった。その卵をソルケルはすすり、ゆっくりと卵の中身を飲み込んだ。新たな命が体じゅうにしみわたるのがわかった。

よろけることがなくなったので、用心しながら足を前に踏み出した。自分の体が不思議に大きく、軽くなったように感じ、なにに目を向けてもぼんやりと曖昧に見えた。しかし、すっかり歩けるようになったという実感が湧いた。張り出した崖の曲がっているところを回り込んだ。

目の前に、斜めに差し込む陽の光を受けた、三人の美しく若い貴婦人が腕を組んで歩いてきた。三人ともなにもかぶらず、緩く垂らした髪を抑えるようにリボンを額に巻いている。真ん中の婦人は背が高く、女らしい曲線美と黒々とした巻き毛の持ち主で、深紅のマントをまとっていた。右手の娘は中背ですらりとした体型と艶やかな茶色の巻き毛を持ち、紺青色のマントを身につけていた。三人目の娘は小柄で非常に美しく、髪は金色で頬は薄桃色、瞳は青く、そのすべてが鮮やかな若草色のマントで引き立てられていた。

ソルケルは、この貴婦人たちが運命の三女神ノルンであり、自分を戦死者の赴くヴァルハラまで連れて行ってくれるのだと思った。灰色の雲がそのとき真っ黒に変わり、彼と彼を取り巻くものとのあいだにするりと入り込んできた。ソルケルは自分が前のめりに倒れていくのを感じた。

II

意識が戻ってみると、ソルケルは真っ暗闇のなかで寝台に横たわっていた。あたりを手探りした結果、自分は寝棚のようなところにいて、右側に壁があり、左側には光沢のある板が張られているのがわかった。板の上縁に沿って手を滑らせてみた。自分がいるのはかなりの深さのある寝棚のなかで、体の下には羽毛入りの柔らかな敷物が無数に敷いてあった。体は暖かなキルト仕立ての掛物でしっかりと覆われていた。伸びをしようとしたが、その空間はソルケルには狭すぎた。気を鎮めて再び眠りに就いた。

二度目に日中の光で目覚めたときは、寝棚のそばに背の高い、ほっそりとした年配の貴婦人がいて、いかめしい表情の尖った顔と、細く筋張った首と、灰色の髪が目に入った。婦人の着ている衣装は染めの施されていない、よくある錆色がかった茶色の羊毛製だった。

「お若い方」婦人はソルケルに言い聞かせるように言った。「しゃべってはいけません。これをゆっくりお飲みなさい」

そこで、ソルケルが壁に造りつけのその寝台のなかで弱々しく体を起こそうとすると、婦人は右腕でソルケルを支えながら、銀のゴブレットに左手を添えて彼の口元に当てた。ソルケルが口にしたのは、たいへんに美味な凝乳酒《ミルク》(熱くした牛乳に葡萄酒や香料を入れて凝固させた飲み物)で、牛乳、蜜酒《ミード》、蜂蜜、粗挽きの大麦のほか、彼には判断のつかない種々の材料が混ざっていた。ソルケルは凝乳酒をあらかた飲み干し、羽毛入りの枕が幾つもあるなかに仰向けに倒れこむと、たちまちのうちにまたもや眠りに就いた。

三たび目覚めたときは真っ昼間だった。体調がますます元に戻った感があった。寝台がかなり広い部屋の片側をほぼ埋めつくし、部屋の壁に張られた濃い色の木の羽目板が、低めの天井にも使われているのがわかった。寝台の正面には高さのある狭い卓が置かれていた。寝台の足を置くほうに近い壁には低い戸口があり、閉まっていた。反対側の壁には窓がひとつあり、格子窓になっていて、木の格子に魚のはらわたの薄膜が張り渡されていた。うららかでまばゆい陽光がこの窓にまんべんなく当たって照り映え、光がたっぷりと差し込んでくるので、部屋はとても明るかった。寝台のそばで、窓に顔を向けて二脚ある椅子の片方に腰を下ろしていたのは、上背のある、堂々たる風格に満ちた老人で、白髪混じりの髪に血色のよい肌と広い肩を持ち、上等な羊毛でできた赤みがかった茶色のマントを羽織っていた。首につけている金鎖からは、大きくて平らな楕円形の金の魔除け入れがぶら下がっていた。

「お若いの。まだしゃべろうとしてはならない。よく聞いて覚えておくのだ。そなたはアイスランド東岸のファースクルーズネス近く、レヴザルフォルズルにあるホフスタジルにいる。わしはソルステイン・ヴィルゲルズソン、ホフスタジルの長《おさ》だ。我々がそなたについて知っていることは、我が娘とふたりの姪が、おとといの朝早く、ファースクルーズネスの浜でそなたを見つけたということだけだ。それからずっとそなたの看病をしている我が妻が言うには、そなたはもうすぐ立ち上がって動き回れるようになるそうだ。元気になって力がついたらそのときは、話をする許可を与えよう。それまでは、そなたは我らの客人だ。わしの言ったとおりにするがよい。なにもしゃべらず、心を鎮めて、体を休ませ、我が妻の助けを借りて力と英気を取り戻しなさい。元どおりになったらまた話をしよう。では、おやすみ」

ソルケルはおとなしく口をつぐみ、主人は立ち上がって部屋を出て行った。

それから二回目の朝、ソルケルは、ソルスティンがまた寝台のそばに腰を下ろしているのに気がついた。それから、寝台の向かいにある卓の上に、ゴブレットとひと切れの厚切りパンを載せた盆が置いてあるのが見えた。

「お若いの」老人が声をかけた。「すっかりお目覚めかね」

ソルケルが首肯すると、ソルスティンが言った。

「我が妻によれば、そなたはもう十分回復し、話もできるとのことだ。だが、まずは食べ物で力をたくわえるがよい」

そう言うとソルスティンは立ち上がり、盆を卓から運んできた。ソルケルはその言葉に従い、口いっぱいの食べ物を幾度か飲み込んだ。その後、背中を枕に預けると、主人もふたたび肘掛け椅子に腰を落ち着けたので、ソルケルはまず名前を名乗るところから話を始めた。

「そなたもヴィルゲルズルの名を受け継ぐ者であったとは！」老人が感嘆の声をあげた。「しかもローガランの出身とは！　そなたとは縁続きに間違いない、遠く離れてはおるけれども。長いこと生きてまいったが、ノルウェー人でヴィルゲルズルやヴィルゲルズルの息子と名乗る者には、これまで出会ったことも噂を聞いたこともなかった。わしの知るかぎり、我が一族はもうずっとアイスランド人ばかりであったのだ。我らが祖先はフローキ・ヴィルゲルズソンと言って、ローガランの出で、アイスランドで冬を過ごした初めての旅人だ。百三十六年前、フローキは鬣湾《ファクサフローイ》の岬先のほうから海づたいにやって来て、ブレルジフョルズルで冬を越した。ところが、彼とその仲間たちは、魚の豊富さと漁の容易さに夢中になって、飼い葉を十分に用意できず、家畜を皆だめにしてしまった。それゆえにフローキは次の春には故郷に船で戻っていった。だが、二十年以上も経って、本人も中年の時期を過ぎたころ、アイスランドの西部と北部のほとんどがすでに争いをやめたのちに、フローキはまたやって来て、住まいをこの国の東部の、まさにこの地に決めたのだ。わしは彼から五代あとの子孫で、彼と彼の所有物すべてを相続した者だ」

「わたしは」とソルケル。「スノッリ・ヴィルゲルズソンの六代あとの子孫で、スノッリは、ヴァイキングでありアイスランド植民者たるフローキの弟にあたります。どちらもローガランのヴィルゲルズル・ヴィルゲルズソンの息子です」

「ならば」と主人。「そなたは我が子らにとっては五代前からのいとこ、我が子らもそなたにとっては五代前からのいとこということになる。そなたは我が血族の一員だ。さあ、そなたの話を聞かせてほしい」

ソルケルが話をして聞かせ、主人の質問にすべて答えると、老主人が言った。

「妻が、寝台を降りて外の空気に触れるのがそなたのためになると言っている。我が息子たちのなかでも若いソルギルスとソルブランドルに着替えを手伝わせ、散歩の際には支えとさせよう。この提案は腹立たしいことかもしれんが、そなたはまだ介添えなしで歩き回れるほど元気になりきってはおらんのだ」

老人に呼ばれた息子たちは若き美丈夫で、父親の説明を聞くとソルケルの手を強く握りしめて「いとこ殿」と呼び、父親が寝室を出ていってからソルケルが立ち上がるのに手を貸した。ソルケルは介添えの必要性を自覚した。息子たちはソルケルを手伝い、極上の麻シャツ、柔らかな羊毛を編んだ段袋《ホーズ》、貴人の履く靴、最上の毛織物でできた上衣《ダブレット》、着心地と手触りの素晴らしい、美しい真紅の毛のマントを着せてやった。外帯は締めさせても、剣帯、剣、懐剣《ポニャード》、ナイフといったものは一切持たせなかった。息子たち自身はどちらも、牡鹿の角の柄《つか》がついたベルトナイフ、短剣、鋼の鍔《つば》とセイウチの牙の柄に金の柄頭がついた剣を身に帯びていた。

ひとりずつ両脇につき、ソルケルの立ち上がろうとするのを支え、扉口へと誘導し、広々とした、厚い板張りの、天井の高い広間へと連れ出した。そこは、小さな窓が切妻壁の高い位置に数多く穿たれて明るかった。低くて幅の狭い扉が両脇の長辺に幾つかあり、たっぷりとした炉床が、片側の長辺の中ほどにしつらえられた大きな炉囲いのなかに収まっていた。一方のつきあたりに扉口があり、こちらのほうがよく使われるが、反対側にも同じくらいの大きさの扉口があった。介添えのふたりはソルケルをよく使うほうの扉口へと案内して外に出ると、陽光のなかを長椅子へと誘導して腰を下ろさせた。ソルブランドルはそばに腰を下ろし、ソルギルスは歩き去った。

ソルケルには、ひんやりとした穏やかなそよ風が、さわやかで心地よく感じられた。季節が盛夏に近く、アイスランドでもいちばん陽気のよい時期だったからだ。斜めに差し込む陽の光がその体にたっぷりと降り注いだ。ソルケルは日光浴を楽しみ、周囲を見まわした。目に入ったのは、近くの、がっしりとした佇まいを見せる石造りの蔵で、よく育ったトネリコの梁と高い切妻屋根をそなえ、その割には、同じような屋根を持つ屋敷に比べると、屋根の傾斜はそれほどきつくなく、建物の高さもなかった。遠くには大きな羊囲いがあり、小屋が幾つかと、大きな牛舎と、広々とした厩舎と、二棟のかなり大きな納屋が隣接しているのが見分けられた。どの方向にも広大で平坦な空間が広がり、複数の建物が集まっていて、土地全体が胸までの高さの石壁でほかと区切られており、壁に使われている石は巨石ではなく、粗く四角に削り出された石塊であった。

二百ヤードかもう少し離れた低い丘の頂に、一棟の神殿があった。その大きさといい、高く傾斜のきつい屋根、うろこ状のこけら板、棟木の両端とひさしの端にあしらわれた馬頭と魚尾の装飾、彫刻の施された切妻壁といい、特別なものに違いなかった。

幾人かの奴隷たちがこれらの建物のまわりで忙しく働き、下女たちが行ったり来たりしていた。ソルケルの目に兵士の姿は見えず、先のふたりの兄弟のほかには一族の者もひとりとして見かけなかった。ソルブランドルは微笑みながら座っていたが、黙ったままだった。ソルケルも黙ったまま陽の光を浴びていた。しばらくしてソルギルスが戻ってくると、今度はソルブランドルが歩き去った。ソルブランドルは戻るとこう言った。

「母が、そろそろ寝台に戻るのがよいだろうと」

ソルケルはその言葉におとなしく従い、付き添ってもらいながら屋内へと戻った。寝台で、亜麻色の髪の女召使いが持ってきた食べ物を少し食べた。そしてすぐに眠りに落ちた。

目覚めたのは、長い北欧の一日に夕闇が迫るころで、前と同じ女召使いが運んできたものを食べ、ふたたび眠りに就いた。

翌朝、目覚めてみるとソルステインがまたもそばに座っていた。前と同じように気分はどうかと尋ね、手ずから食べ物と飲み物を供してくれた。卓に盆を戻すと、腰を下ろして言った。

「わしと家の者たちで、そなたとそなたが聞かせてくれた事の顛末について話をした。わしと娘と姪たちは、そなたを信じている。しかし、五人の息子たち全員と、義理の娘ふたりと、我が家の主計、家令、詩人《スカルド》、兵士全員は、そなたがどこかの船から放り出されてきた者とは思っていない。ノルウェー人らしいのは確かで、アイスランド人ではないようだ、とは思っているが。これらの者たちの意見は、そなたが敵から我らが地に巧みに送り込まれてきた密偵だとの見方で一致している。そなたがここに運び込まれたとき、着ていたものが濡れておらず、頭髪にも泳いだ形跡がまったく見られなかったのはおかしいと、船載の小舟が帆も櫂も舵もない状態で漂っているところから岸に飛び移る、そんな離れ業ができようはずはないと、無様な作り話でなくてなんなのだと、そう思っている。そなたの話を鵜呑みにして、客人としてここに置き続けるなど、我と我が一族を危険にさらす気かと、そう言って譲らぬ。わしの言葉はここでは法律だが、わしの見方に対して、皆が異口同音にやかましく異論を言い立てるのを無視するのは、賢いやり方ではないと思う。

「そこでだ、そなたが本当はミョーヴィフォルズルの民やセイジスフォルズルの民によってここに送り込まれた者なら、ただちにそうと認め、すべてをあらいざらい打ち明けるがよい。そなたにはいかなる危害も加えられないと約束する。わしはそなたに食事を提供し、短い旅に出られるようになるまで世話をし、そなたが元気になったら火打ち石と打ち金、ベルトナイフ、短剣、剣と剣帯、乗馬用の外套、馬銜《はみ》と鞍と腹帯をつけたよい馬を一頭、それから食料も与えよう。奴隷にレヴザルフォルズルの岬を回れるよう案内させ、速やかに移動できるようにもしよう。反対に、そなたが自分で言うとおりの者であって、漂流者として我らから保護ともてなしを受けて当然と思うのなら、そなたは我が家中の全員に、そなたの話が真実だと納得させねばならぬ」

「わたしはソルケル・ヴィルゲルズソン、ノルウェーはローガランの出です。ミョーヴィフォルズルの民にせよセイジスフォルズルの民にせよ、あなたがたの敵についてはなにも知りません。アイスランドの地を踏んだのは、漂流する小舟から岸へと飛び移ったあの朝が、朝日が昇った直後にあなたの娘さんと姪御さんに行き合ったときが初めてでした。アイスランドでわたしがこれまで目にしたアイスランドの民といえば、あなたの家の方々だけです。お話ししたことは、どの点を取っても真実なのです。とはいえ、どうすれば真実であると納得していただけるのでしょう」

「わしと息子たちの名前からもわかるはずだが」とソルステインが答えた。「我らはかの古い信仰を忠実に守っている。そなたを信じぬ者たち、そしてそなたに反感を持つ者たちのなかでも、とりわけそなたに対して敵意を抱いておるのが我が妻なのだが、この者たちをたちどころに納得させられそうに思うのは、そなたの言葉が真実であると正式に誓うこと、つまり、そなたの血と我らが神聖なる神殿の聖なる腕輪にかけて、ソールとオーディンに対して誓うことではないだろうか。そなたが厭わず神に誓えば、ここの者はもう誰もそなたを疑ったりはすまい」

「異存などまったくありません」ソルケルは言い切った。「異存がないどころか、むしろそうさせていただきたい。ご家中に疑念が生じるのは当然です、奸智にたけた敵が間近にいて、急撃を受ける脅威の下で暮らしておられるとあれば。あなたのご提案どおりに宣誓いたしましょう」

「これはわしの推察だが」とソルステイン。「そなたもまた、ここホフスタジルの者たちと同じく、我らが父祖の神を篤く敬っているのではあるまいか」

「そのとおりです」ソルケルは肯定した。

「キリスト教徒には会ったことがおありか」

「幾度も」とソルケル。「数え切れないほど」

「その者たちと彼らの信仰について話をしたことは」老人が尋ねた。

「何度も」とソルケル。

「それで、そなたはどう思われた」ソルステインがたたみかけるように訊いた。

「わたしには彼らが、わたしどものものよりはるかに効験あらたかで犠牲の少ない邪術や魔術の一体系を有していると言っているように思えます。彼らと話をしているとそう感じるのです。あちらの宗教は、わたしどもと比べて犠牲がずっと少ないのですが、それは彼らが生贄を不要と考えるからで、説明によれば、ひとりの男が数百年前に、ある犠牲的行為を成し遂げて、それによりすべての者が永遠に恩恵を受けられるようになり、その後は犠牲を必要としなくなったそうなのです。どうすればそんなことが可能だったのか、そしていまも可能なのか、わたしには見当もつきません。ですが、それが彼らの考え方のようです。さらに、神官などいなくてもよいと考えているようです。いることはいるのですが、わたしどもの場合よりもずっと少ないですし、世話にかかる費用も安上がりです。必要な装飾品、衣装、食料、使用人が、わたしどもの神官よりも少ないからです。なぜなのかを教わったことはないのですが、彼らが口を揃えて主張するのは、彼らの祈りはより確実に届き、わたしどもがわたしどもの神々から受け取るみ恵みと比べて、より効験あらたかに返ってくるということです。彼らの新しい信仰についてわたしにわかるのは、これだけです」

「そなたの受けた印象は」とソルステイン。「わしのとまったく同じだ。キリスト教徒たちは、わしにはまったく不可解だ。とりわけ彼らは、この世における平和と人に対する親切について大げさに言い立てる。だが、ミョーヴィフォルズルの民もセイジスフォルズルの民もキリスト教に改宗したというのに、我らに対して容赦なく敵意をむき出しにしてくるところは、以前となんら変わりがない。我が父は幾度となく彼らに対して交渉の場を持とうと提案したのだ、和解のため、歩み寄りのため、全島集会で意見の相違と互いに被った損害を申し立て、裁判の手続きの場で裁決や仲裁に導くため、そしてこの諍いを終わらせて、調和と親睦とを確立するために。わしの代になってからも同様の申し出を重ねてきた。それなのに彼らは相変わらず敵対的だ。それどころかキリスト教に改宗してからのほうが、ことによると、前よりもひときわ残忍で、憎しみ深く、血に飢えているような気さえする」

「それこそが」とソルケル。「わたしがこれまで会ったり話を聞いたりしたキリスト教徒たちの、わたしども異教徒に対する態度そのものです。彼らの考える平和とは、わたしどもの無条件降伏や完全なる皆殺しであって、彼らの完全勝利であり絶対的支配なのです。歩み寄り、調停、相互的寛容の精神といったことを提案しても、誰ひとり耳を貸そうとはしません。彼らの態度は独断的で、頑迷で、狂信的で、高圧的で、傲慢に見えます。わたしどもは戦うかさもなくば滅びるかで、ほかに道はないように思えるのです」

「そなたの話には分別がある、わしにはそう思える」老人が言った。「わしは得心したぞ、そなたは裏表のない人物だ。そなたが神殿で宣誓すれば、家中の者たちも召使いたちもこぞって得心するはずだ」

そう言うとソルステインは立ち上がり、出て行った。

Ⅲ

この日もソルギルスとソルブランドルが寝室に入ってきて、ソルケルの着替えを手伝った。今回は助けがほとんどいらなかった。そして今回はふたりでソルケルに剣帯を締めてやり、手ごろな帯剣と美しい短剣、そして立派な装飾の鞘に収められた剣を身につけさせた。ふたりに付き添われて外に出たソルケルは、苦もなく支えなしで歩くことができた。戸外では、ソルステインが年長の三人の息子たち、ソルフィンヌル、ソルゲイル、ソールルズルとともに待っていた。次いで見事な金髪の若く大柄な美丈夫を「名をフィンヴァルドル・シグルズソンといい、ファースクルーズフォルズルの出で、いずれわしの義理の息子となる」と紹介された。ソルステインお抱えの詩人《スカルド》オルモーズル・ボルクソンや、家令のアリ・ゴルムソンもいた。二十名ほどの兵士たちも近くをうろついていた。

紹介がすむと、皆で神殿へと出発し、ソルステインがソルケルと腕を組みながら先導した。

「わし自身が」とソルステインが言った。「神官《ゴジ》として奉職しているのがあの神殿で、あれはわしの祖父、ソルレイヴル・ヴィルゲルズソンがノルウェーから持ち込んだ木材で建てたものだ」

神殿は、ソルケルが見当をつけるに、最長辺が百フィートはあった。神殿に近づきながらその造りを見ると、手前の切妻壁には扉がついていなかった。両側面の壁にはそれぞれに広い戸口があり、どちらも一方の端寄りについていた。いちばん近い入口からなかに入り、その入口のついている壁の右奥まで進むと左側を向いた。背後では、それまで整然と列をなしてあとからついてきていた兵士たちが、隊列を崩して散らばった。ソルケルが感じ取ったのは、大勢のたくましく猛々しい大男の槍兵たちが、この聖なる場所に入り、畏敬の念を湧き上がらせているその様子だった。ソルケルたちは向かいの長辺の壁のなかほどにある高座のそばを通り過ぎた。それは背の高い柱と柱のあいだにあり、どちらの柱にも、金めっきを施した赤銅製の、聖別された三つの締めねじがあしらわれていた。それらのねじは、切妻壁の高い場所にある、腸皮を張った小さな格子窓から入る薄明かりのなかでも目に止まった。神殿の奥に向かって進むソルケルたちが足を踏み入れたのは、床の上に薄い石板でぐるりと縁取られた楕円のなかだった。楕円の内側の、遠いほうの切妻壁寄りの端近くに、習わしどおりにしつらえられた祭壇があり、非常に厚みのある化粧石の板でできていて、たっぷり三平方エル（長さの単位で約一、一四メートル。現在ではほとんど使われない）はあり、ルーン文字の刻まれた四本の石の角柱で支えられ、柱は土がむき出しの床面に深く打ち込まれていた。祭壇の石の天板にもルーン文字が刻まれていた。その上に置かれているのは聖なる腕輪で、銀無垢の、ゆうに三十ポンドはあるものだった。

ソルステインはその大きな腕輪を持ち上げると、右腕を通して肩のところまで上げた。その位置にソルフィンヌルが腕輪を真紅の羊毛の帯で結びつけ、帯を父親の左の脇の下に滑り込ませて左肩にかけたので、腕輪が腕から滑り落ちる恐れはなくなった。次に、ソルステインの右側に立ったソルケルが、自分の短剣を鞘から抜いて、その刃先で左手の甲を軽く切りつけ、短剣を傾けて刃に血を滴らせた。それから左手を先の腕輪の上に置き、短剣の刃先を下に向けて祭壇中央の上空で支えた状態で、こう誓った。

「わたしの誓いが真実でなければ、わたしの血がこの短刀の先からこの祭壇に滴り落ちるが如く、わたしの血とわたしの親族、わたしが結婚するかもしれない妻、わたしが持つかもしれない子どもたち、わたしにとって大事な人々の心臓の血を、地に降り注がせたまえ。わたしはわたしの血と、わたしが握るこの聖なる腕輪と、この祭壇と、高座を挟む柱と、その聖なるねじにかけて、ソールとオーディンの前に誓う、わたしはソルケル・ヴィルゲルズソン、ノルウェーはローガランの出で、アイスランドの浜に漂着したばかりの身であり、アイスランドにおいてはここホフスタジルに住まう人々のほかに、いかなるアイスランド人も見かけたことはなく、話をしたこともない。

「この宣誓が偽りであるならば、わたしの心臓の血、そしてわたしが大事に思う人々の血を、わたしの血がこうして短刀の先から滴るが如く、地上に降り注がせるがよい。オーディンとソールの前にわたしはいま誓い終えた」

続いてソルフィンヌルが神官《ゴジ》の腕輪を父親の腕から外し、ソルステインとともに腕輪を元の場所、祭壇の天板の中央に戻した。

神殿の外で、ソルギルスがソルケルの左手の甲の切り傷の手当てをした。それからソルステインがまず初めに、次いで息子たちが年齢順に続いて、ソルケルの手を握りしめ、互いに祭文を口にした。

「貴殿は我らの大切な信頼に足る血族なり」

フィンヴァルドルがそのあとに続いた。そしてアリ、オルモーズル、兵士たちがソルケルに敬礼し、大きな声で言った。

「我らは戦友なり」

神殿からソルステインはソルケルを先導して蔵に入り、武器庫として使われている一角へと連れて行った。

「これらの武器をざっと見るがよい」とソルステイン。「そして印象に残った剣、懐剣、帯剣を選びなさい。まずはいま身につけているものを検分するといい。気に入ったなら、それを持っていなさい。ただし妥協はせず、剣の釣り合いはそなたの好みに合わせて、武装も望むとおりにすることだ」

屋外の、アイスランドにしてはいつになく過ごしやすい日の穏やかな陽ざしのなかで、男たちが入口の両脇に置かれた長椅子に腰かけて語り合っているうちに、昼過ぎになった。そこでソルステインはソルケルに、外気にあたって疲れたのなら一時間かそこら横になり、そのあとで、ひどい目に遭ってから初めての、しっかりした食事を取るといいと勧めた。

ソルケルがソルギルスに起こされ、呼ばれて行ってみると、大広間におびただしい数の人が集まっていた。ソルステインからは妻のソールカトラと、浜辺で会った娘のソルゲルズル、ふたりの姪ソーラルナとソルディースを紹介された。ソーラルナは背が高く女らしい体つきの美女、ソルディースは極めて麗しい金髪の持ち主で、後者はソルケルが三人の娘たちのうちでいちばん美しいと思った娘だった。ソルフィンヌルの妻アルノーラとソールズルの妻ヴァルディースは、うら若く人あたりのよい女たちであった。

ソルステインが高座に就き、その正面には炉床があった。左右には彼の家族が、広間の高座側の長辺に沿って置かれた長椅子に座っていたが、その位置は壁面から十分に離れており、人が背後を歩いたり、当の壁側の出入口から出入りしたりできる余裕があった。広間の反対側には、炉囲いを挟んで、同じように長椅子が一列に並んでおり、四十名を超える兵士たちが固まって腰を下ろしていた。広間の奥へ行くと、給仕がそれほど忙しくないのか、配下の者たちや奴隷たちが座っていた。男の召使いたちが八十を超える灯りと組み立て式の卓を運び入れた。卓は三つの構成物、すなわち四角い天板とふたつの架台で一組となっていた。そして食事を取る者の前にひとつずつ置かれた。食べ物は種類も量も豊富であったが、たいへんにアイスランドらしいものだった。新鮮な乳清《ホエー》が壺にも水差しにも鉢にもふんだんに供された。凝乳《カード》の鉢が幾つもあった。皿に山盛りで出されているのはチーズの薄切りで、作りたてのものも熟成させたものもあった。ありあまるほどの魚が、燻製も獲れたても、あらゆる方法で調理されていた。よく肥った柔らかな羊肉、牛肉に子牛肉がたっぷりと用意された上に、さらに二枚の大きな皿が、皿一枚につきふたりの屈強な奴隷たちによって運ばれて来て、片方の皿には煮込んだ馬肉を食べやすく切ったものが、もう片方の皿には焙った馬肉を同じように薄く切ったものが盛られていた。ほどほどの量が用意されていたのは、極上のライ麦で作った上質のパンや、大麦や小麦のパンで、柳で編んだ小ぶりの浅い籠や、それと似たような盆に載せて、手から手へと渡された。女の召使いたちはひっきりなしに行ったり来たりしながら、ぬるま湯の入った水盤と手拭きを差し出した。この時代にはフォークがなく、ノルウェー産のブナ材でつくった皿とスプーン、そして帯剣を除くと、指が唯一の食器具であり、気持ちよく使うためには手をこまめに洗う必要があったからだ。

ソルギルスとソルブランドルは、ふたりのあいだに座したソルケルの前に、運ばれてきたごちそうをすべて取り分けて積み上げ、彼のゴブレットがよく熟成された薫り高い蜜酒でつねに満たされているようにしてやった。これほどの大所帯と贅沢極まりない宴を前にしながら、それら以上にソルケルの印象に残ったのは、彼の左手に位置する炉囲いの存在であり、その炉床では、くすぶる泥炭が赤く燃えているのではなく、はじけるような音を立てる流木が山と積まれて燃え盛っていた。ソルケルは炉床の印象をソルブランドルに話して聞かせた。

「ほかで炉囲いや炉床を見たことがない」というのが彼の返事だった。「鬣湾《ファクサフローイ》周辺の、川の流れる谷間の地域にあるふたつの広間には、炉囲いのついた炉床があると聞いているし、ブレイジフォルズルの屋敷にも一基あるそうだ。だが我が家中には、いずれも見たことのある者がいない。ここのは曽祖父が地元産の石で造ったものだ、この島には耐火性に優れた石があるのでね」

「こんな炉囲いつきの炉床は初めて見た」とソルケル。「わたしの家に限らず、これまでに入ったことのあるほかの広間もすべてそうだったが、炉床だけが広間の中ほどにあって、そのせいで煙が屋根の穴を見つけるより早く、梁を真っ黒にしてしまう」

宴が終わると、ソルステインが大声で静粛を求めた。

「我々は、諸国を渡る詩人《スカルド》にも等しい、驚くべき冒険を経験した客人を迎えている。皆でノルウェーはローガランのソルケル・ヴィルゲルズソンの話に耳を傾けようぞ、彼が寛大にも我が求めに応じ、遭遇した危難とそこからの脱出を語ってくれるならば」

ソルケルは赤面したが、笑みと期待にあふれた顔という顔が自分に向けられるのを見て励まされた。勇気を出して立ち上がり、最初はためらいながらだったが、次第に淀みなく話をして聞かせられるようになった。

ソルケルが話し終わって席に就くと、オルモーズルが竪琴をかき鳴らし、ヴァイキングでありアイスランド植民者たるフローキ・ヴィルゲルズソンの偉業を称えて詩を吟じた。吟詠が終わると一同は床に就くために散っていった。

その後の数日間でソルケルはホフスタジルについて詳しくなり、住民たちや近隣の人々と親しくなった。体力と気力がすっかり元に戻ると、ソルケルはさっそく朝の時間をソルゲイル、ソルブランドル、ソルギルス、フィンヴァルドルとともに、剣の稽古、槍や弓矢での的狙い、組討ちなどの、戦士としての鍛錬に費やした。なにに取り組んでもずば抜けた腕を持っていたが、気立てのよさが人を惹きつけたので、彼があっさり勝利を収めても、誰も気分を害さなかった。

皆で連れ立って泳いだり魚を獲ったりするときは、近くに数ある小川に行ったり、非常に扱いやすい、がっちりとした造りの舳先の丸い小舟で、ただし腕利きの船乗りをひとり連れて沖に出たりした。ソルケルは魚の数と魚の獲れる速さに驚くやら感心するやらであった。針を水中に投げ入れるのと魚が釣れるのが、ほぼ同時なのだ。

近隣をまわるときはすらりとした体躯の美しい馬に乗った。この時代、アイスランドの馬はノルウェーの馬とまだほとんど変わらず、それというのも、背が高く力のある活発な駿馬たちをノルウェーから頻繁に連れてくることが、その血統の維持につながったからであった。

幾日も経たないうちに、ソルケルはこの地についてずっと遠くのことまでわかるようになった。ソルステインに同行して所領を見まわったからだ。ソルステインはホフスタジルの神殿の神官《ゴジ》であるのに加えて、ゴズオルズと呼ばれる行政単位の執政官《ゴジ》でもあり、アイスランド全土がこのゴズオルズに分けられていた。ソルステインは見まわりに五人の息子と、セルマルクのソルラークル・ヴィルゲルズソンやフーサヴィークのソルヴァルド・ヴィルゲルズソンを含む数名の血族と、多くの自由民《シングマン》たち、配下の者たち、小地主たち、さらには腕っぷしの強い、馬に乗り慣れた槍騎兵たちの護衛を供としてつけた。

ソルケルは、ソルステインの迅速に揉め事を収めて不満の種を取り除く姿に大いに啓発された。この老人は人並みはずれた洞察力を発揮して、彼の下にいるすべての人々の思い、真意、足りないもの、望み、必要なものを、言わせずして理解することができるらしかった。見まわりの旅が終わり、ソルステインがくつろいでいるときを見計らって、ソルケルは思い切って彼に対する称賛の気持ちを伝えた。

主人は微笑んだ。

「首長たる者は、自分の下にいる者たちの心を見抜き、彼らの考えを、質問したりされたりせずとも、なんら言葉を発さずとも、把握できる力を持たねばならない。自分に依存しないと生きてはいけない者たちの、言葉にならない思いを読み取れないような人間は、神官や執政官といった立場になくてはならない威信を長く保ってはいられまい。必要からとはいえ、わしなぞは言われなくとも、視線すら交わさずとも多くを知ることができる。たとえば、数か月先のことが、ときには数年先のことさえたいていはわかる。青年ひとりひとりについて、どの娘に求婚するのか、どの若者がどの乙女を求めんとしているのか、どの若者がどの乙女の瞳のなかに承諾を見て取るのかさえわかる。首長たるもの、そうしたことを見抜けねばならぬ」

ホフスタジルでソルケルは、種々の建造物にもたちまち詳しくなった。炉囲いやはめこみ式の炉床や豊かな薪の炎にも増して印象的だったのが、所領の防御設備であった。所領を囲んで護っているのは水のない堀で、そこから掘り出した土を堀の内側に投げて巨大な塁壁を築き、四方の囲いの上端を、粗く四角く削り出した大きな石の塊で覆ってあった。角々には丸く膨らんだ形に張り出した堡塁があり、これを囲む柵は、樺の丸太を地中深くまで埋め込んだもので、上に向けられて互いに触れ合っている元口は、どれもたっぷり三スパンはあった。というのも、この時代、アイスランドの原生林が提供してくれる丸太は、現在のこの島で手に入るどの丸太よりもはるかに太かったからだ。この丸太でつくった柵は壁のようで、胸の高さまであった。ソルケルは堡塁を見るのが初めてなら話を聞くのも初めてで、その目新しさと独創性と、優れた仕掛けとしての素晴らしさに深く感じ入っていた。堡塁とは、要塞を守る者たちに、壕を渡ったり盛り土によじ登ったりする攻撃者を横から撃つ好機を与える仕組みであり、現代のわたしたちにとっては既知の作戦であるがゆえに、それが知られていなかった時代がかつてあったという事実に思い至りさえしないものだ。しかしこの当時、地中海の国々ではそれが普通になり当たり前となって数百年、さらには数千年の時を経ていたのに、未開の北の国々にはまだ入ってきていなかった。それどころか、世界のどこであれ、人は自分でそうした発想を思いつく鋭敏さに欠け、敵方から借用する羽目になるほど遅鈍であった。

ソルケルにとっては風呂もまた印象深いものであった。それは小屋と呼んでもいいほどの小さな建物で、土と石で造られ、低い扉が一枚と、ごく小さな窓がひとつだけついていた。なかは人ひとりがやっとの広さで、ごく小さな石の釜の脇に桶一杯の水があった。釜は真っ赤に熱せられており、入浴者が柄杓でその上に水を注ぐと、たちまちのうちに小屋が蒸気で満ちて、汚れ落としと気分転換が図れた。

さて、先日の大広間の炉囲いの両脇には戦勝記念の飾りがあり、槍や盾や剣が六芒星の形を描いて並んでいた。六本の短い鉾が交差した状態で留めつけられ、六枚の小ぶりの丸い盾が放射状に配置された槍のあいだに置かれ、さらに十二本の剣がそれぞれの盾のそばに二本ずつ飾られていた。炉床の上にも飾りがあり、六本の長い剣がその切っ先を突き合わせ、柄同士は離れた状態で、剣と剣のあいだには盾が配されていた。

ソルケルはこれらの記念品について尋ね、ここにこうして飾ったのはソルステインの祖父ソルレイフ・ヴィルゲルズソンであり、この広間と神殿も彼が建てたと聞かされた。炉囲いの脇を飾る槍や剣といった戦勝記念品は、いずれもかつてヴィルゲルズルの子孫たちが所有した、優れた貴重な武具だった。炉床の上を飾るのは、まさしくかのヴァイキングでありアイスランド植民者たるフローキ・ヴィルゲルズソンが終生身に帯びていた剣と、その剣を熟練の技でそっくりそのまま写した複製品五本であって、ソルレイフ・ヴィルゲルズソンの命により高名な鍛冶屋ホーズクルドル・ヴェスタルソンが製作したものという。

「わし自身も知らんのだ」とソルステイン。「どれがフローキの剣なのかを。父も知らないと言っていた。誰も知らぬ。この六本のうちのどれであれ、わしが生まれる以前から、使った者はおらんのだ。フローキの剣には魔力がそなわっていて、ヴィルゲルズルの血筋の者でなければ使いこなせず、ヴィルゲルズルの血筋でない者にとっては太い鉄の棒よりも重く感じられると聞いている。だが、フローキの子孫や親族に災厄が降りかかった際には不思議が働いて、この剣を使う者に超人的な豪胆さと軽やかさ、俊敏さ、強さが吹き込まれるのだ。フローキの剣については、剣が味方と敵を区別できて、剣を使う者がどれほどのぼせ上がって敵と思い込もうとも、相手が仲間であれば傷つけず、一方どれほどその裏切り者を信頼していようと、不誠実な敵を討ち損ねることがないとも言われている。我々はこの六本の剣を、我らが神殿の高座の脇に立つ柱のねじとほとんど変わらぬほどに神聖なものだと、神殿の腕輪そのものと同じくらい聖なる品だと思っている。あの広間にある六本の剣は、我が家中にとっての加護でもあれば守護でもあり、ホフスタジルにとっては護符のごときもの。我ら一族全員と兵士たち、自由民《シングマン》たち、臣下たち一同で敬い、大切にしている」

ソルケルにはどの剣も非常に美しく見えた。

ソルケルは、ソルステインが常時六十名を超える兵士を警備に当たらせ、そのうちの何人かをホフスタジルの外で見張らせているのを知った。断崖を見まわったり、海からの攻撃にそなえて監視したりしている兵士がいた。つねに複数の監視艇が沖合に出て北の海へと舵を取っていた。崖の上の見張りたちにとってはフィヨルドも監視の対象であり、舟からの攻撃の兆しを警戒していた。兵士たちが必ず配置される場所は、ソルステインの傭兵やその他の配下の者たちの農場と、レヴザルフォルズルの岬であり、とりわけ後者は、陸路で大勢が攻撃をしかけてくる際に必ずそこから回り込んで来る場所だった。

ソルケルの目に映るソルステインの妻ソールカトラは、心優しいが不愛想で、口を開けば舌鋒鋭く、厳しく辛辣で、飾らない性格をしていた。娘のソルゲルズルはまじめで明敏で抜け目ないが、生来の性格は人を信じやすく疑わず、打ち明け話も厭わない、企みや装いのない人だった。彼女のおかげでソルケルはいままでまったく味わったことのない経験をした。ソルゲルズルはソルケルに対して姉妹のような、ほのぼのとした関心を実に率直に、かつあけっぴろげに示し、しかも彼女の愛情は疑いようもなく、美しいフィンヴァルドルに熱く向けられていたのだった。

姪のソーラルナとソルディースに対しては大いなる憧れと好意を覚えた。どちらの娘をより好ましく思うのか、自分でも判断がつかなかった。ふたりが傍目にもそうとわかるほど自分に熱をあげているのは、なんら不思議ではなかった。知り合ってさほどたたぬうちに魅力的な乙女たちが自分に恋をし、それを態度に表すことに、ソルケルはすっかり慣れっこになっていた。

スカンジナビアの暮らしにまつわる古来のしきたりからすると、当時のアイスランドでは、若い男女がほんのわずかなあいだでもふたりきりになるなど、まったく考えられなかった。しかしその一方で、アイスランドでの暮らしは自由で隠し立てがなく、あけすけで、好きなようにふるまえ、因襲にとらわれず、ありのままなので、若者と娘たちが住まいの近くで行き合うなど珍しくないばかりか、雑談は当たり前で人目に立つということもなく、ソルケルとソーラルナとソルディースが連れ立って戸外を歩きまわったり、隣り合って腰を下ろしたまま広間で何時間もしゃべったりして、その様子がまわりの者たちの目に触れたとしても、誰も気にせずに放っておいてくれた。

こうしてソルケルは、急速に主人の姪たちと懇意な間柄となり、それぞれの身の上話を聞かされた。ふたりの話は似通っていて、この時代のアイスランドでは珍しくもなんともなく、その後数世紀に渡り、その状況は変わらなかった。悪意と憎しみに満ち満ちた終わりのない反目により、レヴザルフョルズルに住む者たちと、近隣のミョーヴィフョルズルの民やセイジスフョルズルの民とのあいだで報復行為が繰り返される結果となっていた。

ソーラルナは、父親の所領が微塵も勝ち目のない猛攻撃を受けたときの、ただひとりの生き残りだった。父親はソルステインのきょうだいで名をソルレイクルといったが、その戦いで殺され、家屋敷は勝利に酔った攻撃者どもによって火を放たれ、家族が皆炎のなかで絶命したなかで、三歳の幼子であったソーラルナだけは忠実な乳母の働きで救い出された。

ソルディースはソルステインのきょうだいソルゲストルのひとり娘で、同じような殺戮のなかを生き延びた者だった。

ホフスタジルでの晩の娯楽といえば、そのほとんどが、所領が襲われたとかどうとかの残虐行為を話して聞かせることで、襲った側の話もあれば襲われた側の話もあった。巧妙な計画の下に手際よく実行し、圧倒的な勝利を収めた話もあれば、戦いが引き分けとなり、所領は護りに立った者たちの死を悼む悲しみに包まれはしたものの、略奪や焼き討ちからは逃れることができたという話もあれば、無計画で衝動的で無謀で人手が足らず、攻撃の仕方が無様で、結局攻撃を仕掛けた側が完全に敗走するはめになる話もあった。ソルケルは黙って腰を下ろしたまま、この手の長い物語が、お抱えの詩人《スカルド》オルモーズルから、ソルステインから、彼の年長の息子たちから幾つも語られるのに耳を傾けた。彼らから聞かされた話のなかにはいっそう長い、攻める側なり攻められる側なりの立場に立って不満を述べたものがあり、それは全島集会がシングヴェッリルの地でほぼ毎年、夏の二週間に渡って開かれ、島の人々が集まるようになるより前の話であった。彼らは微に入り細に入り、不満分子たちへの熱を込めた非難、非難された側の怒りの抗弁、上等法廷での答弁の引用、双方の証人たちの証言、法律家たちの議論、裁判官たちの意見の不一致やたまの一致、彼らが下した評決と判決、そして有罪となった侵略者に関して彼らが見積もった損害賠償について語った。こうした物語のほぼすべてでソルケルは、法廷での決定を無視したり軽んじたり、あるいはさらなる報復や抗争、不意打ち、暴力行為が生じたりする結果となる顚末を聞かされた。そして、抗争、殺人、背信、要撃、略奪、暴力行為、大量殺戮、皆殺し、放火、これらの行為がもたらした結末、そうした話のすべてにおいて、まるで全島集会が立法権や議決権を有する議会として有用で、そこでの決定がこの島の法律として確実に順守されるよう取り計らう力をそなえており、法廷がそれとして持つべき権威をきちんと有し、その判決、評決、命令、処罰を実行する権限を持っていて、法と正義が間違いなくアイスランドに存在しているかのような語り手たちの話しぶりに、ソルケルはなにより驚かされた。というのも、ここで聞かされたすべての話を、すべての物語のあらゆる詳細を聞くかぎり、彼らが自画自賛する全島集会とは荒れた年に一度だけ開かれる会合にすぎず、そこでなにを成し遂げるでもなく、ただ虚しい言い争いに時間を無駄に費やし、見栄を張って一見立派な議会めいたものを開くものの、それは実のないただの見せかけで、無意識の自己欺瞞と、恥じ入りつつも発揮する厚かましさとを奇妙に混ぜ合わせながら、アイスランド人が一丸となって維持し続けたものであり、かたや法廷は衆目のある場では敬意を持って語られはするものの、その実すべての犯罪者から馬鹿にされ、命令や判決や評決を実行する力もなく、刑罰の執行も、法廷が認めた補償の請求も実施できず、それゆえに法廷は総じて、人と物と時間を浪費し、消耗するばかりのくだらない茶番の場にすぎないという、そんな印象を受けたからだった。

ソルケルにははっきりと理解できた。主人や家中の者たちの例が適正だとすれば、アイスランド人とは、自分たちには正義をなす法廷と、法と秩序を維持する政府があると、ともかくもそう思い込んでいる人々だった。ところが実際は、彼らはまったくの無秩序状態のなかで暮らし、そこに命や財産を守る術はなく、自分たち自身、自分たちの仲間、自分たちの財産が心配ならば所領の男たちの戦いの技量に、首長と首長の財産を守りたければ首長の兵士たちの戦いの技量に頼るしかなかった。美しいソルディース、麗しいソーラルナ、愛らしいソルゲルズル、綺麗なアルノーラ、可憐なヴァルディース、凛としたソールカトラといった女たちは、来る日も来る日も凄まじい死と向き合う危険のなかに暮らし、身の安全も男たちが守ってくれれば保たれるにすぎなかった。しかしこうした女たちも、家中の男たちと同じように、高邁な自由がアイスランドには存在すると誇らしげに語り、ノルウェー人が暴君の下で媚びへつらっている様子を憐れみ、自分たちの島の制度を称え、ゴズオルズという行政単位、年一回の選挙、年に一回シングヴェッリルで召集される非効率的かつ無益な全島集会、ややこしく長たらしく手間ばかりかかって実の少ないやり方で進める無意味極まりない法廷といったしくみを褒めちぎるのだった。故郷を誇りに思う気持ちの激しさゆえに、アイスランド独自のものに紛れもない不備があったとしても、彼らの目には映らないのだろう。

Ⅳ

とはいえ、話題や会話の内容はほとんど問題ではなく、ソルケルはソーラルナかソルディースのどちらかと過ごせればそれで十分満足だった。しかし、さほど日が経たないうちに、自分のふたりに対する感情の違いと、ふたりの自分に対する感情の違いに気がついた。ソルディースはソルケルを避けたりは決してしなかったが、彼の行くところに自分も行くようなことは決してしなかった。すべてが都合よく運んでふたりがたまたま行き合うと、ソルディースはソルケルと一緒にいることを素直に喜ぶのだが、おしゃべりを長引かせたり話題を提供したりは決してしなかった。ソーラルナは逆に、非常にうまく会話の終わりを先延ばしし、工夫を凝らして巧みに如才なく、しかも目立たぬように策を弄して結局はソルケルとふたりでいられるようにするのだった。

ホフスタジルで暮らしはじめてまもなく、ソルケルにとっては毎日が、どうにかソルディースと一緒にいられるよう工夫することで占められるようになった。あるとき、ソルディースの微笑みに見とれていると、彼女の顔が急に曇り、こう言った。

「ほら！　ソーラルナが行ってしまった！　どうかもっとあの娘と一緒に過ごすようにして、わたしとの時間は減らしてくださいな。幼いころから仲良く過ごしてきて、お互いへの愛情と全幅の信頼を損なうものは、これまでなにひとつとしてなかったのよ、あの娘がわたしに嫉妬心をつのらせ始めるまでは。あの娘があなたに恋をしてからというもの、わたしたちは疎遠になってしまった。あの娘はわたしに対して冷淡で、よそよそしくて、口も利きたがらず、ひどく無愛想なの。仲違いなんてたまらなく悲しい。わたしはあの娘が大好きだし、あの娘にもわたしを大好きでいてほしい。嫌われたくないの。どうにかしてあの娘をなだめてくれないかしら。あの娘はいつも嫌な顔ひとつせず、つねに穏やかで落ち着いていて堂々としているわ。でも、怒りを内にこもらせてひどく激昂するたちだから、あなたに話しかけられるとわたしは怖くてたまらない。わたしのことは放っておいて、どうかできるだけあの娘の機嫌を取ってあげて。約束してちょうだい、わたしのお願いどおりにしてくれると」

ソルケルは約束し、数日のうちはソルディースに挨拶すらろくにせず、なによらず会話を交わすこともなかったが、その一方で、ソーラルナとは長い時間を過ごし、自分でも意外なことに、大いに楽しんで彼女の相手をした。だが、さらに意外だったのは、ソーラルナと一緒にいないときはソルディースに会いたさがつのり、思わず外に出て彼女の姿を探さずにはいられず、自分がどれほど彼女を愛しているかを伝えたくてたまらないのだった。

晴れて穏やかな日が長らく続いていたが、すっかり暖かくなり、南のスコットランドやイングランドでもこれほど暖かい日がそうそうあろうかという陽気になった。ソルステインは槍兵の大軍を供として馬ででかけ、配下の者たちや自由民《シングマン》たちに貸し与えている辺境地周辺の農地を訪ねて視察した。その日は天候にもことのほか恵まれ、一同は気軽な小旅行を楽しんで、ホフスタジルに早めに戻ってくるつもりでいた。ソルステインとほとんどの同行者にとってはそういう結果となった。ところが、その日の早いうちに彼らに一報が、とはいえ噂程度ではあったがもたらされ、それによると、ある農場で問題が起きたとのことで、そこはソルステインのゴズオルズの南西のはずれに位置する幾つかの高台のうち、ほかと隔絶した場所であり、一同の通る道からはかなり逸れていた。ソルブランドルがそこまで馬で行って偵察してこようと申し出たので、ソルケルも一緒に行くことにした。ソルブランドルは父親から兵士を数名連れていけと言われたがよしとせず、ソルケルと自分だけのほうが時間をうまく使えると言って聞かなかった。そしてふたりは出発した。用事はすんなりとかたづき、噂は噂にすぎず、モスフェルの人々は皆安全で無事であった。しかしその帰り道、ふたりはアイスランドに特有の事態に遭遇した。温かな日が長く続くとよく起こるのだが、大量の雪が高地で、あるいは山麓の丘の高いところで解け、非常にまれなことながら、その雪解け水が谷や渓谷や岩間や山間部に溜まった氷でせき止められ、その状態で温かな天気が続いてしまうと、ある日突然氷のダムが決壊して放出される結果となる。こうして大量の雪解け水が、不意打ちのように怒涛と化してふたりの帰路を横切り、深さを増した水は奔流をなし、歩いて渡ることも、泳いで乗り切ることもできなくなった。ふたりはやむをえずこの一時的な洪水が治まるのを待ち、ホフスタジルに帰り着くころには次第に日が暮れて、目の利かぬ黄昏時となり、いつまでも残る薄闇がいよいよと濃さを増していく時分となっていた。

ソルブランドルは疲れ切った馬たちが甚だ気がかりだったので、ソルケルにすぐに広間に顔を出すよう頼んだ。厩舎と屋敷のあいだの、どの蔵の陰からも見えない場所で、ソルケルはソルディースに行き合った。

ソルディースは泣き出した。

「ああよかった！　よかったわ！　レーヴルとカールリが日の落ちたあとにぼろぼろの馬たちと戻って来て、あなたとソルブランドルが待ち伏せにあって殺されたと言うんですもの。わたしの大事なあなたが無事で、本当によかった！」

ソルケルがソルディースを両腕で抱きとめ、ふたりはしっかりと抱き合い、ソルディースは泣きじゃくりながら頭をソルケルの胸に預け、ソルケルは片方の腕をソルディースの体にまわし、もう一方の手で髪を撫でながら小さな声で言った。

「愛しい人！　泣かないで！」

不意にソルディースの両腕から力が抜け、ソルケルから体を離し、さらにはソルケルを押しやって、泣きながら押し殺した声でつぶやいた。

「行かなくちゃ！　ソーラルナに見咎められたらどうするの！　気をつけて！　一緒にいるところをソーラルナに見られてはだめ！　行かせてちょうだい！　わたしに構わないで！　わたしに近づいては、話しかけてはいけないの！　ふたりでいるところをあの娘に見られないようにしないと！　もう行くわ！」

そう言って飛びすさり、姿を消したさまは、怯えた野ウサギのようだった。

その後二日間の天気は、暖かいというよりは暑く、北の国とは思えないほどだった。アイスランドではめったに起こらないが、馴染みがないわけではなく、東海岸でよく生じる現象だった。この暑さのおかげで広間の火は完全に消してもよかろうということになり、夕食の際には、兵士たちの座る二脚の長椅子が、石造りの炉囲いを背に、なおかつ炉囲いにやや近寄せ気味に、炉床の前を横切るように置かれていた。

この二日間、ソルケルはできるだけ都合を合わせてソーラルナと過ごし、彼女の魅力に気づく一方で、気分屋で神経質で衝動的なところがあるとも感じはじめていた。そして努めてソルディースを避けるようにした。ほんの一瞬、二言三言、言葉を交わす機会が一度だけあった。そのときソルディースは、いまにも涙をこぼさんばかりに、切れ切れに言った。

「ソーラルナが怖くてたまらないの。なにに怯えているのか自分でもわからないのだけれど、これほどあの娘を怖いと思ったことはないわ。あなたをすごく疑っているのよ。あなたとわたしが相思相愛だと思っているみたい。あなたがあの娘によそよそしいから気が気じゃないんだわ。ソーラルナは、あの娘の母方が皆そうだったように、怒りっぽくて、気短で、神経質で、癇癪持ちで、辛辣で、執念深くて、直情的で、向こう見ずで、すぐかっとなる人なのよ。ああ、怖くてたまらない！」

ソルケルはソルディースをなだめようとしたが、できなかった。

三日目の朝早く、夜明け直後ですでに昼の明るさになった時分に、見張りたちが危急を告げた。

しかもそれは遅すぎた！

ホフスタジルの守備隊はほとんど武装しておらず、全員が所定の位置についていたわけでもなかったので、三方向から同時に、見事に策応された攻撃を受けた。西からは浜に沿って、南は傾斜地から、そして北からは、フィヨルドを渡ったために誰にも邪魔されずに海岸から上陸できた一群がやって来た。

ソルケルは防塞の西側を護る者たちに加わり、彼も仲間たちも激しく戦ったにもかかわらず、侵略者どもは上首尾に塹壕を渡り、壁をよじ登って来た。しかしそこで住民たちの必死の応戦によって迎撃され、ソルケルも役目以上の働きをして、ひとりで次々と五人の手強い敵兵を斃した。敵方がひるんだ隙にソルケルは六人目に飛びかかり、相手の突きをかわして兜に致命的な一撃を食らわせた。

あの剣がピシリと鳴った！

敵が先の一撃の威力で半ば失神し、すっかり放心している隙に、ソルケルはぐるりと向きを変え、広間めがけて猛然と走った。広間では炉床の前を横切るように置かれた長椅子のうちのひとつに飛び乗り、六本の揃いの剣のなかからある一本の柄をつかみ、留め具からもぎ取ると、それを振りかざしながら広間を走り出た。

戸口から出た彼の耳に、はしゃいだ大声と勝ち誇った歓声が聞こえてきた。右手を見やると、鎖鎧を着た男たちが防塞の東側の壁を飛び越えてくるところだった。ソルケルの目に映ったのは、先頭を切る首長のロズブロークルとハールフダンの姿であり、不誠実な友人のゲッリルとシグルズルとボズヴァルの姿であり、海の大烏号の乗組員たちの姿であった。ソルケルは瞬時に察した。彼らはうっかりとミョーヴィフォルズルかセイジスフォルズルかに足を踏み入れ、敵と知りながらセイジスフォルズルの民やミョーヴィフォルズルの民と親しく交わった挙句、手に入るであろう戦利品の分け前を受け取るのと引き換えに、アイスランド東部で最も豊かな一族の所領を占領し略奪することに手を貸すと、あっさり請け合ったのだ。

復讐の好機到来に燃え立ったソルケルは、ロズブロークルに飛びかからんと突進しながら、自分がこれまでになく速く走り、これまでになく力強さを覚え、みずからの腕を恃みとし、気概に満ち、成功を疑わないでいる、そんな感触を得た。

ソルケルはロズブロークルの護衛を追い払い、ロズブロークルの頭部めがけて剣を思い切り振り切った。剣は羽根のように持ち上がり、戦斧のように落ちていった。まるでチーズを切るごとくに、剣は兜、頭蓋、上顎、下顎を切り裂き、胸骨へと到達した。ロズブロークルはまさかりで屠られた雄牛のように倒れ、ソルケルは彼がほぼ真っぷたつになって頽れるのを眺めながら、自分の操るその剣こそがフローキの剣であることに気がついた。

ソルケルが体の向きを変えてゲッリルと対峙し、剣をひと振りすると、両の前腕、つまりは手首から肘のあいだをすっぱりと切るのみならず、ゲッリルの操る槍の、頑丈なトネリコの柄までもふたつに切り裂いた。

ゲッリルの後ろにいたハールフダンは、なかなかに手強く闘争心旺盛で、抜かりがなく腕の立つ男だった。ハールフダンはアラベスク模様をあしらった円形の燦然と輝く盾を左肩に押し当てるようにかまえ、巧みに荒々しく槍を突き出してきた。ソルケルはすんでのところで切っ先をかわし、手にした偉大なる剣を振るうと、見よ！　剣は敵の盾を、頸甲《のどあて》を、鎖鎧を、左の肩と腕を削ぎ、その結果、左半身の前半分がハールフダンから剥げ落ち、地面に崩れ落ちるより早く彼は絶命した。

同様にソルケルはボズヴァル、シグルズル、フローズマルを成敗した。内ふたりはそれぞれ、かの鋭い剣のひと振りで首を刎ねられ、ひとりは利き腕の下を肋骨から肝の臓まで切り裂かれた。そして四度目に振り上げられた剣が、その切っ先で心臓を、盾と鎖鎧越しに突き刺した。

本能を頼りに振り向くと、コルグリームル・エルレンズソンが、ヴァイキングの長であり、なかでも最も侮りがたい男がそこにいた。ふたりの剣がぶつかり合い、コルグリームルが倒れ、柄の手前から剣が折れたので、ソルケルの剣が相手の右肩を削ぎ落としたのだが、剣が鎖鎧の輪を破り抜ける様子はまるで麻の着込みを裂くようで、コルグリームルの死にざまは、仲間の首長ハールフダン・インゴールヴソンのそれと似ていた。

自分の長たちが皆死んでしまったというのに、ヴァイキングたちは、目の前にたったひとりしか討つべき敵のいないことを見て取ると、壁に群がり始めた。その群れのなかをソルケルは全速力で走り、フローキの剣をひと振りするごとに敵兵をひとり討ち取った。しかしソルケルは多勢に無勢でやられてしまってもおかしくなかった。すでに北と南で勝利を収めたヴィルゲルズルの血族の面々とその兵士たちが、ホフスタジルがソルケルひとりの武勇によって救われたのを目の当たりにして仰天し、ソルケルへの敬意によって駆り立てられて、加勢せんと集まったのだった。

ソルケルを先頭に、ヴィルゲルズルの血族たちは生き残りの海の大鳥号乗組員に迫り、敵は壁を越え堡塁を越えて一目散に逃げ出し、そしてソルケルが遠くを見やって認めたのは、奴隷のエルプル、ウールヴル、フンディ、ケップル、ソクホールヴル、ヴィーフィルといった輩が、予備の盾、槍、弓、矢筒を身に帯びて立っていたが、逃げるヴァイキングどもの先頭集団が自分たちの居場所にたどり着くより早く、持ち物を放って逃げ出す姿だった。

戦いは終わった。侵略者どもはあちこちで打ちのめされ、潰走の憂き目をみていた。ソルステインは徒歩での追跡を許さず、馬の準備のあった二十名程度の兵士たちだけが、騎馬で防塞の大門から出撃し、侵略者どもの敗走を決定的なものとした。敵は四十以上の屍をあとに残していった。

勝者の側では十二名の槍兵が斃れ、さらにソルステインの庇護下にある小地主七名、傭兵四名、血族二名――雪乃山《スネーフェッル》のソールベルグル・ヴィルゲルズソンとゲルスバッキのソーローズル・ヴィルゲルズソン――を失った。ソルケルとソルステイン自身、そしてソルフィンヌルだけが味方の戦士のなかでは無傷だった。残りの家族、すべての血族、自由民《シングマン》、小地主、兵士たちは皆どこかしらを怪我していたが、なかでもソールズルは重傷を負っていた。傷口をただちに縛って出血を止めた。

しかるのち、戦士たちは皆口々に、ソルケルこそ我らが救世主であると褒めたたえた。皆彼に向かって歓声をあげ、「英雄」として迎えた。ソルフィンヌルとソルゲイルに両肘を取られながら、ふたりの父親のあとに従い、自分のあとには歓声をあげ続ける人々を従えながら、ソルケルは大広間に入っていき、高座へと近づいた。そこでソルステインは高座の脇に立ち、ソルケルに向かって壇に上がるよう、そして高座に就くようにと身ぶりで促した。ソルケルがあまりの驚きに面食らい、拒否するより速く、ソルフィンヌルがそっと彼を高座に座らせた。ソルケルは高座に座し、赤く染まったままのフローキの剣を、切っ先を下向きにして両膝の間に置き、両手を垂直な柄の柄頭に重ねた。

ソルステインが叫んだ。

「蜜酒を英雄に！　何人たりとも角杯や大杯を唇に触れさせてはならぬぞ、まずは英雄が心ゆくまで我が最上の蜜酒を飲んでからだ。蜜酒を英雄に！」

その呼び声に応じてソーラルナが、厨房から後ろの出入口を通って、大きな杯を両手で顔の前に高く捧げ持ちながら現れた。広間をこちらへと向かって来る彼女の顔は、満面の勝利の微笑みに照らされて堂々たる風情であった。高座の前へ来た彼女はひざまずき、杯をソルケルへと差し出した。兵たちがまたもや歓声をあげた。

ソーラルナが杯を捧げ持ったとき、不快な思いにとらわれたソルケルは、右手が剣の柄を、彼自身が緩めることのできない強さで握るのを、剣がひとりでに上がるのを、そして腕がソーラルナの頭上高くに刃を振り上げるのを、剣の魔法によって腕が引きずられて致命的な一撃が繰り出されるのを感じ、その一打が振り下ろされるのを感じ、その様子を目にし、刃がソーラルナの左肩を、肩甲骨を、鎖骨を、肋骨をなで斬りにし、心の臓に至るまでその身を切り裂くのを感じ、その一連の様子を目にした。

ソーラルナは、こぼれた蜜酒と、噴き出す血と、乱れた衣装と、寄せ集まった肉がぐちゃりとひと塊になったところに頽れた。

一部始終を目の当たりにした人々は、立ったまま凍りつき、口も利けずにいた。

そのとき広間に駆け込んできたのがソルディースとソルゲルズルであり、ふたりは声高に訴えた。

「飲んではだめ！　その蜜酒には毒が！　飲まないで！　蜜酒には毒が入っています！」

高座に就くソルケルと、その前に横たわるものを見て、ソルディースは気を失い倒れた。ソルゲルズルはすぐさまいとこの世話に取りかかった。

ソルステインが自分の奴隷たちに向かって大声で指示をした。

「レーヴル！　カールリ！　マール！　オッドル！　その死体を片づけよ！　壇を浄めよ！」

命令が遂行され、壇と広間に英雄を称えるにふさわしい空気が戻ると、ソルステインがもう一度声をあげた。

「蜜酒を英雄に！」

すでに元気を取り戻していたソルディースはふらついてはいたが、その金色の髪と薄桃色の頬と青い瞳は困惑のなかにあっても息を呑むほど美しく、手ずからソルケルに角杯を運んできた。

ソルケルは杯を手に取り、ひと息に飲み干し、杯をソルディースに返した。そこでソルステインが言った。

「蜜酒を我々全員に！　そしてさらなる蜜酒を英雄に！」

女召使いたちが大杯や角杯やゴブレットを手に手に群れをなして入ってきた。その後ろでは奴隷たちが蜜酒の入った器を持って控え、杯を干した者に酒を注いだ。全員が酒を口にし、ソルケルもまた二杯目の角杯をソルディースの手から渡された。ひざまずく彼女をソルケルが立たせ、高座のかたわらへと導いた。

ソルステインが大声で言った。

「英雄、万歳！」

それからは満場の戦士たちがソルケルに歓声を浴びせ続け、彼らの声が枯れるまで止むことがなかった。

その後沈黙が訪れると、ソルステインがきっぱりと厳かに宣言した。

「明日、我ら救いと勝利と安全を祝して宴を催さん。この宴、我が姪ソルディースの婚礼の祝いともならん、添いたる花婿は我が血族ソルケル・ヴィルゲルズソン、ノルウェーはローガランより来たりし我らが英雄なり！」

ピクチャーパズル

Picture Puzzle

I

むろん、警察官や刑事たるもの、その本旨は狙った獲物を追い詰めることだ。それは疑うべくもない。彼らが呆気に取られてこちらを小馬鹿にする様子を見せたのも、子どもを取り返してくれさえすればいいとわたしがせっついたからだ。誘拐犯が捕まろうと捕まるまいと、わたしにとってはどうでもよかった。警察は、警戒を怠れば犯人どもが逃げてしまうと言い張り、一方わたしは、罠がありそうだと思わせては犯人どもの足が遠のくはずで、それでは幼い娘を取り返す唯一の足がかりが永遠に失われてしまう、と言い張った。最後は警察側が折れてくれたし、わたしは彼らが約束を守ってくれたといまでも信じている。しかしヘレンはその点についてはつねに懐疑的で、警察の見張りたちがわたしに会いに来ようとする者を片っ端から脅かして追い払ってしまう、と言って譲らなかった。とにかくわたしは虚しく待つばかりで、何時間も、次の日も、その次の日もまたその次の日もひたすら待った。夥しい数の新聞に広告を載せ、情報提供者には謝礼を出して犯人は罪に問わないという条件もつけたのに、新たな情報はなにも得られなかった。

わたしはなんとか気持ちを立て直し、仕事にも出てみた。共同経営者も従業員たちも、とても気を遣ってくれた。当時はまともに仕事ができていたとは思えないが、これといった失敗をした記憶がない。わたしの失敗に気づいた者が、かわりに手直ししてくれていたのだ。それに、事務所にいるとあまり塞ぎ込まずにすんだ。働こうと努力してみる、それがよかった。家にいると気が滅入り、夜になるとさらに落ち込んだ。ほとんど眠れなかった。

ヘレンは、そんなわたしと比べても、さらに眠れぬ夜を過ごしていた。幾度も悲しみの発作に襲われては泣きじゃくり、寝台を揺らした。眠っているわたしを起こしてしまうかもしれないと、なんとか堪えようとはするのだが、一晩たりとも涙の濁流に呑まれずにやりすごせた例《ためし》がなかった。

日中であればまだ気持ちを落ち着かせることができるようで、朝食の折には心に障りはあっても心を尽くしていつもどおりに明るくふるまい、わたしの帰宅時には輝く笑顔で迎えてくれた。だが、日が暮れて夫婦ふたりきりになると、どうにも気落ちしてしまうのだった。

そんな日々がどれほど続いただろう。わたしは妻を気遣うことしかできず、かける言葉もなかった。ふたりでどうにかして気を紛らわさなければと言い出したのはヘレンのほうだった。観劇は論外だった。四歳の女の子の金色の巻き毛が目に入っただけで、妻は身も世もなく嗚咽を漏らし、そればかりか思いもよらないあらゆる種類の瑣末な事どもがエイミーを思い出させては、やはり妻を刺激した。わたしたちは家にこもってトランプをしたり、チェスをしたりと思いつくかぎりの気散じを試してみた。それも妻の助けにはならず、わたしの助けにもならなかった。

ある日の夕方、ヘレンがわたしを戸口まで迎えに出て来なかった。待たずになかに入ると、本来の彼女らしい声が聞こえてきた。

「あら、ちょうどいいところに。こちらにいらして手伝ってくださらない」

図書室に置かれた卓の前に座り、背中を扉に向けているヘレンが目に入った。薄紅色の部屋着をまとったその両肩は、失望にがっくりと落ちているどころか、むしろ若い娘のような生気を漂わせていた。わたしが部屋に入っていっても振り向く様子はなかったが、その横顔に泣いていた痕跡は見られない。顔色も自然だ。

「こちらにいらして手伝って」ヘレンが繰り返した。「この小舟の、もう片方のピースが見つからなくて」

妻が夢中に、それこそすっかり夢中になっていたのはジグソーパズルだった。四十秒もすると、わたしも夢中になった。小舟の最後のピースを見つけるのに六分はかかったに違いない。それからふたりで空の部分に取りかかり、執事が晩餐の用意ができたと知らせに来るまで没頭した。

「どこで手に入れたの」わたしはスープを口に運びながら尋ねた。ヘレンもちゃんとスープを口にしていた。

「オールストーンの奥さまがお持ちくだすったの。ちょうどお昼前ごろに」

オールストーン夫人に感謝した。

そんな馬鹿なと思われそうだが、この子ども騙しのジグソーパズルこそがわたしたちの救いとなった。それどころかパズルのおかげでほかのいっさいを頭から締め出すことができた。最初のうち、わたしはパズルを完成させるのが怖かった。最後のピースをはめ終わるや反動が来て、耳のなかで血流が轟き、喪失感と激しい悲しみが煮えたぎる湯のように波を打って襲いかかって来た。そして、こうした反動をより顕著に受けるのがヘレンだった。

しかし数日を経てみると、妻もわたしも、ひととき心の痛みを忘れられただけでなく、その痛みが鎮まったような気さえした。二時間ほども形と色がおもしろく絡み合うさまと格闘すると、子どもを奪われた辛さが和らぐような、心の疼きが薄れるような思いがした。

わたしたちは次第に組む過程や仕上がりにこだわりはじめ、洗練度の低い出来の悪いものは退屈なので手を出さぬようになり、絵の好みもはっきりして、色遣いの淡すぎず濃すぎないものをよしとし、ピースのカッティングについても、見てすぐわかるものはいかにも物足りなく、むやみやたらと難しいものは微塵もおもしろみがないと一家言を持つまでになった。組み方も熟練の域に達し、形や絵柄にこれといった手がかりのないピースはさっさと見限り、表すものがわかりやすすぎるピースもやはり後回しにした。輪郭や色の濃淡などの手がかりがないところや、逆に、時間をかけて考え抜かなくてもわかるところは避けて、難易に偏りのない部分を慎重に攻めた。

ヘレンは時間を計りながら同じパズルに幾度となく、来る日も来る日も挑戦し、ついには完成まで一時間を切るようになった。妻の自説によると、本当に優れたパズルは四回目か五回目がおもしろく、とりわけよくできたパズルは絵の面を下にして形だけを見て組んでも楽しいので、絵柄を覚えてしまっても大丈夫とのことだった。わたしはそこまでのめりこまなかったが、ときどきは妻のやり方を試して目先を変えてみた。

ふたりともよく眠れるようになり、とくにヘレンはやつれはしたものの、哀哭することも煩悶することもなくなった。幾つもの夜を過ごすなかで、まったく涙を見せないわけではなかったが、それは声もなく穏やかに流す涙で、悲しみというよりは安堵からのものだった。わたしの目には、妻が彼女らしい気丈で辛抱強い性格をほぼ取り戻したように見えた。わたしを出迎えるときの様子にも無理がなく、ふたりでなんとか生きていけそうに思われた。

そんなある日、ヘレンがわたしを迎えに玄関に姿を見せなかった。扉を閉めるか閉めないかのうちに彼女の嗚咽が聞こえてきた。見ると、妻はまた図書室の卓の前に座ってパズルと向かい合っていた。しかも今回は完成させたばかりの卓上のパズルに突っ伏して、嘆きにひどくうち震えているのだ。

妻は組んだ両腕から顔をあげ、パズルを指さして両手のひらに顔を埋めた。わたしは事態を飲み込んだ。記憶が正しければ、パズルの絵柄は去年の雑誌に掲載されていた絵で、クリスマスツリーのまわりに子どもたちが群れ集う様子が描かれているのだが、当時も夫婦で話題にしたとおり、そのうちのひとりがわたしたちのエイミーに瓜ふたつなのだ。

妻が体を前後に揺すりながら両手で両目を覆っているあいだに、わたしはパズルのピースを寄せ集めて箱に入れ、蓋をした。

ほどなくヘレンは涙をぬぐい、卓の上に視線を向けた。

「ひどい！　どうして壊しておしまいになったの」涙声だ。「あの絵のおかげでとても気持ちが楽になったのに」

「気持ちが楽になったようには見えなかったけれど」わたしは言葉を返した。「あんまり違いすぎると思って……」とだけ言って口をつぐんだ。

「待ちかねていたクリスマスと、これから実際に迎えるクリスマスが違いすぎるとおっしゃりたいの」と妻が訊く。「わたしには耐えられない、そうお思いなのね」

わたしは首肯した。

「ご心配はご無用よ」妻は自信たっぷりに言った。「嬉しくて泣いていたんですもの。あの絵はひとつのしるしだったから」

「しるし？」わたしはその言葉を繰り返した。

「そう。クリスマスまでにはあの子を取り戻せるというしるし。すぐにも準備を始めるわ」

はじめのうちは、妻の気が晴れるのならそれも悪くないと思っていた。ヘレンは明日にもエイミーが帰ってくるかのような勢いで子ども部屋を片づけ、娘の服を広げ、幸せな期待に満ち満ちて動きまわっていた。

精力的にクリスマスを祝う準備を進め、イヴの晩餐には夫婦双方の兄弟姉妹やその配偶者たちを招き、その後の子どもたち向けのパーティーには大きなツリーと山ほどのお菓子と贈り物を用意する計画を立てた。

「それでね、みなさんクリスマスは自分のお家で過ごしたいんじゃないかしら。だからイヴだけにしましょうよ、わたしたちだってクリスマス当日は一日中エイミーだけをかわいがりたいでしょう。わたしたちがクリスマスの日にお客さまにいていただきたくないのと同じように、みなさんだってわたしたちに用はないはずよ。でも、イヴにすれば皆で集まれますし、わたしたちの幸運を一緒にお祝いしてお福分けができますもの」

妻はその幸運が間違いなく訪れるものと信じて大張り切りだった。ひとしきりあれこれと準備に没頭するのも彼女にとってはよかったが、あまりに勢いよく前倒しで進めたので、当日の一週間前には支度がすべて調い、ほんのわずかな用事も残っていなかった。わたしは反動を恐れたが、妻のわざとらしいほどの上機嫌ぶりは少しも変わらなかった。そうなると妻の落ち込みはますます避けがたいとわたしは気が揉め、また真剣に妻の正気を疑ったりもした。あのパズルの絵柄の偶然の一致は神のお告げであり確かな幸運の予兆である、という堅固な思い込みは、すっかり妻を支配していた。妻が現実を知ったその衝撃で死んでしまうかもしれないと思うと、わたしは心底怖かった。嬉しく楽しい妄想に水を差したくはなかったが、多少の精神的打撃はあるものとして妻にも心積もりをさせずにはいられなかった。よくよく言葉を選び、慎重の上にも慎重を重ねて、言いたいことも言いたくないことも伝えたのだった。

Ⅱ

十二月二十二日、わたしは早めに、それこそ昼食を取ってすぐに帰宅した。戸口で迎えてくれたヘレンは、弾む心、隠しごとを楽しむ気持ち、期待に沸き立つ思いを抑えている様子だったので、一瞬わたしはエイミーが見つかって、邸内にいると思ったほどだった。

「見ていただきたいものがあるの、とても不思議なのよ」ヘレンはそう言うと、先に立って図書室へと向かった。

図書室の卓の上には組み上がったパズルが置かれていた。

妻は立ったまま、奇跡を披露するかのようにパズルを指さした。

わたしはパズルに目をやったが、妻の喜ぶ理由を推し量ることができなかった。ピースが大きすぎて不恰好だし、外枠を成すピースは形が揃いすぎている。お粗末で出来の悪いパズルといった印象で、なぜこれが妻の目に留まったものか、わからない。

「なぜこれを買ったの」

「通りに呼び売りがいたの」と妻。「あんまりみすぼらしい身なりだったので、気の毒に思えて。まだ若くて痩せやつれていて、胸を悪くしていそうな感じの青年よ。その青年に向けたわたしの目に、わたしの心のなかが映し出されたのね。こう言われたわ。『奥さん、パズルを買いなよ。こいつはあんたが心から望んでることを叶えてくれるよ』その言葉が妙に気になって、買ってしまったの。そうしたらこのとおり」

わたしは自分の論理的思考力を取り戻す足がかりを得ようと必死だった。

「パズルの入っていた箱を見せてごらん」

妻が差し出した箱の上に書かれている文字を読んだ。

グッゲンハイムの両面ピクチャーパズル
楽しさ二倍
お買い得
見つけたまえ、グッゲンハイムの

そして側面にはこう書いてある――

迷い子を
ほっとひと息
五〇セント

「奇妙でしょう」とヘレン。「しかも両面パズルじゃないのよ、表にも裏にも同じ紙が貼ってはあるけれど。片面にはなにもないの。わたしはこれがその迷い子だと思うわ。あなたもそうお思いにならない?」

「迷い子?」わたしは面食らった。

「まあ」と妻は声をあげた。あてがはずれてがっかりしたような、いかにもじれったそうな声だ。「あんまり似ていてびっくりなさると思ったのに。お気づきにもならないようね。服だってそっくり同じなのよ!」

「服?」妻の言葉を繰り返した。「このパズルは何度やってみたの」

「この一度だけよ。ちょうどできあがったところで、あなたが鍵を開ける音がしたんですもの」

「意外だな」とわたし。「なにもない裏面から先に組むほうが、絵のある表を先に組むよりおもしろいなんて」

「なにもない裏面ですって!」妻が語気を強めた。「こちらが表に決まっているじゃありませんか」

その人を見下した口ぶりに、つい先ほどまでの妻への濃やかな配慮に努める気持ちがまるきり失せてしまった。

「馬鹿馬鹿しい。こっちはパズルの裏側だ。色だって単色づかいじゃないか。一面の薄紅色だ」

「薄紅色!」妻はパズルを指さしながら語気強く言った。「あなたはこれを薄紅色とおっしゃるの!」

「間違いなく薄紅色だ」わたしは断言した。

「そのおじいさんの髭の白さが目に入りませんの」妻が再度パズルを指さして訊く。「おじいさんの履いている長靴の黒は？　小さな女の子のスカートの赤は？」

「見えないね」わたしはきっぱりと言った。「そんなものはなにひとつ見えない。一面の薄紅色だ。絵なんぞないよ」

「絵がないなんて！」妻が声を荒げた。「お年寄りが子どもの手を引いている様子が見えないんですの」

「ああ」口調がきつくなる。「絵なんか見えないし、それはきみにもわかっているはずだ。絵はない。いったいなにが言いたいんだ。気の利かない冗談だな」

「冗談！　わたしがいつ冗談を！」ヘレンの声がかすれている。涙が目に浮かぶ。

「ひどいわ。わたしはただ、あなたもきっと感心なさると思っただけよ、よく似ているって」

わたしは圧倒的な自責の念と妻への気遣い、そして恐怖に駆られた。

「なにに似ているの」わたしは穏やかな口調で尋ねた。

「見えないんですの？」妻はなおも言いつのる。

「教えてくれ」わたしは辛抱強く頼んだ。「なにが見えればいい」

「この子どもが」妻は指さしながら言った。「エイミーそっくりで、その服がまさにあのときあの子が着ていた赤い――」

「ヘレン、しっかりしなさい。おまえの妄想でしかないんだよ、わたしに話してくれていることは。この面のそのあたりに絵はない。全面薄紅色だ。こちらはパズルの裏面なんだよ」

「わからない、どうしてそんなことをおっしゃるの」妻が食ってかかってきた。「理解できないわ、そんな言われようは。なんの目的があってわたしを試そうとなさるの。いったいどういうつもりで」

「説明させてくれないか、これがパズルの裏面だってことを」

「おできになるなら」そっけない答えが返ってきた。

わたしはパズルのピースを表に返し、できるかぎり組み上げた。首尾よく外枠ができあがっていき、まもなく長方形が現れた。内側のピースはかなり複雑だったが、はめ込み終わるより早く、わたしは勝ち誇ったように言った。

「ほら、見てごらん！」

「ええと、なにが見えればいいのかしら」

「きみにはなにが見える」こちらから訊き返した。

「パズルの裏面が見えます」

「玄関先の階段が見えないのか」わたしはパズルを指さしながら詰問した。

「なにも見えません。緑色なだけ」

「これが緑色だって」指を差したまま訊いた。

「ええ、そうよ」妻は自信たっぷりだ。

「見えないのか、屋敷正面の煉瓦造りの壁と、窓の下半分と、扉の一部が？　それと、隅のほうに玄関先の階段が見えるだろう」

「なにも見えないわ」と妻は言い張った。「あなたがおっしゃるようなものは。わたしの見ているとおりのものが、あなたにも見えているはずだわ。わたしに見えているのはパズルの裏よ、一面淡い緑色の」

妻がしゃべっているあいだに、わたしは必死になって残りのピースを組み上げてしまった。自分の目に映るものが信じられず、最後のピースがはまったところで、その不思議さに呆然とした。

そこに現れたのは古めかしい赤煉瓦の家で、茶色の鎧戸がすべて開いている。玄関先の階段の最上段が画面の右下隅に見えていて、その上に玄関扉があり、ほぼ全体が見える。一階の窓は、全体が見えているものが一枚と、竪枠部分だけのものが一枚ある。その上には二階の窓があり、一枚は全体が、その窓を挟んだ左右の窓はどちらも一部だけが見える。この左右の窓は閉まっているが、真ん中の窓だけは窓枠が上がってい て、そこから小さな女の子が身を乗り出している。ぼさぼさの髪に汚れた顔の、青と白の格子柄のスモックを着た子どもだ。その子はわたしたちの元からいなくなったエイミーと瓜ふたつで、どうやらろくに食べさせてもらえず、構ってもらえてもいないらしい。その気の毒な様子が胸に迫り、わたしは気を失いそうだった。しわがれ声で妻に確かめた。

「見えないのか？」

「わたしに見えるのは灰色がかった緑色だけ」妻が言い張る。「あなただってそうでしょう」

わたしはピースを寄せ集めて箱に入れた。

「疲れているんだ、きみもわたしも」

「とても正気の沙汰とは思えないわ、さっきからおかしなことばかりなさって」妻がとげとげしい口調で言う。「それに、ええ、きっとわたしは疲れているんですわ、そうでもなければこんな扱われ方ってあるかしら」

「なにが見えると言えばきみは満足なんだ、そんなの僕にわかるものか」わたしはついに言い合いの口火を切った。

「なにが見えると言えば満足か、ですって！　まだそんなことを。この期におよんでまだあの絵が見えなかったふりをなさるのね。もうたくさん」

妻がわっと泣き出して上の階に駆け上がって行き、寝室の扉を荒々しく閉めて鍵をかける音が聞こえてきた。

わたしはもう一度パズルを組み、絵のなかの腹をすかせた汚らしい子どもが、わたしたちのエイミーと似ていることに胸を痛めた。

わたしは頑丈な箱をひとつ見つけると、厚紙をパズルと同じ形に、寸法は少々大きめに二枚に切り分けて、一枚をパズルの表面に置き、もう一枚を下に敷いた。そして厚紙とパズルを一緒に紐でくくり、紙に包んで全体を紐で縛った。

パズルの入っていた箱を外套のポケットに入れ、つくったばかりの平たい包みを抱えて外に出た。

マッキンタイアのところまでぶらぶらと歩いて行った。

彼に事の顛末をすべて打ち明け、パズルを見せた。

「真実を知りたいかい」マッキンタイアが訊いた。

「そのために来たんだ」

「ふむ。きみも細君と同じくらい神経が張り詰めて、同じ症状が出ているってことさ。このパズルはどちら側にも絵がないんだ。片面が緑一色、もう片面が薄紅色一色だよ」

「箱の上に書かれた言葉が絵と符合するのはなぜなんだ」わたしは口を挟んだ。「わたしが見たものと一致するものもあれば、妻が見たと言っているものと一致するものもあったんだぞ」

「箱を見てみようじゃないか」

マッキンタイアが箱をくまなく検分した。

「文字などどこにも書いてない。箱の上に『ピクチャーパズル』、側面に『五〇セント』とあるだけだ」

「自分の頭が変になったとは思えないんだが」

「変じゃないさ」マッキンタイアはわたしの不安を払拭してくれた。「変になる気遣いもない。ちょっと失礼」

マッキンタイアはわたしの脈に触れ、舌を見て、両目を検眼鏡で覗き、血を一滴採取した。

「詳しいことはまた明日確認して知らせるよ。きみは大丈夫だ、と言うか、ほぼ大丈夫だし、すぐにすっかり大丈夫になる。必要なのはただひとつ、休息だ。細君の思い込みについても心配しなくていい、調子を合わせてやりなさい。妙な結果になどならないよ。クリスマスが終わったら一週間かそこら、フロリダにでも行ってくるんだな。いまから張り切るんじゃないぞ、気分転換が先だ」

わたしは家に帰ると、地下へ降り、パズルとその箱を炉に投げ込み、燃えて灰と化すのを眺めた。

Ⅲ

地下から戻ってみると、ヘレンは何事もなかったかのようにわたしを迎えた。急に機嫌が直ったのか、いつにもまして愛想よく、夕食の席でも実に感じがよかった。わたしたちの諍いやパズルについてはひと言も触れなかった。

翌朝、朝食を食べながらふたりで郵便物を開封していた。わたしはヘレンに、クリスマスが過ぎるまで仕事に行く必要のないこと、そして彼女自身が楽しめるようなささやかな旅の手配をしておいてほしいことを伝えておいてあった。事務所にも、新年が明けるまで顔は出さないと電話をしてあった。

わたし宛の郵便物に重要なものはなにもなかった。

ヘレンは自分宛ての郵便物から顔をあげ、落胆と懸念と嬉しげな微笑みの入り交じった、もの問いたげな表情を浮かべた。

「よかったわ、あなたに御用がなくて」とヘレン。「わたし、丸四日をかけておもちゃやら紙帽子やらを決めて、たいていのものをブライヒの店で見つけておいたの。それがおとといには届いているはずだったのに、届かなくて。昨日電話をしてみたら、お店のほうで探してみると言われたわ。そしたらきょうこの手紙が来て、丸々全部をラウンドウッドに間違えて送ってしまったと書いてあるのよ。ラウンドウッドの駅が月曜日に火事になったのはご存知でしょう。全焼よ。だから、これからまた出かけて似たようなのを探さなくちゃいけないの。一緒に来てくださらない」

わたしは同行した。

この二日間は、五感による刺激と心の動きとが奇妙に混ざり合う日々を過ごした。

ヘレンがブライヒの店の在庫を念入りに調べておいたので、燃えてしまった品々の一部を買い直したり、まずまずの代用品を見つけたりすることができた。次いでくたくたになるまで探し求めたのが、ブライヒの店では調達できなかったもので、数え切れないほどたくさんのおもちゃ屋や百貨店を回った。ほとんどの時間を勘定台で待つことに費やし、残りの時間の多くはタクシーのなかで費やした。

ある意味、わたしにはひどく骨が折れた。嫌な臭いや淀んだ空気、その他の体で感じる心地悪さは気にならなかった。しかし心の緊張はますます強まった。エイミーがわたしたちの元に戻ってくるというヘレンの思い込みは、少しずつだが確実に薄れつつあり、それゆえに彼女はその思い込みをますます仰々しくひけらかし、懸命に維持し、そのためにまたいっそうの努力を要するのだった。妻は次第に、我知らず、自分たちがクリスマスを祝うことで、家族を失った事実をみずから軽んじてごまかすことになると思いはじめていた。それを自分で認めてしまわないよう、わたしにも悟らせないよう、必死だった。そうした緊張は妻の身にこたえた。わたしは妻から目が離せず、妻との衝突が避け難く刻々と近づいているのを感じながら、妻が虚脱状態に陥り、おそらくは正気を失い、命をも失うかもしれないというそんな未来図を、みずからの想像力によって絶えず眼前に突きつけられながらも、脳裏から消し去ろうと躍起になり、それがまたわたしの身にもこたえた。

一方ヘレンはというと、外から見るかぎり、なんの先入観もない者の目にはたいへんに愛嬌のある人物に映った。女の店員を始め、店の売り子に対する態度は見ていて惚れ惚れするほどだった。わたしを相手にした妻のたわいないおしゃべりは、少女のような気まぐれと思いがけなさに満ちていた。妻が世界に向ける善意、すべてはよい方向に進むはずであり、実際よい方向に進むだろうという思いが、甘やかな光の輪のように本人を包み込んでいた。わたしたちは両日ともちょうどよい時分に昼食をとり、恋人時代と変わらぬ情熱にあふれた、仲睦まじい夫婦として食事を楽しんだ。わたしの不安な気持ちに変わりはなかったが、クリスマスの買い物に繰り出す人々の楽しそうな様子にあやかれたし、ヘレンも自己欺瞞のなかにありながら、そうした空気を満喫した。できるだけ多くの人をできるだけ幸せにするという目的は、ヘレンにおとぎの国の輝きをまとわせ、自分自身もなにがあろうと幸せなのだという確信は、彼女を言わばおとぎの国の女王にしてくれるのだった。わたしは次第に胸騒ぎが収まり、期待が膨らみはじめるのがわかった。ヘレンはいつなんどきでもエイミーを探している。わたしも同じ心境になっていた。

クリスマスイヴの昼食は、ふたりともわざとそう見せかけながら、実は本当に心が浮き立っているという、真贋ないまぜの奇妙な心持ちですませた。昼食後、ひとつだけ残っている買い物に出かけた。

「急ぎではないの」とヘレン。「辻馬車で行きましょう、古式ゆかしく」

車中で若い男女のようにはしゃいでいるうちに、宝石店に着いた。

そこでは薄闇が、はしゃぐわたしたちをものともせず、わたしたちの期待と思い入れの数々を鎮め、覆い隠してしまった。ヘレンが辻馬車に向かって歩く姿は灰色の幽霊のようだった。遠くの誰かが小さな声でなにか言っている、そんなふうに自分の声を聞きながら、わたしは御者に家まで送るよう命じた。

辻馬車のなかでふたりとも黙ったまま、なにを見るでもなくまっすぐ前を見ていた。こっそりヘレンに目をやると、目尻に涙をためている。胸が詰まった。

突然妻がわたしの手を力いっぱいつかんだ。「見て！」と大声をあげる。「ほら！」

わたしは妻の指さす先に目を向けたが、彼女が騒ぎ立てる理由を説明できるものはなにも見当たらなかった。

「なにを？」

「あのおじいさん！」

「どのおじいさん？」戸惑いながら聞き返した。

「パズルに出てきたおじいさんよ」とヘレン。「エイミーの手を引いていた」

妻がとうとう壊れてしまった、そうわたしは覚悟した。調子を合わせるために訊いてみる。

「茶色い外套のおじいさんかい」

「そうよ」妻は真剣だ。「あの、衿にかかるくらい白髪を長く伸ばしているおじいさんよ」

「杖をついている？」

「ええ。T字型の柄のついた杖をついているわ」

その老人ならわたしの目にも見える！　ヘレンの妄想の所産ではない。

荒唐無稽には違いない、だが彼女の真剣さはわたしにも飛び火した。わたしはその荒唐無稽さに賭けてみた。そうした身なりの老人が行く方知れずのわたしたちのエイミーを連れている、その様子を妻が過去にどういうしくみで目にすることができていたのかは、もうどうでもいい。

わたしは御者にかの老人の存在を告げて、気取られぬようにそのあとをついていくよう頼み、また老人が視界から消えぬよう、御者の求めにはすべて応じた。

ヘレンは人混みで老人を見失うのではないかとの懸念に取り憑かれはじめた。車を降りて徒歩で後を追うしか手がないと言う。わたしは、そのほうが見失う可能性が高いし、却って相手の注意を引いてしまうかもしれず、そうなればむしろ見失うより具合が悪いと反対した。しかし妻が譲らず、わたしは御者に、わたしたちから目を離さぬよう言いつけた。

わたしたちは歩きに歩いてへとへとになったが、その道程のほとんどが、ふらふらと歩く老人の後を追いかけるか、彼の立ち寄った店々でただうろつくばかりだった。

夕暮れが迫り、家にいなければいけない時間ぎりぎりになって、老人の歩みが速くなった。その速足にわたしたちの速足が追いつかず、距離が広がっていく。老人が半区画先の角を曲がった。わたしたちがその路地に入ったときには、老人の姿はどこにも見えなくなっていた。

ヘレンは失望のあまり、気を失う寸前だった。妻を救う望みはなかったが、災厄の降りかかるのを先延ばしにしようとのどこか直感にも似た思いつきで、妻を急き立てるように歩かせながら、ひょっとするとまた老人の姿が見えるかもしれないと励まし続けた。区画のなかほどで、わたしは不意に立ち止まった。

「どうなさったの」ヘレンが訊いた。

「あの家だ!」

「家?」

「パズルで見た家だ」とわたしが説明した。「あの家の窓のところにエイミーがいるのを見たんだ」

もっとも妻のほうはパズルの絵に家などひとつも見てはいないのだが、それでもこれを一縷の望みとした。

あたりは貧しい家並みで、安い貸し部屋がひしめきあい、貧民街とまではいかないものの、それでも薄汚れてだらしなく、貧しい人々が群れをなしていた。

件の家の扉は閉まっており、呼び鈴はなさそうだった。扉を叩いた。返事がない。扉が開くかどうか試してみた。きちんと閉まっていなかったので、わたしたちはひんやりと湿った、胸の悪くなる臭いのする汚い廊下に足を踏み入れた。ひとりの太った女がある扉から顔を出し、聞き覚えのない言葉を早口でまくし立てた。脂ぎった黒髪にトルコ帽を載せたひとりの男が廊下の奥から姿を見せ、女と同様にこちらの理解できない言葉を浴びせてきた。

「英語を話す人はいないのですか」わたしは尋ねた。

返ってきた答えは先と変わらず理解不能だった。わたしは階段を昇ろうとした。

先の男と女は、女の部屋の扉の前に立ったまま同時にしゃべり散らすのだが、どちらもわたしを止めようとはしなかった。彼らは咎める気持ちをそれとなく伝えたいのか、階段室の暗闇に向かって制止するように手を振った。しかしわたしたちは上がっていった。

二階の踊り場で、後を追い続けた老人その人と出くわした。

こちらをじっと見つめているので、わたしは話しかけた。

「娘婿《むすこ》よ」と老人が言った。「娘婿《むすこ》よ」

老人が声をかけると、ある扉が開いた。年配の女が老人に応じている。先ほどの男女と同じ言語らしい。その背後では若い女がひとり、赤ん坊を抱いている。

「どうしたの」若い女が問いかけるその言葉には強い癖があったが、私たちにも理解できた。子どもが三、四人、女のスカートを摑んでいる。

若い女の陰に青い格子柄の服を着た小さな女の子が見えた。

ヘレンが悲鳴にも似た大声をあげた。

Ⅳ

そこにいた人々は、ペルシャのタブリーズからそう遠くないデークハーガンという地の、略奪を受けたドイツ人宣教師伝道地区近くの居住地から逃げてきた、キリスト教に改宗したペルシャ人であった。この難民たちは自分たちの拾いものを警察に届け出るなどつゆほども思いつかず、またそうする力もなく、物を知らないがゆえに謝礼や広告にもまったく思い至らず、無類の天衣無縫ぶりを発揮して、狭い居所と乏しい食べ物を、彼らの祖父が数か月前、暗くなった時分にひとりで歩いているところを見つけた、誰とも知らぬ迷い子に分け与えてくれたのだった。

エイミーに、どんなことがあったのかをゆっくり時間を取って尋ねてみたところ、ほかの子どもたちと変わらない扱いを受けたとのことだった。自分を連れ去った者たちについては、帽子に薔薇の花をいくつかつけた女と、金色の薄い口髭をたくわえた男だったということしか説明できなかった。どれくらいのあいだ一緒にいたのか、なぜ夜の通りに置き去りにされたのかは、エイミーにもわからなかった。

通じあう言語はなく、法的な証明にはほど遠くとも、世話をし続けてくれた人たちに、エイミーがわたしたちの娘だとわかってもらうことができた。わたしのポケットにはたくさんのクリスマスマネーが入っていた。新しい五ドル金貨、十ドル金貨、ぴかぴかの銀色の二十五セント硬貨を、使用人や子どもたちにと用意しておいたのだ。わたしはかの老人の両手を硬貨でいっぱいにして困らせた。皆口々にわたしたちになにやら話しかけてくれ、その口調の判断が正しければ、祝いの言葉をかけてくれた。わたしは先の若い母親に、一両日中にまた会いに来ると伝え、念のために名刺を渡した。

辻馬車の御者には、空車のタクシーを見つけ次第停めてほしいと頼んだ。辻馬車のなかでわたしたちはかわるがわるエイミーを抱きしめ、そしてお互いを抱きしめあった。

タクシーに乗って三十分ほどで家に着いたが、食事の時間には三十分をゆうに超えて遅れてしまっていた。ヘレンはエイミーを使用人用の扉からすばやく邸内に入れ、一緒に裏階段から階上に駆けあがった。わたしは部屋いっぱいの、心配そうにもの問いたげな表情を浮かべる親戚たちと向きあった。

「そう長くかからないうちにおわかりになりますよ」とわたし。「なぜわたしどもがふたりとも遅くなってしまったのかが。ヘレンがみなさんを驚かせたがるだろうと思いますので、せっかくの手応えを損なわぬよう、わたしからはなにも言わないでおきましょう」

とはいえ、なにを言ったところで親戚たちが信じたとは思えず、手応えを損なう気遣いはなかっただろう。

ヘレンは思ったよりも早く食堂に姿を現し、申し分なくまたきっちりと女主人の役割を務めてみせながら、ささやかな企みを胸に秘めていた。

晩餐会は大成功で、笑いと明るい雰囲気に満ちあふれ、誰もがヘレンの気の利いたおしゃべりに大喜びし、また誰もがヘレンの大いに朗らかな様子を意外に思った。

「すごいですわね」とポールの細君がわたしに耳打ちした。「どうやってこれだけのパーティーを見事にお膳立てなさいましたの？　わたしでしたら身が持ちませんでしたわ」

「ヘレンにはなんでもないことなのです」とわたしは自信たっぷりに言った。「その理由はもうすぐおわかりになると思いますよ」

やって来た子どもたちの人数は三十を超え、こういう場に決まって遅れてくるアムステルハイゼン家の者だけがいなかった。ヘレンは彼らを待たずに始める旨を告げた。

「ツリーに灯りを点けたら」とヘレン。「扉を開けますのでお入りください」

わたしたちはひとり残らず前室に集まった。アムステルハイゼン家の双子が最後の最後に息を切らせてやってきた。大人たちは格言の書かれた紙入りのクラッカーを鳴らし、子どもたちは紙吹雪を投げている。扉が開かれると、ツリーが部屋の奥いっぱいに枝を広げていた。何本ものろうそくが明るく燃え、またたいている。そしてツリーの前には、素朴な白いドレスに身を包み、先端に銀色の星がついている魔法の棒を手にした、身ぎれいになって健康そのもの、元気いっぱいのエイミーが、妖精の姿で皆の祝福を待っていた。

鼻面 The Snout

I

動物園では動物を観察していたというよりも、どちらかというと気持ちのよい朝の光のなかで安閑として日光浴をしながら、素晴らしい陽気をのんびり堪能していた。だからその男が獣舎の角を曲がってやってきたとき、すぐにその姿が目に入った。はじめは誰だかわかった気がしたのだが、やがて迷いが出た。最初は向こうのほうがこちらを見知っていて、いまにも挨拶を寄こしそうだったが、その視線はわたしを通り過ぎて檻へと向けられた。両目を飛び出るかというほど見張ったその男の、口を縦長の卵形に開けたさまは、顎が外れでもしたかのようだった。そして言葉にならない、どこか唸り声にも似たかすかな遠吠えのような声をあげると、ぐにゃりと地面に崩れ落ちた。少し離れた門を過ぎてからここまで、人はひとりも見かけていなかった。助けを呼んでも誰も来なかった。そこで男を長椅子の近くの草地まで引きずっていき、色があせ、擦り切れて脂光りしたクラバット（首に巻く装飾用の布）を緩め、ほつれた襟《カラー》を取り、汚れた台襟のボタンを外した。それから外套をそっと脱がせ、丸めて両膝の下に押し込み、地面にあおむけに寝かせた。水はないかと探したが見つからなかった。仕方がないのでわたしはそばの長椅子に腰を下ろした。男は横たわり、両脚と体を草地に預け、頭を乾いた浅い溝に載せて、両腕を小道の小石の上に置いていた。自分は確かにこの男を知っているのだが、いつどこで会ったのかが思い出せなかった。その場しのぎの処置にも効果はあったとみえ、男は目を開けて、こちらに向かってゆっくりと瞬きをした。両腕を肩のところまで引き上げ、大きく息をついた。

「奇態だ」男がもそもそとつぶやいた。「僕がここに来たのはそもそもきみのせいで、そのきみが目の前にいるとは」

わたしは相変わらずその男が誰なのかを思い出せず、相手はすでにそんなわたしの表情を読めるほどに回復していた。男は半身を起こした。

「だめだよ立ち上がっては」わたしは言った。

男は忠告など無用といった様子だったが、長椅子の端にしがみつき、両腕の上に垂らした頭をふらふらと揺らしている。

「覚えていないのか」男がかすれた声で問いかけた。「きみが言ったんだぞ、僕の知識はなににもよらずひどい生齧りで、例外は博物学と古代史だけだと。僕はここ数日のうちに仕事を得たいんだ、それで時間を取って真剣に学び直すことに決めた。だからまずは博物学から始めて、それから――」

男は急にしゃべるのを止め、こちらを見上げて睨めつけた。わたしはようやく思い出した。姿を目にした時点で気づくべきだったのだ、なにしろ彼のことは毎日考えていたのだから。しかし、ふさふさとした髪、日焼けした肌、なにより変わり果てた顔つき、以前にはなかった、どことなく国際人《コスモポリタン》的な雰囲気に、惑わされてしまったのだった。

「まずは博物学から」彼はかすれた小声で繰り返した。指を長椅子の薄板に食い込ませ、体をよじって顔を檻へと向けた。

「ちくしょう」彼は金切り声をあげた。「まだいやがる」

長椅子の鉄の手すりを必死につかみ、体を震わせていまにも泣き出しそうだ。

「どうしたんだ」わたしは訊いた。「あの檻のなかになにが見えるんだ」

「きみにはなにか見えるか」彼は質問を返してきた。

「もちろん」

「だったら」彼は言いつのった。「一体全体なにが見える」

わたしは手短に伝えた。

「本当か」彼は大声を出した。「僕たちはふたりとも頭がおかしいのか」

「どちらもどこもおかしくなんかないさ」わたしは請け合った。「ふたりが檻のなかに見ているものが、檻のなかにいるものだ」

「あんな生きものがいるものかな、本当に」彼はしつこく訊いてきた。

わたしは彼にその動物とその習性、類縁関係についてみっちりと語って聞かせた。

「ふうむ」と彼は弱々しい相槌を打った。「きみの言葉に嘘はなさそうだ。あんな生きものがいるのなら、僕から奴が見えない場所に行こう」

わたしは彼を立たせ、件の獣舎が完全に視界から消える場所の長椅子へと連れて行った。彼は襟をつけてクラバットを結んだ。預かっていて気づいたのだが、脂で汚れてはいても、非常に高価なクラバットであることがよくわかった。衣服は一見みすぼらしかったが、新品のときは最高級品だったに違いない。

「水飲み場を探そう」彼が提案した。「もう歩けるから」

そう遠くないところに水飲み場があり、そこから大して離れていない木陰の長椅子からは、気持ちのよい眺めを望むことができた。わたしは彼に煙草をすすめてふたりで喫った。おしゃべりの大半は彼に任せようと考えた。

「いいかい」彼はやがて話し始めた。「きみに言われたことは、ほかの人に言われたどんなことよりも頭に浮かぶんだ。きっときみがある種の哲学者で、人間というものをよく知っていて、言っていることが真実だからだ。たとえば、きみはこう言ったんだ、犯罪者は四回のうち三回は逃げ切れるけれども、それは口をきっちり閉ざしていられればの話であって、黙っていなきゃならない理由がどれほどあろうと、誰かひとりには打ち明けざるを得ないものだとね。まさにそれなんだよ、いまの僕は」

「きみは犯罪者じゃない」わたしは口を挟んだ。「きみが癇癪を起こして馬鹿な真似をしたのは一度だけだ。きみが本当に犯罪者で、犯罪者としてきみのしたことをやったのだとしたら、無罪を勝ち取れていたかもしれないよ、どうすれば無罪になるかも計算ずみだったろうしね。でも現実は、きみは自分で自分を追い込んでしまった、すべてがきみにとって不利で勝ち目のない、そんな立場に。皆きみのことを気の毒に思ったさ」

「きみたちのほとんどが」彼が語気を強めた。「僕をごろつき扱いしたくせに」

「でも、きみのことは皆で気の毒がっていたんだ」わたしは繰り返した。「陪審も、判事もだ。きみは犯罪者じゃない」

「知りもしないでよく言うよ」彼は喧嘩腰の詰問口調だった。「僕が外に出てからなにをしてきたか」

「ずいぶんと髪が伸びたじゃないか」わたしは指摘した。

「時が過ぎたということだ。世界中を回って一万ドルをふいにしたよ」

「そして、一度も会うことはなかった――」

誰と、のところで彼が口を挟んだ。

「言うな」彼は身を震わせた。「一度も会わなかったし、噂すら聞かなかった。だが、幾らかでも金が残っているうちは、檻のなかの動物を見に来たりはしなかった。きみの助言やらなにやらは、文無しになって初めて思い出した。いまやきみに言われたとおり、きみひとりには打ち明けざるを得ない心持ちだ。僕のなかの犯罪者がそう思わせるんだ、たぶんね」

「きみは犯罪者じゃない」わたしはなだめるように繰り返した。

「どうだか」彼は声を荒げた。「鉄格子の内側に一年もいれば立派な犯罪者だ、たとえ初犯でも」

「そうとも限らないさ」わたしは彼を励ました。

「いや、間違いない」彼はため息をついた。「あそこでは非常に優遇されて、帳簿つけをやらされて、善行手当を満額でもらったよ。でも、僕は本職の犯罪者たちと知り合いになったわけだし、奴らは人のことは決して忘れない。

いまとなっては、僕が外に出てなにをしたのかは問題じゃない、なにをしようとしたのか、どうやってリヴィンに会ったのか、どうやってリヴィンがスウェイトに僕を誘わせたのか……そう、どうやってスウェイトが僕に連絡して来たのか、奴が僕になにを言ったのか、あの夜を迎えるまでになにがあって、僕たちが動き出してからなにがあったのかも」

彼がわたしの目を見た。話しぶりが生き生きとして、熱が入りはじめているのがわかった。それのみか、ごく短い時間で考えをまとめたのちに話し出した彼からは、若いころの面影が、少年時代の言葉遣いや、いまはもういない仲間たちとの符丁とともに消えてしまった。どこから見ても世慣れた国際人《コスモポリタン》といった風情で、おもしろおかしく語って聞かせようという熱意さえ感じられた。

Ⅱ

真っ昼間であるかのように、スウェイトは車をとんでもない速度で一時間近く走らせた。彼が車を停めると、リヴィンがすべての照明を消した。それまで僕たちはなにに会うでも追い越すでもなかったが、じめついて星のない真っ暗闇のなかを再び走り出すと、その暗さがひどく僕の神経に響いた。スウェイトは夜目が利くかのように冷静だった。僕には自分の前にいるスウェイトの様子さえわからなかったが、車が振動するたびに彼の自負心を感じ取ることができた。車は超高級車で、どのギアでも、どの速度でも、どの勾配でも音を立てず、まるでピューマのようだった。スウェイトは暗闇のなかでも決してひるまず、直進したり道かられたり、のろのろしたり飛ばしたり、疾走したり徐行したりと一時間以上も運転を続けた。それから急角度に曲がった道を左に折れ、登り坂を進んだ。濡れそぼった垂れ下がる大枝のにおい、枝についた茂り葉のにおい、たっぷりと水気を含んだ土をタイヤが踏んでできた轍のにおいが、頭上近くや周囲に漂うのが感じられた。僕たちは急勾配を登り、平地に出ると、切り返しながら五、六度も前に出たり後ろに下がったりした。そして完全に停車した。スウェイトはカチンとかドサリとか音を立てながら物を動かし、ほどなく言った。

「じゃあ、これからガソリンタンクをこの真っ暗ななかでどうやって満タンにするのか見せてやろう、キーを見なくてもタイプが打てるならできるさ」

その後もうしばらくしてからさらに言った。

「リヴィン、こいつを隠してこい」

リヴィンは毒づいたが言われたとおりにした。スウェイトは僕の脇から乗り込んだ。リヴィンは戻ってくると、スウェイトとは反対側の僕の脇から乗り込んだ。リヴィンはパイプに火を点け、スウェイトは葉巻に火を点けて、時計を見た。僕もまた火を点けると、スウェイトが言った。

「ここで話をする時間はたっぷりあるし、おまえらは聞いてさえいればいい。ことの始まりから話してやる。老いぼれのハイラム・エヴァースレイが死んだとき――」

「まさかきみは――」僕は口を挟んだ。

「黙れ！」スウェイトが噛みつくように言った。「ずっと黙っていろ。なにか言うなら俺が終わってからだ」

僕は口を閉じた。

「老いぼれ爺のエヴァースレイが死んだとき」スウェイトが話を再開した。「資産からのあがりは息子どもに平等に配分された。この息子どもがめいめいの分け前でなにをしたかというと、ニューヨークとロンドンとパリの大邸宅、ブルトン海岸の城《シャトー》、スコットランドの鹿と赤雷鳥の狩場、蒸気ヨットやらその他諸々を手に入れて、以来ずっとその調子だ。最初、この手のものを買い集めるのにどの兄弟よりも一生懸命だったのが、ヴォーティガン・エヴァースレイだった。だが、四十年以上も前のことだが、かみさんを亡くした途端にそういったことは一切やめてしまった。そしてすべてを売り払い、この地所を買い、周囲に塀を建てて、内側にああも際限なく数多くの建物を建てたわけだ。おまえらが目にした建物の尖塔や屋根の数々、あれがすべてだ。俺がこれまでに話しかけた相手で、先のかみさんが死んで五年たったあたりに完成してからこっち、あれよりほかのものを見た者はいない。あのふたつの門衛所、大金持ちの邸宅とはいえ、どちらも大きすぎるとは思わないか。おまえらにも見当がつくだろう、城というのか大邸宅というのか、なんと呼んでくれてもいいんだが、あの場の建物の規模と複雑さが。あそこにヴォーティガン・エヴァースレイが住んでいた。俺が調べたかぎり、奴はあそこから一度だって出なかった。あそこで奴は死んだ。死んだのは二十年前だが、その後のエヴァースレイ家の収入のうち、奴の取り分は奴の相続人に支払われている。その相続人とは誰も会ったことがない。これから話すことを聞けば、おまえらも俺と同じように、相続人は女じゃないなと思うだろう。だが、その相続人については誰もなにも知らないし、ご当人もこの数マイルにおよぶ塀の外に出たことが一度もない。ところが、欲深でわがままなエヴァースレイ家の孫たちや、義理の息子や娘たちのうちのひとりとして、ヴォーティガン・エヴァースレイの取り分がそっくりこの相続人に支払われることに文句をつけている者がおらず、しかもその取り分というのが月二十万ドルで、毎月最初の銀行営業日に金《きん》で支払われている。この点はまず間違いない、というのもウルフスタン・エヴァースレイの取り分とセドリック・エヴァースレイの取り分の分け方についてはずっと揉めていて、俺はその訴訟の書類を確認したんだ。二十万ドルという取り分、その等価物である金《きん》はすべて、あの地所を取り囲む塀の内側で再投資されるか、使われるかだ。再投資に回される分はさほど多くはない。俺は相続人が過去に買ったものの一覧を手に入れた。この相続人は、楽器はほしいだけ、金に糸目をつけずに買う。最初にわかったのがこのあたりのことだ。それから芸術家の使うものも買う、たとえば絵の具、筆、画布、道具、木材、粘土、大理石、粘土は山ほど、大理石は非常に美しい地紋の入ったやつだ。気まぐれを満たそうとして高価なゴミを集めるガラクタ好きとは違う。なにがほしいのか、なぜほしいのか、自分でちゃんとわかっている。好みがあるんだ。それから馬数頭に馬具、馬車数台、家具調度に絨毯にタペストリー、絵画はすべて風景画で人物画は一枚もなし、絵画の写真は一万枚ほども買い込み、さらには極上の磁器、珍品の壺、銀食器、ヴェネチアングラスの調度品、金線細工や銀線細工、装身具、時計、鎖、宝石、真珠、ルビー、エメラルド、そして——ダイヤモンドを買ったときている！」

スウェイトは興奮に声を震わせたが、穏やかな落ち着いた口調を保つよう努めた。

「俺は二年かけて調べた。べらべらしゃべってくれる奴はいるもんだ。だが、召使いや馬丁や庭師なんかはしゃべらない。直接だろうが間接だろうが人を介そうが、本人たちからもその親族からも友人からも、ひと言だって聞き出せやしない。皆口を閉ざし続ける。自分が損する真似はしないんだ。でも、なかから出てきた小売商たちの助手どもが、俺の知りたいことをすべてしゃべってくれたんで、そいつをしっかり頭に叩き込んだよ、盗み聞きではあるがな。外部の者は誰もあの地所に入ったことがない、門衛所の舗装されたでかい中庭までが限度だ。大勢の召使いたちが使う日用品はなにもかも、褐色砂岩でできたほうの門衛所を通ってなかに入る。外の門が開いて、荷馬車やらなにやらがあのアーチの下をくぐる。そこで車両は停まる。外の門が閉まって内側の門が開く。車両は中庭に入る。そして召使い頭、まあそう呼んでもいいくらいの立場の男がいて、そいつが品物を選ぶ。もう一方の門衛所の内側の門が開いて、荷馬車がアーチの下をくぐって停まる。内側の門がすぐに閉まって外側の門が開く。どの荷馬車もこんな扱いで、入れるのは一度に一台だけ。すべてのものがあの門衛所を通って、それより少し狭い内側の中庭まで進み、そこで専用の荷馬車に荷積みされ、大邸宅まで運ばれるというわけだ。

たとえば家具調度みたいなものは、すべてあの中庭を通って、緑色岩の門衛所に向かう。そこで監査係みたいな奴が在庫の照合を行い、その品物の領収書を出すんだが、これは小売商側ふたり、屋敷側ふたりの人間が立ち会ったうえで行われる。預け売りの場合は一日なり一か月なり屋敷側が預かって、手つかずのまま返却したり、そっくり手元に置いたりする。気に入らなければ返せばいいだけだ。宝石類も同じ扱いだ。俺は運がよかった。ダイヤモンドだけでも間違いなく百万ドル以上に相当する分が、この十年間でここに持ち込まれて、そのままになっていることがわかったんだからな」

スウェイトは芝居がかった間を持たせた。僕は結局ひと言も発さず、三人でその停まった車の後部座席に座り、誰かが呼吸をするたびに座席の革がきしみ、リヴィンはパイプを吸い、木々の葉は僕たちの上で夜露をしたたらせていた。それ以外の音はしなかった。

「みんなあのなかにある」スウェイトがまた話しはじめた。「北米最大の宝の山だ。そしてこれが、北米大陸最大級の強盗事件となるんだ、盗品の規模も成功の規模もな。そして誰も捕まらず、疑われもしない。覚えておけ」

「そうするよ」僕は割って入った。「だけど最初のころと比べると気乗りがしないな。きみは僕を納得させると約束したし、きみやレヴィンと同じくらいやる気も自信も出てくるはずだと言った。ダイヤには惹かれるし、きみの言うことに嘘はないと思うよ、でもその反面、そんなことがあるだろうかとも思うんだ。だって、世捨て人同然の金持ちの変わり者が、無防備に暮らそうとするかな。仮に本人が迂闊だとしたら、まわりがしっかりしているものだよ。門衛所について話してくれたことだけでも、防犯対策としては十分じゃないか。ダイヤモンドにはそそられるけど、それなら造幣局の金塊だって同じだ。きみの説明では、その、たまりにたまったらしいお宝はすべて、アメリカ財務省が保有する金と同じくらい安全な場所にあるってことだ。そうじゃなきゃ怖いし、安心できない」

「うろたえるな」スウェイトが口を挟んだ。「俺は馬鹿じゃない。何年もかけてこの計画を練った。褒美が確実になってから手段を確保したんだ。防犯対策は山ほどなされているが、十分じゃない。見張り小屋をあの塀から道を渡った反対側に、百ヤードごとに置くなんて簡単なことじゃないか。奴らはそれをやっていない。道や塀の外側を照らすなんて簡単なことじゃないか。奴らはそういうことをしていないんだ。簡単にできる屋外での防犯対策なんぞほかにも二十はあるのに、そのうちのひとつとして奴らは思いつかない。この敷地はやたらと広くて人気のない場所ばかりだ。そして塀の外はどこも暗くて、人通りのない道と、ここみたいに囲いのない、なにもない森に続いている。奴らは自信過剰だ。あの塀と門衛所で十分だと思っている。でも実際には十分じゃない。奴らは屋外の防犯対策を完璧だと思っている。完璧なもんか。俺にはわかる。俺はこれまで、あの塀を十回、二十回、五十回と超えた。危険を承知で塀を超え、人捕り罠や仕掛け銃や警報つきの鉄条網やらに引っかかる可能性も覚悟した。だがそんなものはない。夜の見まわりもなければ定期的な日中の見まわりもなく、たまたま庭師やらなにやらに見つかる可能性があるくらいだ。俺は知っている。あの地所を隅々まで腹ばいになって這いまわったんだ、クーパーの小説に出てくるイロコイ族みたいにな。

奴らは塀の防御力を過信していて、番犬はおろか、どんな種類の犬も置こうとしない」

僕はもちろん驚いた。

「犬もいないのか」大声が出た。「本当か」

「絶対に確かだ」スウェイトは得意げに言葉を返した。「間違いなくあそこには一匹の犬もいない」

「なんだってそんなに断言できるんだ」僕はごねた。

「こういうことさ」スウェイトは先を続けた。「あそこで働いたことのある人間をつかまえて話を聞くのは無理だったが、ふたりの使用人が話をしているのをなんとか漏れ聞くことはできたんだ、それも一度でなく何度か。そいつらの話はほとんど役に立たなかったけれど、切れ切れに漏れ聞いた話をつなぎ合わせたら、全貌が見えてきた。地所内には壁があって、敷地が分かれている。狭いほうの敷地には、門番小屋の門を通って入るようになっていて、そこで働く者全員のための住居がある、門衛や召使い、監督職や管理人や専属の医者とかのな。専属の医者だぜ。その医者には助手がふたりいて、若い男たちなんだが、始終入れ替わっている。お付きの者たちはたいていそうだが、この医者も結婚している。こういった連中の村のようなものがあるんだ、外壁とこの敷地を分ける内壁のあいだに。なかには三十五年もそこに住んでいる者たちがいる。歳を取りすぎると年金が与えられた上で退職となり、どこかにやられる。遠くにやられるんで、ここを退職した者と知り合いになるきっかけはなかった。

従者というか不寝番というか、どっちにしろそういうのがとにかくたくさんいて交代するんだが、一、二、三の信頼篤い者たちを除けば皆独身だ。ほかは皆イングランドから連れて来られて、ふつうは四、五年も働けば送り返される。俺が話を耳にしたのはそのうちのふたりで、ベテランのほうがまもなく、本人に言わせれば兵役期間が終わって家に帰るんで、もう一方の男を後釜として教育中だった。こういう特殊な立場の奴らには休憩時間がたっぷりあって、屋外に出てくるんだ。一回の休みに二、三時間は腰を下ろしてビールを飲みながらしゃべり続け、アプルショウってベテランがキットワースってのに仕事の心得を教えて、キットワースがそれに対して質問するんだ。俺が地所内にも壁があると知ったのはこのふたりからだ。

『壁のあちら側には女がいたことがないのだよ、壁ができてからこのかた』アプルショウが言った。

『まさか、本当ですか』キットワースが考え込んだ。

『想像できるかね、女があの方に耐えられるなんぞと』

『いえ』とキットワースが認めた。『とてもそうは思えません。でも、男より我慢強い女もなかにはいるでしょう』

『いずれにせよ』とアプルショウが言い添えた。『あの方は女を視界に入れるのはお嫌いだ』

『変わっていますね。ああいう方たちはそれとは真逆だと聞きますけれど』

『そうだな、知ってのとおりだ』とアプルショウが答えた。『世のああいう方たちを見ているかぎりは。だがあの方は違う。あの方は女など我慢ならん』

『犬についてもおんなじみたいですね』キットワースが思い出したように言った。

『あの方に懐いた犬などいないよ』アプルショウが認めた。『それにあの方も犬を怖がるので、地所内のどこであれ、犬を入れられないのだ。あの方がお生まれになってからは一匹もいたことがないと聞いている。それから猫もだ、一匹もいない』

また別の機会にアプルショウがこう言うのも聞いた。

『あの方は陳列館を幾つか、それからあの展示館《パビリオン》、さらには塔も幾つかお建てになられた、ほかはあの方が大人になる前からあったものだ』

キットワースの言葉はいつもあまりよく聞き取れなかった、声がやたらと低いもんだから。一度、アプルショウがこう答えたのが聞こえた。

『ときにはほかの者たち同様、静かになさって、早いうちから灯を消して、ぐっすり眠ってしまわれる夜が続くこともおありだ。かと思うと一晩中起きていらして、すべての窓がぎらぎら光っていたり、あるいは遅くまで、真夜中過ぎまで起きていらしたりする。業務に就いておれば必ずそういう機会に出くわすが、なにもしなくてよい。夜勤の者たちが警報を発して助けを求めたりすれば別だが、そうそうないことで、一年に二回もないくらいだ。ほとんどの場合はおまえやわたし同様に静かになさっている、まわりがあの方に従っているかぎりはね。

あの方は気が短くておいでだ。かっと火が点くぞ、すぐに応じて差し上げないと。それから、呼ばれもしないのに近づけば大目玉だ』

よく聞き取れない長いつぶやきの切れ端をつかまえたこともあった。

ひとつはこうだ。

『いやもう、そうなると誰も近づけさせない。あの方が幼子のようにすすり泣くのが聞こえるのだ。ご機嫌が最悪の場合は、深更までわめいたり叫んだりなさって、まわりにはどうしようもできなくなってしまわれる』

こうも言った。

『子どもみたいな肉づきのよさで、毛深いといってもおまえやわたしとそう変わらないよ』

さらにはこうも。

『フィドルだって？　どんなヴァイオリン弾きもあの方にはかなわない。これまでどれだけ聴いてきたことか。あの音色は自分の犯した罪を思い出させる。そして音色が変わると、今度は初めての恋人を、春の雨と花々を、母親の膝の上にいた子どものころを思い起こさせる。心がもぎ取られるようだよ』

次のふたつの言葉が、いちばん重要な気がする。

『あの方は邪魔されるのがお嫌いだ』

もうひとつが、

『夜明けまで決して鍵は開かないのだ、あの方がいったんなかに入って鍵をかけてしまわれると』

さて、どう思う」スウェイトが僕に訊いた。

「なんとなくだけれど、そこはひとりの患者専用の精神病院で、正気でいる時間の長い狂人向け、という感じがするな」

「まあそんなところだ」スウェイトが答えた。「だがどうやらそれ以上のことがあるらしい。耳に入ることすべてがうまくつながるわけじゃないのがどうもな。アプルショウはこうも言っていたっけ。

『あの方の酔ったお姿を拝見したときの驚きといったら』

キットワースもこう言っていた。

『明るい色が幾つもそれに沿って並んでいて、ゾッとしましたよ』

そしてアプルショウが繰り返し、いろいろな言い方で、しかしつねに同じ意味合いの口調で言っていたのは、こういうことだ。

『おまえがあの方を恐れずにすむようになる日は来ない。だが、あの方に対する尊敬は高まり、愛情に近い思いすら抱くことになろう。あの方を怖いと思うとすればそれは外見のせいではなく、凄まじいほどの知恵のせいだ。あの方はそれほどまでに賢く、その賢さを凌ぐ者はいない』

キットワースはこう答えた。

『あの方と一緒にあそこに閉じこめられるスタリーを、羨ましいとは思いませんね』

『スタリーに限らず、差し当たりあの方から最も信頼を得ているのが我々のうちの誰であれ、羨ましがられはしないさ』とアプルショウが同意した。『だが、おまえならあの方の信頼を勝ち得るとも、わたしがそうであるようにな、おまえがわたしの見込んだとおりの男なら』

これで全部だ、俺の聞いた話ってのは」さらにスウェイトが言葉を継いだ。「あとは俺が見張ったり偵察したりして得た情報だ。間違いないのは、奴らが展示館《パビリオン》と呼んでいる建物、そいつが当主の普段の住まいだ。だが、幾つかある塔のうちのどれかで夜を過ごす場合もあって、どの塔も独立した建物だ。灯りがすべて消されるのが十時過ぎのときもあれば、九時過ぎのときもある。その後また灯りが点いて、深夜過ぎまでずっと点いていたりもする。遅い時間、二時とか三時まで点いている場合もある。俺も音楽を耳にしたことがあるぞ、アプルショウが言っていたとおりのヴァイオリン、それからオルガンもだ。だがわめき声はない。当主は確実に狂人だ、彫像から判断するとな」

「彫像?」僕は訊いた。

「そうだ」とスウェイト。「彫像だ。大きいのが幾つもあって、どれも象や白頭鷲なんかの頭がついた、いかれた人間の像で、とことんいかれた彫像どもだ。だが、どれもよくできている。敷地内のあちこちに立っているんだ。小さな四角い建物が、展示館と緑色の塔の間にあるんだが、それが当主の彫刻用のアトリエだ」

「ずいぶんこの場所に詳しいみたいだね」僕は言った。

「そうとも」スウェイトが首肯した。「すっかり詳しくなった。最初のうちは、何度も今夜みたいな星のない夜に挑戦した。次はあえて星の出ている夜に挑戦した。さらには月夜にも挑戦した。怖い思いなんぞしたことがない。星の光る夜の一時に展示館の玄関前の階段に座っていても、声をかけられたことさえないんだ。一日中茂みに隠れて、当主の姿を拝んでやろうとしたこともある」

「姿を見たことはあるのか」僕は訊いた。

「一度もない」スウェイトが答えた。「声は聞いたことがあるんだが。当主は暗くなってから馬に乗るんだ。その馬が展示館の前に引いてこられて、あたりが暗くなって俺の隠れている場所から見えなくなるまで、ずっと眺めていたことがある。暗いなかで、馬が俺の近くを通り過ぎる音が聞こえたりもした。でもどうしても見えなかったんだ、夜空を背景にしたその馬の上になにが乗っているのかが。身を隠しながら道を下って近づくなんて芸当はできないからな」

「姿を見なかったのか、そこで一日過ごしたっていうのに」僕は食い下がった。

「ああ、見なかった。俺だってがっかりしたさ。というのもその日、でかい車がエンジン音を立てて展示館の玄関口のところまで来ると、車寄せの屋根の下に停まったんだ。だけど、その車が敷地内を回ったときにはなかには誰もいなくて、前の座席にはお抱え運転手が、後ろの長座席にはペットの猿が一匹いるだけだったよ」

「ペットの猿だって」僕は声をあげた。

「そうだ。わかるだろう、犬、たとえばニューファウンドランドとかテリアなんかが、車中で背筋を伸ばして座っていて、堂々として高慢ちきに見えたり、楽しそうに見えたりする、あんな感じだ。その猿ときたらそんなふうに座って、あっちこっちに顔を向けて景色を楽しんでいたよ」

「見た目はどんな感じだった」

「犬顔の猿で」とスウェイト。「マスティフによく似ていた」

リヴィンが疑わしげに唸った。

「こいつは仕事には関係のない話だ」スウェイトが先を続けた。「仕事の話をしないとな。重要なのは、あの塀がやつらの唯一の護りで犬はいないということだ、おそらくあのペットの猿やらなにやらがいるせいだろう。奴らはエヴァースレイ氏を毎晩閉じ込めて、お付きの従者ひとりだけに世話をさせる。どんな音がしようが、灯りが点こうが消えようが、警報が発せられないかぎりは手出しをしないし、警報機の電線のありかは突き止めてあるからおまえに切ってもらう。話はこれで全部だ。来るか？」

リヴィンは僕のすぐ横に、と言うよりは半分僕の上に座っていた。彼の隆々とした筋肉と拳銃の台尻が、僕の腰にあたっているのがわかった。

「一緒に行くよ」と僕。

「自分の意思でか」スウェイトが念を押した。先の拳銃の台尻が、リヴィンの呼吸に合わせて動く。

「行くよ、自分の意思で」僕は言った。

Ⅲ

スウェイトが歩いて僕たちを先導する様子は、車を運転していたときと同じく自信たっぷりだった。これほどまでに静かで真っ暗な夜は初めてで、手引きをしてくれるような灯りも、風も、音も、においもなかった。相変わらずの霧のなかをスウェイトは、自分の寝室にいるかのような速さで動きまわり、ほんの一瞬も戸惑ったりはしなかった。

「ここだ」塀のところでそう言うと、僕の手を取って壁の下の草むらに埋もれた輪つきボルトを触らせた。

リヴィンが背中を踏み台としてスウェイトに貸し、僕はふたりの上によじ登った。スウェイトの両肩につま先立ちになって、ようやく指が塀の上の笠に触れた。

「俺の頭の上に乗るんだよ、のろま」スウェイトが小声で言った。

僕は笠石をつかんだ。笠石にまたがってから、絹の縄梯子の片方の端を下ろした。

「急げ」スウェイトが下から押し殺した声で言った。

僕は梯子がぴんと張るように引っ張り、下りていった。指で草むらを探り、一発でこちら側の輪つきボルトを探し当てた。梯子を固定して軽く引っ張り合図を送った。リヴィンがまず塀を越え、スウェイトがそれに続いた。敷地内をスウェイトが淡々と先導した。立ち止まって僕の肘をつかみ、こう訊いた。

「どこかに灯りが見えるか?」

「いや、ひとつも」と僕。

「こっちもだ。灯りがない。どの窓も真っ暗だ。運がいい」

スウェイトがまたしばらく先に立って歩いた。そして立ち止まりざまにこう言った。

「おまえはここからよじ登れ。すべての電線を切れ、ただし同じ電線を二度切るような時間の無駄遣いはするな」

彼の指示は細部に渡って的確だった。すべての手がかりと足がかりを見つけられたのは、指示どおりにしたからだ。とはいえ全神経を集中させねばならなかった。リヴィンやスウェイトのような体の重さではできないことだとつくづく思った。地上に下りたときには足に力が入らずふらふらした。

「ひとくちだけにしておけ」そう言ってスウェイトが携帯用の酒瓶を僕の口に押し当てた。それから僕たちは先に進んだ。闇が深く霧が厚かったので、建物のおぼろな姿も見えないまま、その壁面に行き当たった。

「ここからなかに入れ」スウェイトが指示した。

なぜ僕が彼らの仲間に入れたのか、あらためて納得がいった。僕以外のどちらがやっても、あんな石の隙間に体を入れることはできなかったろう。僕はどうにかそれをやりおおせた。なかでは恐れていたように滑り落ちることもなく、ざくりという音とともに着地したのが石炭入れで、その石炭は硬い種類のものではなかった。しかも窓の下の石炭入れは軟炭用だった。僕は自分の運に感謝し、励まされた心持ちになった。窓を開けるのはさほど大義ではなかった。リヴィンとスウェイトが滑り込んできた。下に向かって四、五歩ざくざくと進むと、硬い床に下り立った。リヴィンは携帯用の電燈を点け、大胆にもぐるりと動かしてあたりを照らした。僕たちがいたのは、よく片づいた石炭入れが並んでいる場所と、炉がずらりと据えてある場所とのあいだだった。僕たちのいる空間の、どちらの端にも扉はなかった。僕の目にちらりと映ったのは、石炭入れの上部にある窓と石炭落としの樋が幾つか、光沢のある色つきタイルが貼られた二枚の大きな羽目板、くすみのない煉瓦造りの壁面、塗料を塗ったばかりの黒玉のように黒い鉄と光る白さの真鍮の輪がついた石綿、ふたつの炉のあいだにある暗い空間だった。その空間に向かってリヴィンが曲がっていくのを、半ば音で、半ば体感で感じ取った。ここからはずっとリヴィンがこの冒険の先頭に立ち、スウェイトが続き、僕は大体においてその後ろにぴったりくっついて手探りしながら進み、ふたりの位置や動きを、聴覚と触覚以外の感覚を組み合わせて、とはいえときおり聴覚と触覚を働かせつつ、こまめに確かめた。

リヴィンの電燈がまた光った。そこは床がセメント敷き、壁が煉瓦造りの廊下で、両端に扉があり、僕たちが顔を向けている壁面にも扉がずらりと並んでいた。電燈を消されたあとの暗闇のなかを、僕はふたりの後ろについて右へと進んだ。戸口をくぐったところで僕たちは立ち止まり、ひと息入れて耳をそばだてた。リヴィンがあたりを照らすと、周囲にはおびただしい数の瓶があり、それがすべて首を下にして斜めに置かれ、階段状に設置された、天井まで届く幾つもの棚に納めてあるのが見えた。棚と棚のあいだをわずかずつ進みながら、この貯蔵庫《セラー》を見て回ったが、僕たちが入ってきた扉以外に、別の扉のある形跡は見つからなかった。リヴィンから小さな唸り声が聞こえ、スウェイトから不平が漏れたところで、僕たちは廊下を端から端まで戻った。そこはまたもや葡萄酒の貯蔵室で、僕たちがあとにして来たばかりの貯蔵室と、風変わりな点までそっくり同じだった。

好奇心があらゆる思慮分別を打ち負かした。リヴィンは電燈を、折々に光らせるのではなく点けたままにし、それから全員でその場を念入りに調べ、驚きを小声で分かち合った。先の貯蔵庫と同じく、こちらの貯蔵庫にも余裕はまったくなく、通路は狭く、平アーチを支える桁に届くところまでしつらえられた棚はどれも満杯で、瓶の入っていないホルダーを見つけるのはまず無理だった。そして、それほどまでに大規模な貯蔵庫だというのに、全部で数万本もの瓶があるのに、マグナム瓶もクォート瓶もなく、果てはパイント瓶すらなかった。そこにあるのはすべて半パイント入りの小瓶だった。何本か手に取ってみたところ、どれにも同じラベルがついていた。いまの僕がその意匠がどんなものだったかを知っているのは、のちに大きなものを何度も目にしたからだ。だがこのときは、ドレス姿のひとりの踊り子が犬用の鎖に繋いだ鰐を一匹連れている絵だと思った。葡萄酒や酒の名前はどの瓶にも記載がなかったが、ラベルには赤で十七か四五か三二八と番号が先の絵の上に入っており、また絵の下にはこうあった。

〝ヘンギスト・エヴァースレイ専用〟

「これで当主の名前がわかったわけだ」スウェイトが小声で言った。

廊下に戻り、リヴィンが左手にある最初の扉を開けた。そこから塀と塀のあいだにある緩やかな石段に出た。石段は広い踊り場を挟んで二度左に折れた。

石よりも柔らかい足場に踏み込んだところで僕たちは立ち止まり、長いこと息をひそめて聞き耳を立てていた。

やがてリヴィンが電燈を点けた。そこに照らし出されたのは、左手に絨毯敷きの階段があり、その暗い赤の絨毯が厚手の当て布の上に敷かれて盛り上がり、真鍮の絨毯押さえの棒で留めてある様子であり、磨き上げられた四つ割りのオークでできた、型模様のついた側柱やその向こうの腰板であり、床面を覆う茶色がかった黄色の、さもなくば黄色がかった茶色のリノリウムかそれに似たものが、敷き込まれた木材のように見えるさまであり、両足先、両脚、両腿とその持ち主である、大柄でがっしりとした男の姿だった。電燈が光ったのはほんの一瞬で、しかしその光ははっきりと、男の脚衣、たくましいふくらはぎにぴったりと貼りついた長靴下、両膝とかかとの低い靴に明るく光る留め金を照らし出した。

大きな音こそしなかったが、声を殺して取っ組みあっているような、はっきりしない摩擦音が聞こえた。後ずさりした僕は背中が窓台に当たり、それ以上後ろに下がれなかった。聞こえるのは、引きずったりこすったりする格闘の音、そして喉が苦しげに鳴っているかのような喘ぎばかりだった。

ふたたび電燈が光り、煌々と点いたままとなった。僕の目に映ったのは、男と組み打ちの真っ最中であるスウェイトと、男の大きな片方の手がスウェイトの首にかかっている様子だった。スウェイトは相手の首を抑え込み、顔を自分の胸に押しつけていた。相手は茶色味の強い髪の男だった。リヴィンの流星錘《スリングショット》が男の頭蓋骨に当たってぐしゃりと音を立てた。その刹那、電燈が消えた。

スウェイトはストーヴのように熱を発しながら、僕のそばで立ったまま荒い息を吐いていた。男の体が床にどさりと倒れてのちはなんの音も聞こえなかったが、唯一気になったのは、絨毯敷きの階段で軽い足音が、大型犬か怯えた子どもが階上に歩き去るような音が聞こえた気がしたことだった。

「なにか聞こえなかったか」僕は小声で言った。

リヴィンが僕に拳を食らわせた。

呼吸の落ち着いたスウェイトが自分の電燈を点け、リヴィンもそれに倣った。

死んだ男は年かさで、僕の判断では五十を超えているとおぼしく、体つきはどこをとっても大柄で、体重はあっても贅肉とは無縁そうだった。身につけていたものは、緑色の綿ビロードに金レースのあしらわれた仕着せ、緑色の綿ビロードの脚衣、緑色の絹の長靴下と緑色の浅い革靴だった。靴についた四つの留め金は金製だった。

スウェイトが大きな声で話し出したので、僕はぎょっとした。

「思うに、リヴィン、こいつが例の信頼篤い従者って奴だ。呼んで助けが来るのなら、こいつも大声を出したはずだ。この建物には俺たちしかいないかヘンギスト・エヴァースレイ氏だけか、どちらかだ」

リヴィンが小さく唸り声をあげた。

「奴がここにいるとしたら」とスウェイトが先を続けた。「あの切れた電線で警報を送ろうとするか、怖がって隠れようとするだろう。奴を見つけ出して息の根を止めろ、ここにいるとしたらだ、それから奴のダイヤモンドを探す。なんとしても噂のダイヤモンドを探すんだ」

リヴィンがまた小さく唸った。

ふたりは急ぎ足で部屋から部屋へ、階から階へと回った。開かない扉はなかった。あの葡萄酒貯蔵室では好奇心と驚きでいっぱいになったが、いまやそれ以上の驚きに、電気ショックを与えられて麻痺したようになった。いま僕たちがいるのは驚嘆すべきものに満ち満ちた宮殿であり、恐ろしく貴重な品々があまりにもふんだんにありすぎて、あのリヴィンでさえ、ポケットや袋に二、三度物を詰め込んだあとは、もう手を出さなかった。命あるものには行き合わず、鍵のかかった扉はなく、僕たちはどうやらこの建物をひとめぐりしたようだった。

ふたりが立ち止まり、僕も立ち止まった。三人とも驚きのあまり興奮状態で、湧き出る疑問に心が落ち着かず、好奇心はやみがたく、疑念に取り憑かれ、平静を保てず、呆然として身震いが止まらなかった。

スウェイトが暗闇のなかで言った。

「俺はこの建物を徹底的に調べて回る、どこもかしこもだ、それで死んでもかまうものか」

ふたりは電燈を点けた。僕たちが立っていたのは、殺された従者の死体のすぐそばだった。リヴィンもスウェイトも、死体など気にもならない様子だった。ふたりはそれぞれ電燈を振り回し、ついに片方の光が電気のスイッチを探し当てた。

「ここの電線は地下のやつだといいんだが」スウェイトが言った。スイッチを押すと電気が点き、強烈に明るくなった。僕たちは裏階段の最下段にいたらしく、そこは一種の玄関広間とも広い廊下とも言えそうな場所で、扉が幾つかあった。

僕たち三人は扉の把手をまじまじと見つめた。電燈をたよりに館内を歩きまわった際に扉を一枚一枚まんべんなく照らしたので、どの扉にも把手がふたつあり、片方が普通の位置に、もう片方が先の把手と床のあいだの真ん中あたりについていることには気づいていた。リヴィンがある扉を開けると、そこは掃除用具入れだった。リヴィンがその扉のふたつの把手をいじり、スウェイトと僕はその様子を眺めていた。錠と掛け金がついているのは上の把手なのだが、開け閉めはどちらの把手でも同じようにできた。ふたりは別の扉に取りかかったが、僕の目はつい死体に向いてしまうのだった。

リヴィンもスウェイトも、もう注意を払うことはなく、そこに死体などないかのようだった。僕は殺された人間をひとりだけ見たことがあったが、あのときのことを思い出したいとは思わなかったし、今回のこの光景を歓迎する気にもなれなかった。僕は自分たちの上がってきた暗い石段を見下ろしたり、ぼんやりと浮かび上がる絨毯敷きの階段に視線を向けたりした。

一方リヴィンは扉を開けて壁をまさぐり、スイッチを見つけて電気を点けた。そこはかなり広い食堂で、四隅にはガラス戸の戸棚がはめ込まれ、なかは磁器やガラス食器でいっぱいだった。家具調度はオーク製だった。

「使用人用の食堂か」スウェイトが言った。

たくさんの部屋をひとつひとつめぐりながら、電気を点けていった。居間らしき部屋にはカード卓とチェス盤があった。図書室には扉つきの書棚と扉のない書棚があり、頑丈なオークの卓が二卓あり、上に雑誌や新聞が雑然と置かれていた。撞球室には卓が三台あり、キャロムビリヤードの台、ポケットビリヤードの台、バガテル（十五世紀のイタリアで生まれた棒で玉を突くゲームで、ピンボールゲームの前身）の台がそれぞれ一台ずつあった。休憩室らしき部屋には革張りのソファと、体がすっぽり埋まる肘掛け椅子が置かれていた。入口には帽子かけと傘立てがあり、表扉は暗い色のオークで、手の込んだステンドグラスが扉の周囲や扉そのものにもあしらわれていた。

「どれも使用人の部屋だな」とスウェイト。「どの家具も普通の人間用の大きさだ。次に行こうぜ」

僕たちは廊下を戻り、食堂の裏手に当たる厨房へと入っていった。

「食料庫は戻ってきたときに確認する」とスウェイトが言った。「上に行こう。宴会用の広間の前にまずは寝室だ、それから書き物部屋、最後に書斎。俺は件の絵を実際に見てみたい」

ふたりは死んだ下僕の脇を、そこにはなにもないといった風情で通り過ぎた。

上の階で、スウェイトはリヴィンの肘をつついた。

「この階の部屋を忘れていた」とスウェイトが言った。

僕たちが調べた中くらいの大きさの居間には、丸いセンターテーブル、その近くに引き寄せられていた肘掛け椅子一脚、椅子の座面には雑誌が一冊と丸めた室内用上着《スモーキング・ジャケット》があった。隣は寝室と浴室だった。

「かの従者殿の住まいだな」とスウェイトが言い、死んだ男のことなどどうでもいいといった様子で、書き物机の上に置かれた、ずんぐりした若い女と二人の小さな子どもの写真をじろじろと見た。「どれも普通の大きさの人間向けの家具だな、ここも」

リヴィンはうなずいた。

僕たちは裏階段を上がってもうひとつ上の階に出てみた。階段は四角い広間ともロビーとも部屋ともつかない場所で終わっており、そこには二脚の長椅子のほかはなにもなかった。扉はふたつあった。

リヴィンが片方の扉を押し開け、上下に手探りして電気のスイッチを探し当てた。

僕たちは皆息を呑んだ。そして叫び声にも似た声をあげた。この回廊はこれまでにも何度か目の端にとらえていたが、いま、無数の電球からほとばしる光が、内側に曲がった反射板を背にして僕たちの目をくらませ、数々の絵が僕たちをすっかりすくませた。

そのどぎつさに僕はぎょっとした。

「幾らなんでもまずいよ」僕は文句を言った。「こんなに明るくするなんて。なにかあったと知らせているだけじゃないか」

「それは絶対にない」スウェイトが言下に否定した。「俺は幾夜となくここの建物を見張ってきたんだぞ。言っただろう、誰も当主の邪魔はしないんだ、何時だろうと、電気が点いていようといまいと」

僕の弱々しい異議申し立てはこうして一蹴され、ふたりと同じように僕もその数々の凄まじい絵画に気持ちを奪われていった。リヴィンはただ呆然として、理解の範疇を超えた驚異に面食らい、スウェイトはじっと考え込み、この異様さの源がどこにあるのか、その糸口を探っているかに見え、僕は絵画のできばえの申し分なさにすっかり驚かされ、画題の不可解さに体が震えた。

回廊は長さがゆうに九十フィートはあり、幅と高さがおよそ三十フィートあった。矩形の反射板の上の屋根はどうやらガラス張りらしい。絵は四面ある壁すべてに架かっており、例外は回廊の両端の小さな扉だけだった。小品は見当たらず、何点かはかなりの大きさがあった。風景画が数点あったが、人物の登場しない絵はなく、ほとんどの作品が人物でごった返していた。

その人物たちときたら。

人間ではあるのだが、人間の頭部を持つものはひとりもいなかった。頭部は決まって鳥か獣か魚の、たいていは獣の頭で、ありふれた、絵で見たり話を聞いたりしたことのあるものの頭もたくさんあれば、想像上の、たとえばドラゴンやグリフォンといったものの頭もあり、描かれた頭部の半分以上は僕の知らない、あるいは画家の発明した生きもののものだった。

電気がまぶしいほどに点いたとき、僕のすぐ近くに一枚の海の絵があり、そこにはおぼろに灰色がかったどんよりとした空の様子と、波の大きなうねりが描かれていた。奇妙な異界の甲板のない舟は底が魚だらけで、そのなかに四人の人間が立っており、ゴム長に似た光沢のある長靴と、油布《オイルスキン》製なのか、濡れて光るゆったりした外套を着込み、その長靴と外套だけが赤葡萄酒《クラレット》のように赤く、全員がハイエナの頭部を持っていた。うちひとりは舵を取り、ほかの三人は網を引いていた。網にかかっているのは雄の人魚と思しき生きものだが、よくある雌の人魚の絵姿とは異なっていた。この雄の人魚は人間そっくりで、ただ頭と両手と両足だけが人のものではなかった。体じゅうが虹色の鱗で覆われていた。手足の代わりのひれは平たくて厚みがあり、頭は太った豚のそれだった。人魚は網のなかでのたうちまわっているが、努力が報われずに切なそうだ。なんとも奇妙な絵ではあるが、非常に強烈な現実感があり、まるで目の前で実際に起こっていることのように感じられた。

次の絵はこぢんまりとした野原でのピクニックで、池がそばにあり、森に囲まれ、背後には山々がそびえていた。参加者は皆、草地の上に広げたテーブルクロスのまわりにいて、それぞれに異なった動物の頭を有し、ある者は羊、ある者は駱駝、そのほかは皆鹿に似た動物ではあったが、僕にはそれがなんという動物なのかわからなかった。

その次は、幾つかの動物が混じり合った、半人半馬のケンタウロスのような、しかし体は雄牛の生きものが二体、戦い合う様子が描かれており、首のあるべきところに人間の胴が生え、腕は鱗に覆われた蛇が口を開けている体で、手先の代わりに食いつかんばかりの蛇の頭がついており、人間の胴体についているのは人間の頭部ではなく雄鶏の頭で、嘴を開いてなにかをついばもうとしていた。足元は雄牛の蹄ではなく雄鶏の黄色い足で、鶏の足よりもたくましく、爪先は短く太く、長く鋭い蹴爪は闘鶏にも似ていた。しかもこの二体の奇想天外なキメラたちは生命力にあふれ、体の表情も実に自然、そう、自然という言葉がぴったりだった。

すべての絵がこれら最初の三作品と同じく、徹底した怪作だった。どの絵にも左下の角に、美しくこぢんまりとした筆跡が、明るい金色の絵の具で残されていた。

〝ヘンギスト・エヴァースレイ〟

日付も書き添えられていた。

「ヘンギスト・エヴァースレイ氏は狂人だ、間違いない」スウェイトが言った。「だが、絵の腕前は確かだ」

その回廊には五十点以上の絵があったに違いなく、おそらくは七十五点ほどもあっただろうが、どれも悪夢のように恐ろしい絵ばかりだった。

この回廊を過ぎると、同じ幅の短めの回廊が始まり、それを過ぎるとまた最初の回廊とそっくりな回廊が現れ、この三本の回廊が建物の三面を占めていた。残る一面にはアトリエがあり、広さは二番目の回廊と同じで、大きな明かり取りの窓が斜めに傾いて、一枚の壁の壁面全体を覆っていた。アトリエは白く、まったく飾り気がなくがらんとしており、画架が二脚、大きいものと小さいものが置いてあった。

小さい画架に載っている絵には野菜が幾つかと、あえて言葉にするなら妖精めいたものが五、六体、人間の子どもの体に鼠の頭を持った姿で、一本のにんじんにかじりついている様子が描かれていた。

大きい画架に載っていたのは、ほとんどなにも描かれていない画布だった。画布の片側には一本の椰子の木が厚めに打ちつけた絵の具で描かれ、その下で三匹の大きな蟹たちがはさみで椰子の実を抱えていた。その脇にひとりの男の両脚から足先までが描かれており、残りの部分は未完成だった。

三本の回廊は三百点もの絵を有し、短いほうの回廊には小さな画布のものだけが飾られていた。主題のグロテスクさと線や色彩の完璧さが印象的ではあったが、ほかにもこれらの絵画すべてに共通して心に残った点がふたつあった。

ひとつめは、これだけの絵画のうち、人間の女の姿や、なにかしらの生きものの雌の造形が描かれたものが一枚もないことだった。獣の頭を持った人物はすべて、衣服を着ていようが裸だろうが、男の姿だった。動物はというと、僕の見たかぎりでは、どれも雄だった。

ふたつめは、これらの絵画の半分近くが、偉大な画家たちの有名な絵や、公共の美術館で観たことのある絵や、本や雑誌で知った版画や写真や複製の修正版というか、類似物または模倣品だということだ。しかし僕には、それらを稚拙なまがい物、贋作であると評する気にはとてもなれなかった。

「デラウェア川を渡るワシントン」に似た絵もあれば、また「部下に別れを告げるワシントン」に似た絵もあった。ナポレオンの絵も、アウステルリッツの戦い、フリートラントの戦い、鷲を連隊に与える様子、ワーテルローのあの朝、フォンテーヌブローの階段を下りゆく姿、セントヘレナ島へと向かう船の甲板に立つ姿、とかなりの数の作品があった。その他の何十枚という絵は将軍や国王や皇帝が戦勝軍を閲兵するもので、リンカーンを描いた絵も二、三枚含まれていた。観たことも聞いたこともない絵を何枚か眺めたそのあとで、なかでもいちばん印象深かったのがリンカーンの幽霊の絵で、その姿は実際の人間よりもずっと大きく、同時代を生き延びた名士たちのはるか頭上に位置する観覧席にいて、帰郷する連邦軍がワシントンの街を行進するさまを眺めているのだった。

一枚一枚の絵に描かれた権力者たちは、それがリンカーンやナポレオン、ワシントン、その他の将軍たちや支配者たちを表しているにせよ、いかなる軍服や正装でその人としての形を包んでいようと、頭部は皆同じだった。どの絵でも戦う男たちの頭部は犬のそれであり、一枚の絵のなかでは統一されているのだが、絵が違うと、テリア、ウルフハウンド、マスティフなどと犬種が変わった。兵士でない男たちは、雄牛であったり羊であったり馬であったりと、穏やかな獣たちの頭部を頂いていた。そのとき僕が感じたのは、主役級の人物の頭部の描かれ方が斬新で、桁外れで、驚異的で——ああ、ほかに言葉がないものか。

「神話のようだな」とわたしは助け舟を出してみた。彼の話に横槍を入れたのは、このときかぎりだった。

そうだ、神話だ、と彼が答えた。

僕にはそれが神話のなかの生きものに思えた。長い顎を持つ頭は猟犬のようで、先の尖った黄色の顎髭が顎の下にこぢんまりと生え、黒いむき出しの耳は毛のない犬の耳に似ていると同時に犬とは違う印象も与え、頭骨のてっぺんには毛がうねり、頭部全体は三角形で、寄り気味の小さな目は、抜け目なさそうに、ひどく賢しらに輝き、鼻面の両脇に明るい色の斑模様が幾つかついていて、こうしたことすべてがひとりの人物としての強烈な印象を作り上げながらも、どこか現実離れした、神話的な感じを与えていた。

三階で見たものを語るには、見るのにかけたよりも何倍もの長い時間が必要だ。どの回廊も絵の下に引き出しがついており、端から端までの長さを揃えて堅固に造りつけた様子は勘定台のようで、高さもほぼ同じだった。スウェイトが回廊の一方の壁面に、リヴィンがもう一方の壁面に沿って歩きながら、引き出しを開けては乱暴に閉めていった。僕の見たかぎりでは絵の写真が入っていた。しかしリヴィンもスウェイトも、抜かりなくすべての引き出しを調べた。僕は時間をかけて手近な絵をじっくり眺めたり、フロアの真ん中に背中合わせに置かれた緑色の綿ビロードの小さなソファや長椅子のまわりをやや急ぎ気味に歩いて回ったりした。ヘンギスト・エヴァースレイ氏という人は、人物画、風景画、色使い、光や透視画法に秀でた巨匠ではあるまいか。

僕たちがのぼってきた反対側の階段と同じような階段を下りながら、スウェイトが言った。

「次は寝室だ」

階段の脇にまたひとつ、従者なり従僕なりの住まいを見つけた。居間、寝室、浴室の揃ったこの部屋は、反対側の階段のそばの部屋とそっくり同じだった。そして階段と階段のあいだ、つまりはアトリエの下で休憩室の上にあたる場所には、もう四人分の住まいがあった。

僕たちの目指す当主の寝室は、館の東側と西側にあった。十二の続き間が六間ずつ東西に分かれており、それぞれ寝室と化粧室と浴室で成り立っていた。

寝台は長さが約三フィートで、その長さに合うよう幅が狭く、高さもなかった。家具は書き物机、卓、椅子、引き出しつきの箪笥などで、どれも寝台と見合った大きさだったが、据え置き型の姿見と壁にはめ込まれた天井に届く高さの鏡だけは別だった。浴槽は縦九フィート横六フィート深さ三フィートと小さな池ほどもあり、磁器製だった。

家具の形と大きさと様式はすべて同じだったが、色はさまざまで、これらの十二の住まいは黒、白、灰色、茶色、明るい黄色、暗い黄色、明るい赤、暗い赤、明るい緑、暗い緑、明るい青、暗い青の十二色で塗り分けられており、壁紙、カーテンの類、絨毯やその他の敷物類も、それぞれに合うものが使われていた。一方、壁の羽目板には同じ絵が、ひとつの部屋に二回も四回も六回も繰り返しあしらわれ、どの続き間でも似たようなしつらいになっていた。

その絵とは、僕が例の瓶のラベルで目にし、なにが描いてあるかをとらえそこねた図柄だった。その絵はメダル形の装飾として、壁が青かろうと赤かろうとその他の色であろうと、羽目板一枚一枚にひとつずつついていた。絵の背景には、ぼんやりとした青白い空とおぼろに霞んだ雲が、熱帯植物の葉叢めいたものの上に描かれていた。主要モチーフはひとりの天使で、緩やかに垂れた白い衣装に身を包み、銀色の羽根の翼を広げて漂っている。天使の顔は人間の顔で、唯一この大邸宅にある絵のなかで見られる人間の顔であり、落ち着いて穏やかな、少女めいた面影を持つ若い男のものだった。

天使が連れているのは一匹の極めて大きくむっちりと太った鰐で、首に金の首輪をつけ、そこから金の鎖が伸びて、天使の手ではなく、天使の手首を包む金の枷《かせ》につながっていた。どの絵の下にも四行の韻文が記されていて、どれも同じ文句だった。

己の卑小さに引きずられてはならない

泣き言を言わず、ひとつのため息もつかず、嘆かない
休息も、慰めも、栄誉も王冠も望めない
毅然としてひとり　日々を生き延びよ

あれだけ何度も目にすれば、一生忘れないだろう。

風呂の贅沢さは話の外で、針状潅水浴《ニードル・バス》、シャワーバス、さらには異なる大きさのふたつの水盤が掘り込み式の浴槽の脇にあった。数ある化粧室には、それぞれに衣装戸棚が並んでいた。ひとつかふたつ開けてみたところ、入っていたのは小さな衣装のひと揃いが何組か、それも六歳以下の少年が着るようなものだった。ある戸棚のなかには、棚板の上に棚板を重ねて四インチに満たない小さな靴が収められていた。

「見たところ」スウェイトが言った。「ヘンギスト・エヴァースレイは小人だな、ほかはどうあれ」

リヴィンは衣装戸棚や靴箱を幾つか見たのち、ひとりでそこから離れた。

いずれの寝室も、あるのは寝台と、寝台の左右上下に置かれたワインクーラーだけで、蓋つきの手桶のような、だが手桶よりは大きめのそれは、いちばん高いところが寝台と同じ高さになるように、三本の短い脚がついていた。僕たちはあらかたのワインクーラーの蓋を開けてみた。開けたものには氷がたっぷり入っていて、数本の半パイント瓶が埋まっていた。十二の寝台はどれも、いつでも眠れるよう掛け布を丁寧にめくり返してあった。使われたあとを残すものは一台もなかった。ワインクーラーは純銀製だったが手をつけないことにした。スウェイトが言ったように、これまで目にした銀器をすべて収めるには大型の貨物車両が二台必要になるだろう。

化粧室では、ブラシや櫛などの化粧台の上にあるものはすべて金で、たいていは宝石があしらわれていた。

リヴィンはそうしたものばかりを袋に詰めはじめたが、さすがの彼もブラシの背を剥ぎ取ろうとか、わざわざなにかを壊して持って行こうとまではしなかった。十二の寝室を調べ上げるころには、リヴィンの袋はこれで運べるのかというほどの重さになっていた。

館の南側の正面にある部屋は図書室で、小型の派手やかな装丁の本をぎっしりと詰め込んだガラス戸つきの書棚は天井まで届き、壁全体を覆い、覆われていないのは二箇所の戸口と六箇所の窓だけだった。幅の狭い小さな卓が幾つかあり、高さは化粧室のものと同じだった。上には雑誌と新聞が載っていた。スウェイトが書棚のひとつを開き、僕が別のを開いて、本を三、四冊ほど調べてみた。どれにも先の天使と鰐の意匠の蔵書票がついていた。

リヴィンが大きな廊下の電気スイッチを見つけられなかったので、僕たちは大きくて幅のある曲がった階段を、自分たちの電燈の灯りで下りていった。リヴィンが左に曲がるとそこはスウェイトが宴会用の広間と呼んでいた場所で、縦四十フィート横三十フィートはあり、その絢爛たるさまはたとえようもなかった。

一辺が三フィートもないごく小さな卓は、水晶のように透明な厚いガラス板を、銀めっきを施した脚に据えたものだ。小ぶりの肘掛け椅子はその広い部屋に唯一の椅子であり、純銀製で、深紅のクッションがひとつ置かれていた。

居並ぶ飾り戸棚とガラス戸棚の中身に僕たちは肝を潰した。ひとつには美しい磁器と切子ガラス器が入っていた。見事な磁器とガラス器だった。一方、四つの戸棚には金の食器ひと揃いが収められており、フォーク、ナイフ、スプーン、ボウル、皿、カップ、すべてが純金製で、どれもが小さいつくりになっていたが、どの食器もおびただしい数が揃っていた。僕たちは手で持って重さを確かめてみた。これぞ金という重み。どの食器も形は一般的だが、ワイングラスやゴブレットやタンブラーは、幅広の舟形のソース入れに長い脚や短い脚がついているといった体で左右の釣り合いが悪く、片側の端は水差しの注ぎ口のように突き出し、横に広く、浅い。そんなものが何十個とあった。リヴィンはふたつの袋に収められるかぎりのものを詰めた。僕たち三人が持てるのは三つまで、しかもひと袋で百五十ポンドを超えているに違いなかった。

「あの壁まで二回往復しないとな」とスウェイト。「袋は六つ持ってきたんだろう、リヴィン」

リヴィンはうめき声をあげた。

大階段の上り口でリヴィンが電気のスイッチを見つけ、その壮麗な階段を光で満たした。階段そのものは白の大理石、手すりは黄色の大理石、腰羽目は孔雀石でできていた。しかし最も目を引くのは、踊り場の上に掲げられた絵だった。僕たちがこれまでに遭遇したどの絵よりも驚くべきものだった。

僕にはこれと似たようなものを見た記憶があり、それはルートピアだかベビーパウダーだかなんだかの専売品の広告で、地球上のすべての国民たちとその国々の支配者たちが最前面に描かれ、演説中の人物を褒めたたえているという絵柄だった。

対して目の前の絵は幅二十フィート、高さはもっとあった。一脚の玉座が、彫刻が施され宝石が埋め込まれた玉座が、小高い場所に据えられていた。玉座の左右を広く見晴るかすと、そこは動物の頭部を持つ人型《ひとがた》で埋まり、無数の人の群れが全員玉座に顔を向けていた。玉座のすぐ近くにいるのは、世界の大統領、王、女王、皇帝たちとおぼしき人型だ。衣装や軍服からそうとわかった。なかには国章の図柄に使われた生きもの、たとえばオーストリアやロシアの鷲を頭部に頂く人型もいた。これらの人型は皆、玉座の前に立つひとりの人型に臣従の礼を尽くしていた。その人型《モンスター》を、僕たちはすでに目にしていた。上の回廊の絵のなかで、リンカーンやワシントンやナポレオンの描かれるべき場所に見た姿だった。

その怪物《モンスター》は片足を大柄な鰐の上に置き、堂々たる風情で立っていた。アメリカ独立戦争時代の軍服風の装いで、金の留め金のついた低いかかとの靴を白い靴下と脚衣に合わせ、赤いベストに明るい青の長めの上着を着ていた。頭部にはほかの絵と同じ、三角形の奇妙な、あのとき僕が神話的と感じた獣の頭が載っていた。

　玉座の後ろの宙空で銀の翼を広げているのは白い長衣を纏った天使で、その面立ちはサー・ガラハッド（英国アーサー王伝説に登場する円卓の騎士のひとり）のそれだった。

　リヴィンはすぐに電気を消してしまったが、ほんの数呼吸のあいだにも、僕はその絵のすべてをしっかりと目に焼きつけた。

　分捕り品を詰めた袋を三人で玄関扉のそばに下ろした。

　宴会場の向かいは音楽室で、オルガンとピアノが一台ずつあり、どちらも鍵と鍵盤が通常よりぐっと小さかった。楽譜集の収められた大きな書棚があり、多数の金管楽器とチェロ、そして百を超えるヴァイオリン・ケースがあった。スウェイトはひとつふたつケースを開けてみた。

「これだけでひと財産だ。持って帰れたらの話だけどな」

　音楽室の奥は書斎だった。四台ある机は小ぶりで下に引き出しがあり、蓋を下ろすとそこで書き物のできる昔ながらの造りで、上についた書棚の天部は、尖った屋根状に細工してあった。全体に彫刻が施され、蓋には次のように彫ってあった。

日記
音楽
批評
事業

スウェイトは事業の文字が刻まれた机の蓋を下ろし、引き出しを開けた。なかは細かく仕切られており、新しい手つかずの米ドル紙幣と高額債券の束が収まっていて、五ドル、十ドル、二十ドル、五十ドル、百ドルの束が五束ずつあった。スウェイトはそれぞれの額面の束をひとつずつ僕とリヴィンに投げて寄こし、残りを自分のポケットにしまい込んだ。

スウェイトの体は札束ではち切れんばかりになった。

真ん中でふたつに仕切った引き出しがあった。半分には十ドル金貨が、もう半分には二十ドル金貨がぎっしり詰まっていた。

「守銭奴と呼ばれる連中の話を聞いたことがあるが」とスウェイト。「こいつは桁違いだぜ。考えてもみろよ、あのいかれたちびは、この大邸宅に囚われの身で、こんなものを手慰みにして、自分じゃ決して使えない現金を眺めてほくそ笑んでいるんだぞ」

リヴィンは袋に硬貨を詰め、すべてを詰め終わった袋は、持ち上げられる限界の重さとなっていた。そして机の前に袋を置いたまま、部屋の奥まで大股で歩いて行き、突き当たりの扉の鍵が開いているかどうかを確かめた。

その素早さたるや。

たちまちリヴィンとスウェイトは一匹の鼠を追う二匹のテリア犬と化した。

「ここがダイヤモンドのありかだ」スウェイトが断言した。「そしてヘンギスト・エヴァースレイ氏もここにいる」

彼とリヴィンはふたりだけでしばらく話し合っていた。

「膝をついて低い体勢を取れ」スウェイトが小さな声で言った。「扉を開けたらかがむんだ。向こうが撃ってきても弾は上を通り抜ける。もっともそんなことを思いつくころにはもうおまえに押さえ込まれているはずだ。いいな」

リヴィンは爪先立ちで扉のところまで行き、膝をついて鍵を次々と試してみた。

その部屋のシャンデリアには少なくとも二十個は電球がついていて、彼を照らしつけていた。赤い首の皮のたるみが薄紫色のシャツの低い襟にのしかかり、たくましく横幅のある背中がいっそう広く、力強く見えた。

反対側の戸口にはスウェイトが立ち、電気のスイッチに指を触れていた。

ふたりとも左手に流星錘《スラングショット》を握った。そして回転式連発拳銃《リボルバー》のシリンダーを回転させ、腹側のベルトに挟んでから、リヴィンが鍵に取りかかった。

僕の耳にカチリという音が届いた。

リヴィンが片手を上げた。

灯りが消えた。

真っ暗ななかに僕たちは立ち、立っているうちに窓の輪郭がどうにか見分けられるようになった。窓は、背景の圧倒的な暗闇ほどには黒くなかった。

まもなくまたカチリという音が、そして開いた扉のきしる音が聞こえた。

続いて唸るような、強打したときの鈍い音のような、喉を締めつけられてあえぐような、揉み合ってぶつかるような音が聞こえてきた。

スウェイトが灯りを点けた。

リヴィンは膝をついた体勢から必死に立ち上がろうとしていた。小さな薄桃色のふたつの手が、指が、リヴィンの首の後ろに固く絡みついているのが見えた。その様子が目に留まった刹那、両の手がするりとほどけた。

僕の目に映ったのは、かかとの低い、銀の留め金のついた小さなエナメル靴を履いた小さな両足、緑色の長靴下、白いズボンに包まれた短い脚がリヴィンの前を左右によぎる様子で、子どもがもがきながらリヴィンの首にすがりついているかのようだった。

次いで、リヴィンの両腕が跳ね上がり、左右に広がるのが見えた。

リヴィンが体を伸ばしてあおむけに倒れ、鈍い音が響いた。

そのとき相手の鼻面が見えた。

狼のような両顎がリヴィンの喉首を力の限り締めつけるのが見えた。

血が、まぶしいほど白い犬歯のまわりにほとばしるのが見え、幾度となく当主の絵のなかに見た、あの忌まわしい頭部の実物がそこにいることに気づいた。

リヴィンは水から出てしまった魚のように身をよじり、いまにも殺されそうになっていた。

スウェイトが流星錘《スリングショット》を怪物の頭蓋骨に打ちおろした。

その一撃は鋼の筒を潰すほどの力があった。

けだものが鼻先にしわを寄せ、頭を左右に振るさまは、ブルドッグがリヴィンの喉に食らいつき、かみ散らかしているかのようだった。

またもやスウェイトは繰り返し、繰り返し相手を打った。一撃ごとにその禍々しい頭は荒々しく揺れ動いた。僕にとってその怪物のなにが恐ろしかったかと言えば、青みがかったこぶが鼻先の両脇にひとつずつあり、それがエナメルのように光って固そうで、気味の悪いみみず腫れの赤が溶かしたての封蠟にも似て、こぶとこぶのあいだを鼻面に沿って染めている様子だった。

もがくリヴィンからだんだんと力が抜けていくと同時に、あのものすごい歯がその首を引き裂いた。リヴィンはすでに絶命していたが、スウェイトが砕けた頭蓋に繰り返し打撃を加えたおかげで相手の食いしばった顎が緩み、あの鼻面がしわを寄せてこわばり、犬歯が食いついていたものから滑るように抜けた。

スウェイトはさらに怪物に二、三発打ち込み、リヴィンに触れてその死を確かめてから素早く部屋を飛び出し、こう言った。

「おまえはそこにいろ！」

なにかをこじ開けたり、のこぎりを引いたりする音が聞こえてきた。その場にひとりだった僕は、ちらとだけ死んだ泥棒仲間に目をやった。

その彼を死に追いやったけだものは、身の丈こそ四歳から六歳くらいの子どものようだが、体つきはがっしりとして、首から下は完全に人間そのもので、明るい紺色の長上着、深紅のビロードの胴着、白のダック地のズボンを身につけていた。見ると、その鼻先が最後にもぞもぞと動き、口がぱかりと開いて、屍が横向きに転がった。それはまさに、階段の踊り場にかかった巨大な絵の主役を小さく複製した姿だった。

スウェイトが急いで戻ってきた。微塵もためらうそぶりを見せずにリヴィンの体をまさぐり、僕に向かってドル紙幣の束を二、三投げて寄こした。

スウェイトが立ち上がった。

声をあげて笑った。

「好奇心は」とスウェイト。「命取りになる」

そう言ってそばにひざまずくと、死んだ怪物から衣服を剥ぎ取った。

怪物の獣毛はシャツの襟のところで生え止まっていた。その下の皮膚は人間のものと変わらず、姿形も同じく人間の、四十代の男性のそれであり、筋骨たくましく頑強で均整が取れていて、ただ子どもの背丈程度に矮小化しているだけだった。

胸毛の生えた胸を横切るように、青色の刺青が彫られていた。

〝ヘンギスト・エヴァースレイ〟

「とんでもねえ話だ」

スウェイトはそう言うと立ち上がり、リヴィンに死をもたらした扉へと向かった。部屋に入ると電気スイッチを探し当てた。

室内は狭く、小さな箪笥が階段状に置かれ、真鍮のつまみのついたマホガニーの引き出しがずらりと並んでいた。

スウェイトが引き出しをひとつ開けてみた。

内側にはビロードが張られ、宝石店で使う盆についているような溝に幾つもの指輪が並び、指輪にはエメラルドらしきものがはまっていた。

スウェイトは、リヴィンの死体から取り上げた空の袋のうちのひとつに指輪を詰めた。

隣の箪笥の引き出しも同様で、ルビーのはまった指輪が収められていた。最初に開けた引き出しの中身を、エメラルドの入った袋に投げ込んだ。

しかしその後は部屋中を行ったり来たりして、引き出しを開けてはぴしゃりと閉めるのを繰り返し、ようやくダイヤモンドの裸石が入った引き出しを見つけた。これらのダイヤモンドを最後の一粒まですべて袋に入れ、次にダイヤモンドをはめ込んだ指輪や装身具を、さらにはルビーやエメラルドを袋が満杯になるまで詰めた。

スウェイトは袋の口を縛り、僕にふたつめの袋の口を開けさせて、引き出しの中身を次々と投げ込んでいたが、突然その手を止めた。

彼の鼻をひくつかせるその様子が、あの死んだ怪物にそっくりでぞっとした。

スウェイトは頭がおかしくなりかけている、落ち着かなげに笑い出しそうだし、ヒステリーの一歩手前だ、そう思ったとき、彼が言った。

「においがする！　なんのにおいだ」

僕は鼻を利かせてみた。

「煙のにおいがする」

「俺もそう思う」とスウェイト。「この屋敷が燃えているんだ」

「しかも閉じ込められた」僕は大声をあげた。

「閉じ込められただと」スウェイトは鼻で笑った。「馬鹿を言え。俺は玄関扉を破って開けておいたんだ、あのふたりが死んだと確信した時点でな。来い！　その空っぽの袋は捨てろ。ねばっている暇はない」

僕たちは二体の亡骸のあいだを進まなければならなかった。リヴィンの死に様は目も当てられなかった。例の怪物の鼻面からは色という色がすべて失われていた。鼻先はすっかり茶色がかった灰色と化していた。

硬貨の詰まった袋を持ち、スウェイトが電気を消し、ふたりでどうにかこうにか硬貨の袋と宝石の袋を持って出て、煙の充満する廊下へと進んでいった。

「ふたりだとこの程度しか運べんぞ」スウェイトが僕に警告した。「残りは置いていくしかない」

僕は硬貨の入った袋を肩に担ぎ、彼のあとについて階段を下り、砂利道を横切り、芝生を踏み、まわりに霧を感じてようやく安堵した。

塀のところでスウェイトは振り向き、後ろを見た。

「残りの袋を取りに戻るのは無理だ」

それどころか、赤い火影がはるか遠くに見え、それが一気に紅蓮の炎と化していった。

叫び声が聞こえてきた。

僕たちは袋ともども塀を越え、車にたどり着いた。スウェイトがただちにエンジンをかけ、僕たちは逃げた。どう進んだのか見当もつかず、どっちへ向かっているのか、どれくらい走ったかさえわからなかった。この車が唯一、僕たちの爆走する道を走る車両だった。

夜明けの光が目に入るころ、スウェイトが車を停めた。

彼はこちらに向き直った。

「降りろ！」

「え？」

スウェイトは銃口を僕の顔に強く押しつけた。

「おまえのポケットには五万ドル分の紙幣が入っている。その道を半マイル行けば鉄道の駅に着く。わからんとは言わせない。降りろ！」

僕は車から降りた。

車は朝靄に向かって突進し、行ってしまった。

Ⅳ

彼は長いこと黙っていた。

「それからどうしたんだ」わたしは訊いた。

「ニューヨークに向かって、あとは酒びたりだった。正気づいたときには手持ちがわずか一万一千ドルになっていた。クック旅行社で一万ドルの世界旅行を契約し、その金額でできるかぎり多くの場所へ行き、できるかぎり長く旅をして回れるよう手配してもらい、旅行中のすべてをそれでまかなってもらった。出発してしまえばあとは一セントも必要なかった」

「それはいつの話だ」わたしは尋ねた。

彼はよくよく考えた上でおおよその日付を教えてくれたが、ずいぶんとまわりくどかった。

「旅行社を出たあとはどうした」

「百ドルを貯蓄銀行に預けた。そして着るものやらなにやらを買って旅に出た。世界のどこでも酒は慎んだよ、酔っぱらうためにはおごってもらうしかないけれど、こっちにはおごり返す金がなかったからね。ニューヨークに上陸したときに思ったんだ、もうこれで一生大丈夫だって。だけど、百ドルと利息分をポケットに入れたとたん、また酒を飲んでしまった。どうも僕には禁酒を続けられない気がするよ」

「いまも禁酒中か」

「もちろん」彼は断言した。

話題が日々の雑事に戻った刹那、彼はあの国際人《コスモポリタン》らしい言葉遣いを失ってしまったかに見えた

「じゃあ、わたしが言うことをこれに書いてくれるか」わたしはそう提案すると、万年筆と破いた封筒を裏返して彼に渡した。

一語一語、わたしの口述に倣って彼は書き留めた。

「また連絡する、敬具、某より」

わたしはその紙を彼から受け取り、筆跡を調べた。

「どのくらい、そんな飲み方をしていたんだ」

「服役前かな、それともあとかな」彼がふざけて言った。

「今回正気づく前のことだよ、一万一千ドルしか手元に残らなかったんだろう」

「覚えちゃいないよ。なにをしてたか、まるで覚えちゃいない」

「わたしはひとつ知っているぞ、きみのしたことを」

「なんだい」彼が訊いた。

「きみは四つの札束を、ひと束が一万ドルの紙幣の束を、薄いマニラ封筒にそれぞれ入れると、ニューヨークのとある法律家に宛てて郵送したんだ、ちゃんとした手紙を同封することもせずに、きたない紙の半切れに『こちらが必要とするまで僕の代わりに保管しておいてくれ』とだけ書いて、あとはきみがさっき書いたとおりの署名があっただけだ」

「本当に？」とても信じられないという口調だった。

「ほんとさ」

「じゃあ、僕の話を信じてくれるんだね」彼は嬉しそうに声高に言った。

「いや、少しも」わたしはきっぱりと言った。

「どうして」

「あんな無茶な頼み方で四万ドルをふいにしかねなかったのがひどく酔っぱらっていたせいだとすれば、さっき延々と話してくれたような、複雑怪奇な悪夢を見てしまうほど酔っぱらっていたってことだからさ」

「僕の話が夢だとしたら」と彼が食い下がった。「どうやって僕はその五万ドルちょいを手に入れられたんだ」

「きみの話のとおり偶然手に入れたにしろ、不正を働いてはいないと思うがね」

「ひどいな、信じてくれないのか」

「ああ」わたしは話を締めくくった。

彼は浮かぬ顔をして黙り込んだ。

ややあって言葉を継いだ。

「そろそろあいつとのご対面に耐えられそうだ」そして例の檻のところまで行ってみると、そこには鼻面の青い大きなマンドリルがいて、はっきりしない声でなにやら騒ぎ立て、ときおりぼりぼりと体を掻くのだった。

彼はそのけだものをじっと見つめた。

「どうしても信じないのか」無念そうに言った。

「ああ、信じない」わたしは重ねて言った。「これからもだ。話が途方もなさすぎる」

「間《あい》の子というか、混血というか、その可能性はないかな」彼は控えめに提案した。

「そのことは頭から追い払え。なにもかもが信じられない」

「女がこの手の珍獣と出くわしたのかもしれない」彼は言いつのった。「ちょうど間の悪いときに」

「いいかげんにしろ」とわたし。「胡散臭い作り話だ。迷信だ。ありえない」

「当主の頭は」彼は言い張った。「あんな感じだったんだ」そう言って身震いした。

「誰かがきみの飲み物になにか入れたんだろう」とわたし。「そろそろ別の話をしないか。昼食を取りに行こう」

食事をしながらわたしは訊いた。

「きみの見てきたなかでいちばん気に入った街はどこだい」

「パリだな、僕の場合」彼は笑みを弾けさせた。「これからもずっとね」

「いまから話すことは、きみがやったらいいと思うことなんだけれど」

「なんだろう」彼は目を輝かせてわたしを見た。

「四万ドルを元手にして、年金受領資格を買うんだ」わたしは説明した。「パリで支払ってもらえる年金資格をね。四万ドルの利子が、パリ行きの料金を払っても釣りが出るくらいになっているから、三か月に一度の支払いの最初の日までは現金がもつはずだ」

「エヴァースレイ家の金を騙し取っている気にはならないのか」彼が訊いた。

「誰かを騙しているとしても」とわたし。「それが誰だかわからない」

「火事はどうなんだ」彼は食い下がった。「きみだってその噂を聞いただろう。日付だって一致するんじゃないのか」

「日付は一致する」わたしは認めた。「そして召使いたちは皆解雇され、残った建物と塀は解体され、地所は細切れにされてばらばらに売却されたよ、きみの話が本当だったらそうなっただろうというようにね」

「ほらみろ」彼は我が意を得たりとばかりに声をあげた。「信じてくれているじゃないか」

「信じていないからこそ」わたしも言いつのった。「きみのための年金計画を進めようとしているんだ」

「そうか」と彼は言い、昼食の席から立ち上がった。

「今度はどこへ行く」店を出しなに彼が訊いた。

「まあついてきてくれ。そしてもうなにも訊くな」

わたしは彼を考古学博物館へと案内し、多少の寄り道もしながら目当ての場所へと連れて行った。彼の反応が見たかった。わたしは近くにある他のものをゆっくりと眺めながら、彼がそれを目にするのを待っていた。

彼は見た。

そしてわたしの腕を摑んだ。

「あいつだ!」小さな声で言った。「大きさは違うけれど、まさしくあいつの描き方だ、あいつの絵は全部あんなだ」

彼はその壮麗で得体の知れない、黒みがかった閃緑岩でできたエジプト第十二王朝の像、アヌビスでもなくセトでもなく、ヒヒの頭を持った名もない神を指差した。

「あれが例の当主だ」彼は繰り返した。「あの恐ろしいほど賢そうな様子を見ろよ」

わたしはなにも言わなかった。

「それで僕をここに」彼は声をあげた。「これを見せるために。やっぱり信じてくれているんだね」

「いや」わたしは態度を変えなかった。「信じちゃいないよ」

V

桟橋で手を振り別れの挨拶をしたのを最後に、一度も彼に会うことはなかった。

半年後、彼が自分の年金を自分と新妻のための夫婦年金に変えたいというので、幾度も手紙のやり取りをした。手配の代行は思ったほど手間ではなかった。感謝の手紙には、フランス人の妻が非常な倹約家で、収入が減ってもそれを補って余りあるやりくりぶりだと記されていて、それが彼からの最後の音信となった。

その彼も一年以上前に亡くなり、未亡人もすでに新たな縁を得たので、この話が彼に迷惑をかけることはない。仮にエヴァースレイ家の財産が騙し取られているとしても、本人たちがそう思うはずもなく、わたしの良心に至っては、いずれにせよ、微塵の咎めも感じないのだった。

アルファンデガ通り四十九A

Alfandega 49A

I

およそ榛《はん》の木舎《き》ほど憂いや悲愴感と縁遠く思える場所はほかになかった。ここには陽気さや親しみやすさがあふれかえっている気がしたものだ。説明しがたい力に満ちていて、人とのふれあいや他人への思いやりを大切にしたくなる、そんな場所だった。

それはきっと、ヒバード一家が相性のよい下宿人ばかりを惹きつけるという奇跡にも近い幸運を有していたことに尽きよう。あるいは、彼らの人並みはずれた勘のよさによって、ほかの下宿人や一家と気が合わなかったり、この場にそぐわなかったりする下宿希望者をうまく避けていられたのかもしれないし、一家の人となりやその歓迎ぶりにそなわるなんとも不思議な魅力が、初めて訪れた者をもくつろいだ気分にさせて、子どものころから榛の木舎で暮らしてきたように思わせたのかもしれない。下宿人同士も例外なく仲がよかった。

人々が間借りして夏を過ごす農場で、ここほど派閥争いや仲間割れ、妬み嫉み、反目、口喧嘩、小競り合いといったものと無縁なところはなかった。子どもたちは日がな一日遊んでいても、やかましいとか喧嘩ばかりしているといった様子がなかった。年配の女たちは棒針やかぎ針を動かし、張り出し縁に置かれた揺り椅子に体を預けていつまでも揺れながら、仲間や風景に笑顔を向けていた。ほぼ毎日誰かしらカードゲームに興じていたが、諍いはめったに起こらなかった。榛の木舎に集う人々は、偶然に寄り集まった夏だけの間借り人同士とはかなり違って、言うなれば、並外れて大きな仲のよいひとつの家族のようだった。

わたしが思うに、それはヒバード一家の優れた運営能力と気立てのよさに負うところが大きかった。なにに強要されずとも彼らはその人柄で自分たちの生業を楽しみ、自分たちが楽しんでいることを示してみせ、自分たちが楽しんでいることを皆にもわからせ、それゆえにどの下宿人も、あたかも招かれてここにいる客であるかのような心持ちになれた。

ヒバード家の娘たちのなすべきことといえば、誰もが心地よく過ごせるように取り計らうことに尽きるらしかった。とはいえ、仕事は山ほどあった。榛の木舎の全盛期には、四人の娘たちが役目を整然と分けて担っていた。

スージーは最年長で一家のまとめ役であり、朝は早く起きて朝食の支度を取り仕切り、あらゆることに目配りをした。昼食後は決まって長い昼寝をして体を休めた。そして夕食のあとは、下宿人の最後のひとりが母屋に戻っておやすみを言うまで起きていて、それまではだいたいが、皆が一緒に、あるいはひとりひとりがそれぞれに、愉快に過ごせるよう案配することに専念していた。それがまたとても巧みだった。眼福を得たと思うのは、彼女が夕食の食卓の采配から解放されて、そのときの天気次第で芝生や軒下の張り出し縁や居間に姿を見せたときだ。背が高くふくよかで、凛とした顔立ちをしており、背筋がしゃんと伸びていて、さほど高価でない、それもたいていが自作の衣装を見ばえよく着こなす腕を持っていた。つねに笑みを絶やさず、明るい茶色の髪は後光のようにその輪郭を包み、青い目は光を放っていた。彼女は滞在客たちのところにやって来ると皆に目を走らせ、男であれ女であれ、青年であれ娘であれ、子どもであれ赤ん坊であれ、つまらなそうな者を的確に見定めるとまっすぐに近づき、その者が楽しめるよう誠心誠意尽くした。それが出来るのがスージーだった。快活な性格で、その朗らかさは人を巻き込まずにはおかず、それを拒める者もいなかった。おしゃべり好きでもあった。ピアノはそこそこの腕前だが、歌はずば抜けてうまかった。ピアノを弾くのは必要に迫られてだが、歌ならいくらでも歌えた。スージーは世の下宿人が望みうるかぎり最高の、誠実で、濃やかで、気の利く女主人だった。

マッティはスージーよりもさらに背が高くて肉づきがよく、瞳は茶色で、普段は無表情だがときとして共感を示す微笑みが顔を明るく照らし、いつも遅くまで寝ていて寝間に入るのも早かった。しかし夏も半ばの日が伸びるころには、長い一日に健気に立ち向かい、使用人にまつわる一切合切を引き受けて、人を雇い入れ、意に満たなければ辞めさせ、御し難ければ言うことを聞かせ、向こうに不満があるならおだて上げ、昼食と夕食の準備を取り仕切り、みずからは食後の菓子や果物や氷菓を用意した。下宿人たちのなかにあっては、揉め事の前触れと思しきよそよそしさを見抜き、人々のあいだに少しでも嫌な空気が漂うと、機転を利かせてそうした空気を散らすことを大事な務めとしていた。榛の木舎で、ささいな相性の悪さが積もり積もって相手への嫌悪の情にならずにすんだのは、いけ好かないと思う気持ちが人々のあいだで朧果てて憎悪へと変わることがなかったのは、ひとえにマッティのおかげだった。たいへん賢く立ちまわるので、彼女がなにかしらの役目を果たしたことに気づいたり、下宿人同士のつきあいに影響をおよぼしていると考えたりする者はまずいなかった。

残りふたりの妹たちは、掃き掃除、はたきかけ、寝台の準備、ランプの手入れ、その他の細かなあれこれに目配りし、下宿人たちが食堂以外の場所で気持ちよく過ごせるよう心を砕いた。とくにアンナのほうはいつもたっぷりと、奇跡のようにおいしいケーキを実にさまざまにつくってくれた。

榛の木舎はいつも満室で、三十名が母屋に、そして最高九名の若い男たちが数ある離れのうちのひとつに滞在した。この離れは石造りの平屋で、かつては奴隷たちの住まう場所の一部でもあった。なかには二人用の寝台が二台、帆布張りの簡易寝台が三台あり、最少収容人数は七名で、下宿人たちの元を訪れた仲間が予定外に泊まっていくような折には、収容人数が十一名にまで増えることもあった。

ヒバード家の男たち三人も、夏はこの平屋で下宿人や訪問客と寝起きをともにし、そのおかげで客たちはつねに機嫌よく過ごせたものだった。

一家はこうしたことを人から教わるのではなく、実体験から学んだ。成長するにつれて身につけた。スージーがまだ小さな女の子で、バックも小さな男の子で、ほかの子どもたちも幼かったころに、未亡人となった母親が下宿人を取りはじめたのだ。子どもたちは母親のやり方を学び、その多くを無意識のうちに会得していった。

彼らの母親は、わたしが榛の木舎を初めて訪れる前に亡くなっていた。しかしその精神は榛の木舎での暮らしのなかに依然として満ち満ちていた。母親という人はあらゆる点で立派な女性、つまりは思慮分別のある実利に聡い女性だったに違いない。彼らは折に触れて母親の言葉を引き合いに出した。

「お金は儲かりませんよ、週に二十一回まともな質のよい食事を出すのですもの、たった週六ドルで」

「おかしなものは出さないこと、どの食事もあり余るほど用意すること、フライドチキンとアイスクリームを食べ放題で日曜と木曜に出すこと。そうすれば皆が毎回いそいそと食卓に集まるようになるから」

「人がくつろぐには、その人なりのくつろぎ方があるの。なにをするのが好きかを見極めて、それが悪いことでなければ勧めておあげなさい。そうすることでしか人を喜ばせることはできないわ」

「下宿人をいっさい取らないか、ひとり残らず自分の身内のように歓迎するか、どちらかになさい」

「まったく手が出せないものならなしですませなさい。誰も持っていないものや目にすることのないものは、それがないからといって困る人などいないから。でも、持っているものは出し惜しみしないこと。やりくりすれば、誰にでも三度目のおかわりを出してあげられるものよ」

「食べ物の味つけは真心で」

「なにによらずおおらかにしていらっしゃい」

一家はなにによらずおおらかだった。わたしは疲労困憊な体《てい》のスージーが、疲れをにこやかに押し隠して無意識のうちに元気そうにふるまい、土曜の夜十一時に大部屋に戻って来ると、両手いっぱいのコーンミールを床に撒き、よく滑って踊りやすくしてくれたのを知っている。しかも彼女はそれをいかにも愛想よくやってのけた。一家の者は皆こうしたことを、直感的にやってみせた。

彼らには、人々が娯楽に飽きてくる頃合いを見計らって、新しい娯楽を提供し、退屈を感じさせる暇を与えない才があった。自分たちの始めたことに客を巻き込むのもうまかった。日曜の夜はスージーがピアノを弾き、ほかの皆が彼女を囲むように立って賛美歌を歌い、農場の歌い手たちも決まってこれに加わった。週に二度か三度は夜になると同じように集まり、さまざまな学校の校歌や流行歌を歌ったりもした。一家は平日の夜もほぼ毎日ダンスを楽しみ、客たちもむろん参加した。当時はジャック・パルトンがいて、一家の父親のギターが何本かあるはずだからと家探しを始め、見つけたギターに弦が四本しか残っていなかったのをバンジョーに見立てて歌いながら弾いたり、若い娘たちが大はしゃぎで歌うのに伴奏をつけたりした。下宿人たちの大方にはテニスをするような活発さの持ち合わせがなく、ヒバード家の面々にもコートをきっちりと整備しておくまめさがなかったが、それでも皆でテニスを楽しんだ。テニスをする際は荒れたままのコートでプレイした。

榛の木舎はおおらかで、賑やかで、陽気で、楽しくて、歌やダンスにあふれた場所で、色恋沙汰やその手前の恋愛ごっこが盛んだった。

とりわけ盛んだったのが恋愛ごっこだ。

そこではヒバード家の男三人が大活躍した。

当然ながら、榛の木舎の下宿人はほとんどが婦人と若い娘たちだった。大人になりきらないうちから三人の少年たちは粋な男としてのふるまいを身につけ、少女、未婚の娘、はねっかえり、嫁かず後家、亭主と別居中の人妻たちを魅了した。彼らは我知らずそれを身につけ、我知らず芸術的手腕にまで高めた。三人は自発的にできるかぎりのことをして、榛の木舎に住まう伴侶のいない女たちがひとり残らず楽しく過ごせるよう取り計らった。

そんなわけで彼らは図らずも、魅力的な娘たちがつねに大勢いるなかで楽しく過ごすこととなった。その成り行きは喜劇を観るようなおもしろさだった。

綺麗な娘が恋人を伴わずに榛の木舎を訪れれば、その娘とすぐさまつきあい出すのが上から二番目のアーネスト・パーカ・ヒバードの洗礼名を持つ兄で、彼は「ペイク」という通り名で呼ばれていた。

ペイクは背が高くも低くもなかった。肩幅が広く胸板が厚く、太ってはいたが太りすぎではなく、好ましい太り方をしていた。弾丸のような形の頭に短い首、丸くて血色のよい顔の持ち主だ。そのうえ目鼻立ちも整っていた。明るい色のリボンを斬新なスタイルの麦藁帽子にあしらい、明るく目立つネクタイを締め、タンシューズを履き、白のダックパンツに青の外套を合わせて着こなしていた。彼は魅力的に見えたし、人に魅力的と思わせたし、実際に魅力的でもあった。榛の木舎を初めて訪れた娘たちはほぼ全員がペイクに好意を抱き、ペイクのほうでも娘を気に入れば、三日もしないうちにはその娘は「ペイクの彼女」と呼ばれるようになった。

ペイクは生まれついての女たらしで、眠りながら歩いていても女を誘えただろうし、事実女たちはペイクになびいた。率直かつ無邪気に交際を申し入れてくる感じの良さや、きらめく茶色の瞳をはねつけることのできる娘は、そうそういなかった。

ペイクが娘とつきあい始めると、バックがその娘の品定めにかかるのが常だった。バックは焦らない。背が高く、がっちりとしていながら引き締まった体つきのバックは、柔和な顔に青い瞳が日に焼けた肌に引き立ち、服装には気を遣わず、事実服装で人目をひくことはなかった。

バックが娘をたいそう気に入った場合は、ペイクから取り上げてしまう。それがどういうやり方かは誰にも説明できないし、こうと定義もできないが、とにかくバックはやり遂げた。バックが言い寄れば、ペイクはすっかり影が薄くなるのだった。

バックは一家の長で、農場を経営し、小作人たちに指示を与え、二週間ごとの食肉解体用の子牛や、毎週屠られる子羊二頭を選ぶにあたって指図をし、豚や作物について楽しそうに語り、誰に許可を得ずとも馬を繋いで若い娘を遠乗りに連れ出すことができ、いつも朗らかで愉快な男だった。

娘たちはバックから好意を寄せられると、ペイクよりもバックを好きになった。バックはおしゃべりが好きで、決して相手を退屈させなかった。

ペイクの関心が新しくやって来た娘へと移ってしまうと、ペイクの恋人とバックはバックの自由時間じゅう一緒に過ごすようになり、それが茶碗《カップ》と受け皿《ソーサー》の組み合わせのように自然になるころには、今度はレックスがバックの恋人を検分する番となった。レックスはバックよりもさらに気が長かった。

レックスは細身で寡黙な男で、物憂げな空気をまとい、とろけるような金色がかった茶色の瞳をしていた。彼が気に入る娘はそう多くないが、気に入ったとなるともう抑えきれない。そこに彼の弱点があった。恋愛ごっこをまじめに受け止めすぎるのだ。いつのまにか真剣な交際になりがちで、それは健全な下宿屋の道徳規範とは相容れなかった。

ただしレックスが揉め事の種となったり、揉め事に巻き込まれたりすることは決してなかった。事態が噂好きの人々や一家の目には深刻そうに映っても、レックスやその恋人にとってはそれほどでもないのだった。

こうして榛の木舎の全盛期が何年か続き、その間わたしも下宿人として、最初は男たちが「クラブ」と呼んだ白いしっくい仕立ての石造りの平屋に、のちに母屋に滞在した。世話になった四度の夏はとても楽しく、一家には特別客のように扱ってもらった。とはいえヒバード家の特別客は数えきれないほどいた。榛の木舎は十五年間で二百名近くを下宿人として迎え入れた。そして少なくとも十人にひとりは自分が一家にとって特別な下宿人だと思っていた。ここで二度目の夏を過ごそうと訪れる人の多くは一家の特別な客として扱ってもらったし、わたしも榛の木舎では四度の夏を過ごした。

というわけで、わたしは一家の特別客として手厚くもてなされ、それを享受したのだった。

ヒバード一家の存在こそが、結局のところ、榛の木舎の暮らしにおけるなによりの魅力だった。これほど互いに慈しみあい、尽くしあっている七人きょうだいに出会える機会は、滅多にあるものではない。一家にモットーがあるわけではなかったが、彼らはまるで「皆はひとりのために、ひとりは皆のために」をモットーとしているかのように行動していた。わたしが心楽しく毎日眺めていたのは、一家が習慣としていた朝の集まりで、きょうだい全員で母屋の脇のこぢんまりした張り出し縁に集っている姿だった。皆で三十分かもう少し長くそこに腰を下ろして、家族会議のようなものを開き、その日の問題点を討議していた。彼らほど絆の強く、互いを気遣い、互いの幸福と繁栄を絶えず心にかけている家族はほかになかった。

Ⅱ

すべてのものがそうであるように、榛の木舎も変わっていった。スージーは結婚してボルティモアに、アンナも結婚してワシントンに住んだ。ペイクはピッツバーグに移った。レックスはふたりの子持ちの未亡人と結婚してシカゴに居を構えた。バックも家から遠く離れた。マッティの結婚相手は身内からの受けがあまりよくなかった。榛の木舎は相変わらず下宿人でいっぱいで、すべての世話をレスリーという末の妹が――わたしがレスリーに最後に会ったのは、彼女が内気な少女のころだった――引き受けていた。

十数年近く榛の木舎を訪れなかったおかげで、一家の誰ともほとんど会う機会がなかったが、ペイクだけは例外で、陽気な愛すべきペイクは羽振りのよい独身貴族となって、若いころと変わらぬ、いやいっそう磨きのかかった艶福家となっていた。小柄で血色がよく溌剌とした、若々しくハンサムなペイクは、新たに知り合う娘たちとひとり残らず、息をするように自然に恋をした。

七月のある日の昼過ぎごろ、わたしはレックスと駅のホームで偶然行き合った。それぞれが反対の方向に行く列車に乗り込もうというときのことだった。レックスは最近の榛の木舎について楽しげに語り、それによればレスリーが姉妹四人のときと同じように切り盛りしており、昔どおりの愉快な場所だというのだった。

それから一週間もしないうちに、今度はスージーと彼女のふたりの娘たちにユニオン駅の待合室で行き合った。三人は夏を榛の木舎で過ごすために旅立つところで、都合のつく日曜があれば榛の木舎に来ないかとわたしを誘ってくれた。

レックスのときと同じように、スージーとの時間も短すぎて、彼女に訊きたいことの十分の一も訊けず、スージーのほうもわたしに話すべきことの十分の一も話せなかった。

その後に迎えた最初の土曜、わたしは早い時間に家を出て榛の木舎へと急いだ。ジョーンズビルの駅でわたしを出迎えてくれたのはバックで、最後に会ったときよりもさらに日に焼けているほかは、若々しく大柄なその体躯は記憶と寸分も違わなかった。

母屋もやはり、タイル張りの屋根に煉瓦造りの大きくて素朴な佇まいが往時のままで、明るい檸檬色の塗料できれいに塗り直されていた。数ある納屋も風雨にさらされた灰色の、化粧直しもされないあばらやの姿が記憶のままに残っており、十数年前と比べて老朽化したとか、手入れの不行き届きで傷んだといった印象は受けなかった。納屋の裏手の木立も変わりなく、わたしの見たかぎりでは木の一本すらなくなっておらず、大きな楢の木々やユリノキ、ヒッコリーなどがいっせいに楽しげな葉ずれの音を立てていた。母屋近くの農舎は昔どおり、玄関先から五十フィートも行かない場所にある小川もまた昔どおりで、榛の木の並木と芝生のあいだを小さく波打ちながら流れていた。母屋の西に茂る庭漆《ニワウルシ》と壁際のハリエンジュも、なにひとつ変わっていないように見えた。もともと大きく茂っていたので、成長したのかはわからない。しかし小川にかかる橋のそばの梓の木は、息を吹き返したかのように繁茂しているのがわかり、一方小川の向こうにあったポプラはなくなっていた。最も目につく変化は楓だ。わたしがいたころはまだ若木であまりに細く、ハンモックの綱を支えさせようにも、誰かがハンモックに腰を下ろすとたわんでしまったものだ。それがいまでは大木となり、前庭全体を木陰にして、小川から玄関先までを緑の庇で覆うかのように茂っていた。

榛の木舎は下宿人とその子どもたちで満杯だったが、ヒバード家の面々もそれぞれの子どもたちとともに、かなりの場所を昔以上に占めていた。スージーは娘ふたりを、アンナは大人になりかかっている息子ふたりを、レックスは妻と連れ子ふたりを伴ってやって来ていた。レスリーはすっかり大人になって、家事を司る者としても女主人としても申し分なく、見事にすべてを切り盛りしていた。周囲には昔と変わりなくバンジョーの音が鳴り、笑い声が響いていた。

マッティはやはり榛の木舎にはおらず、一マイルほど行った先の、かつてはシンシアおばさんの所有だった農場に夫と暮らしていた。すべては、そして誰もがわたしの期待どおりだったが、ペイクがいないのはなんとも寂しかった。

「ペイクはどうしているの」わたしは訊いた。

「あら！」スージーが驚いたような声をあげた。「知らなかったの、ペイクはいまリオデジャネイロにいるのよ」

「知らないよ！　なんだ、ペイクとはワシントン大統領誕生記念日に会ったのに、外国に行くなんてひと言も言ってなかったぞ」

「発ったのは三月よ。三月の後半だったと思うわ。本人が行きたがったの」

会話に割り込んできた者がいたので、わたしたちがペイクの話題に戻ったのは夕食のあとだった。そのときは全員で、母屋正面に設けられた張り出し縁に出て、ぐるりとスージーを囲んだ。バックとトム・ブランディジとわたしは、女たちのあいだにばらけて席を取り、葉巻をふかした。レックスはいつもどおり、煙草を一本また一本と吸い続けていた。バージニア州立軍事学校の生徒だという青年はアンナの息子の片われと幼馴染で、小川にかかる丸太橋の手すりに腰をかけ、反対側の手すりに向かいあって座っている三人の娘たちにバンジョーを弾いてやっていた。おしゃべりやバンジョーの音がときおり途絶えるなか、小川の流れが小石に当たる音がして沈黙を引き立たせ、またその沈黙を破るのが、右手側の少し離れた場所でハンモックに揺られている一組の恋人たちのひそひそ声だった。星々が木々の梢の隙間からまたたき、煙草の火先が暗闇で赤く光り、闇は窓から漏れる灯火の光の筋で切り裂かれて和らぎ、遠く左手ではブルーリッジ山脈の長く黒い稜線の上の空がおぼろに光り、月がのぼるのを予感させた。

手紙を待っていたのにがっかりしたと、誰かがぼやいているのが聞こえた。

「ペイクからの手紙については、わたしにも納得のいかない点があって」とスージー。「何週間も便りがないこともあれば、二通、三通が一度に届くこともあるの。日にちや消印を見比べてみたら、手紙は毎週水曜と土曜に書かれていて、書かれた当日に投函されているのがわかったわ。これってどういうことなのかしら、ビリー」

「そうだな」とわたし。「届く道筋が手紙によって違うんじゃないかな。リスボン経由で届くものがあったり、ロンドン経由のものがあったり、ほかにも別の道筋があったりするんだろうね。それで説明がつきそうなものだけれど。どうかな、トム」

「なんとなくだけれど」とブランディジ。「それが正しいような気がするな」

「きょう、ペイクから手紙が届いたわ」とスージーが先を続ける。「一か月ぶりの便りよ。ペイクは自分の仕事場が気に入らないんですって。いまの事務所は賃料が高い上に暗くて暑くて風通しが悪いそうなの。それで、ふさわしい物件が見つかったらすぐに引っ越すつもりで、探し回っているところだそうよ。でもその点を除けば最高に居心地のよい土地柄らしいの。住まいのほうは、ペイクの説明によると『サンタ・テレサの上の方』に借りているって話なんだけれど、これはどういう意味なの、ビリー」

「サンタ・テレサっていうのは、広くて細長い区域にかかる丘陵地なんだ」とわたしは答えた。「海抜は四百フィート。街と港を見下ろせる景色のいい場所でね。夜のあいだじゅう空気も綺麗だし。あのあたりには下宿がたくさんあって、どの下宿も悪くない。いまもそうかい、トム」

「そのとおり」ブランディジがわたしの発言を裏づけた。

「それってさ」レックスが口を挟んだ。「ペイクは街にいると揉め事に巻き込まれるかもしれないってことだよね」

「どんな揉め事？」アンナが訊いた。「ペイクはどこにいたって揉め事になんか絶対に巻き込まれないわよ。どんな揉め事だって言うのよ」

レックスは新しい煙草に火を点けた。

「つまり、南のああいうポルトガル系の奴らは、どんな理不尽も見過ごしちゃくれないってこと。聞いた話じゃ、仕返しがすごいらしいじゃないか。ペイクなら、誰かの恋人を横取りしたせいでナイフを突き立てられるってところかな」

「変な冗談もたいがいにしてよ！」アンナが腹立たしげに声をあげた。

「なんでもかんでも茶化せばいいと思って！　恥ずかしくないの」

スージーも聞き咎めた。

「言うに事欠いてずいぶん嫌なことを言うのね、レックス」

「言うに事欠いてって、そんなつもりはないよ」レックスが言いつのる。「茶化しているわけでもない。僕はただ、ペイクは南の土地じゃ嫉妬からの恨みを買いやすそうだって言ってるだけだよ。ペイクは昔のままのペイクでしかいられない。いきなりなにもかもは変えられないだろ。奴なら間違いなく、片手じゃ足りないくらいの数の女の子たちに、この男なら自分の好きにできると思い込ませたに決まってるさ、あっちに着いて一週間もたたないうちにね。そしてひと月が過ぎるころには、そのうちの何人かが奴の思いどおりだ。ペイクに嫉妬している男はきっといる。ラテン系は血の気が多いから」

「まさか！」バックが口を挟んだ。「ペイクはポルトガル語もろくに知らないんだから、現地の娘を満足に口説けるわけがないし、相手がアメリカ人やイギリス人だったら遊び半分だってわかりそうなものじゃないか」

「現地の男どものなかにだって、平気でイギリス人やアメリカ人の女の子とつきあう連中がいるさ」とレックス。「ペイクがそういう手合いから英語を話す女の子を横取りするかもしれないだろ」

いまの話でいきおい不安をかき立てられたスージーと、子どものころから人一倍ペイクと繋がりの深いアンナのふたりが、ひどく動揺しているのがわたしにはわかった。なんとかしなければ。

「ありえないよ。ペイクがどんなに男たちを出し抜いたって、揉め事になんかならないって。リオはボルティモアと同じくらい平和なところだ。そもそもペイクにブラジルの女の子を引っかけられるわけがない、ブラジルの女の子たちは自分から若い男に声をかけちゃいけないんだから。通りを歩いてみれば、おしゃれなブラジル人たちが彼らの慣習に従って恋愛をしているのがよくわかるよ。日暮れが近づいて猛暑が和らぐころになると、女の子たちがみんな着飾って、二階の居間の窓から身を乗り出すんだ。そして女の子の恋人は、通りの反対側に立ってその姿に視線を送る。若い男は一年間毎日午後になると二時間かそこらそうやって過ごして、やっと女の子の父親に交際を申し込むことができるんだ。それが向こうのやり方なんだよ。いまもそうかい、トム」

「いまもそのまんまさ」ブランディジがわたしの言葉を裏づけた。「外国人相手の恋愛ごっこの種には事欠かないけれどね。でも刃傷沙汰になるとか意趣返しを受けるなんて恐れはない。リオはワシントンと同じくらい平和なところだ。意趣返しや嫉妬で血が流れたなんて聞いたことがないよ。もしかして、と思うような話もない、ひとつの例外を除けばね」

口調から、トムがその話をするつもりであることが伝わってきた。スージーの隣に腰を下ろそうとする彼を見て、皆が自分の椅子をそちらに引き寄せた。

「例外って、どんな?」バックが訊いた。

女たちの視線がブランディジに集まった。レックスは新しい煙草に火を点けた。ほかの男たちも新しい葉巻に火を点けた。

「そいつの名前はオロドフ・ギマランイスといって」ブランディジが話しはじめた。「ギマランイスというのはポルトガル語圏では英語圏のスミスみたいなものだけど、スミス以上によくある名前でね。フルミネンセ、つまりリオっ子のことだけど、彼らの半分はギマランイスかもしれないな。このオロドフ・ギマランイスというのは、世間からも一目置かれた裕福なワイン商人の一族の出で、名前も一族からもらっている。南米の都市に集まる洒落者たち、もっと言うなら収入はゼロかゼロに限りなく近く、大物気取りも甚だしく、金のかかる娯楽を好み、気楽であることと快適であることがなにより大事で、煩悩に振り回されやすく、最新ファッションに身を包むことに異常なほどのめり込んでいる、そういう若い連中のひとりだ。

「こういう遊び人どもは、収入がない上にプライドが高すぎて仕事もできない手合いがほとんどだ。だがこのオロドフ・ギマランイスという男は、収入の点でも仕事の点でもついていた。ささやかな不動産を相続していたし、生命保険からのあがりが多少あったんだ。自分の机を置いていたのが自分で所有している建物の三階の事務所で、そこはアルファンデガ通り四十九Aといって、リオの旧市街にいくつかある主要なビジネス街のひとつだった。建物の一階と二階をかなりの賃料で貸し、三階では机つきスペースを貸していた。事務方用の事務所があったり接客用の事務所があったりするなかで、ギマランイス本人の小さな机だけが例外だった。

「この男、午前中は自分の机でだらだらと過ごすのが常だった。ときには仕事で外に出たり、仕事で外に出るふりをしたりした。とはいえたいていは机の前に座って、新聞を読むか、煙草を吸うか、あるいはまったくの手持ち無沙汰でいるなりしていた。そこはなにもすることがなくても居心地がよくて、大きな部屋で、三十平方フィートほどの広さがあり、天井も三十フィート以上と高く、床まである背の高い観音開きの窓が三つついていて、三つともいつも開けてあった。窓は南向きで、そのために日よけの類がいらず、ぎらつく光も差し込まず、風はたっぷりと入ってきた。事務所は明るいけれど明るすぎることはなく、涼しくて風通しもよく、怠けて過ごすにはうってつけの場所だったんだ。

「事務所で怠けていないときはいつでも女といちゃついているか、いちゃつく相手のいるふりをしていた。奴と本気でつきあうような女の子はいなかっただろうし、奴との結婚を許す父親もいなかったはずだ。結婚してやっていけるほど金があったわけじゃなかったんだ、独身貴族よろしく着飾ることはどうにかできてもね。だから、奴がつきあった女の子は次々と別の誰かと結婚したり、別の誰かと婚約したりした。奴がつきあった女の子たちのうちの三人が婚約したけれど、結婚には至らなかった。結婚式の日を迎える前に、新郎たちが死んでしまったからだ。

「どの場合もギマランイスは恋敵と友人関係にあって、かなり親しく、自分の事務所に机を借りさせていた。どの場合も恋敵は件の事務所の観音開きの窓から落ちて死んでいるんだ、四十フィートちょっとの高さからアルファンデガ通りの舗道に落ちて。どの場合も事故だった。どの場合もオロドフ・ギマランイス本人は事故が起きたときには事務所を空けていた。だから、ギマランイスのことを悪く言える者はひとりもいなかったけれど、三回目の事故のあとには、オロドフ・ギマランイスと女の子をめぐって多少なりとも実際に張り合ったり、張り合っている印象を与えたりする羽目に陥ったフルミネンセで、彼の事務所の机つきの部屋を借りる気になる者はいなかった。三人の死を奴のせいにはできなかったけれど、三人が恋敵であったこと、友人関係があったこと、机つきスペースを借りていたこと、窓から落ちたことが三つの異なる事件で偶然にも一致するとなれば、いくら頭の回転の遅いおしゃれなフルミネンセたちでも、因果関係は嫌というほど理解できた。この偶然の一致は彼らを不安にさせた。仕返しを理由に三人を殺したのがギマランイスではないとしても、どうしたって奴の仕業に見えてしまうんだから。確かに、半マイルも離れた場所にいながら犠牲者たちを睡眠状態にして、窓から身を投げさせたり、窓の外に向かって歩かせたりできたわけはないけれど、なんとなく誰もが奴の所業だろうと思っていた。

「それに、どの場合にも不気味な点があった。どの場合も、犠牲者の机は三つある窓のうちのひとつに近い場所にあった。どの場合もオロドフ・ギマランイスは席を外していたが、ほかの男ふたり、つまりは机つきスペースを借りていた人たちだけれど、彼らの机は事務所のずっと奥のほうにあって、席についていた。どの場合もその男たちが、犠牲者から二十フィートほど離れた自分の席に座ったまま、部屋の奥と手前で犠牲者と話をしていたんだ。どの場合もそのふたりの男たち、これは三回とも違う男たちなんだが、彼らが体の向きを変えて自分の机の上の物に目をやり、その間物音や体を動かす音や叫び声といったものを聞くでもなく、ところが再度顔をあげて見まわすと、部屋には自分たちふたりだけになっていて、窓へと近づいてみたところが、下の舗道に犠牲者が叩きつけられているのが目に入った、というわけなんだ」

トムは話を終えた。

「なんで柵とか手すりをつけないんだ、開けっ放しの窓なのに」レックスが尋ねた。

「慣習だよ」ブランディジが再び口を開いた。「あの国では慣習ですべてが決まる。南米では慣習ですべてが決まるんだよ。リオでは階上の事務所には必ず床までの観音開きの窓がつく。暑いし、窓を横切るような手すりはつけない、横木の一本さえもね。妨げになるもののない窓をつけるのが慣習なんだ」

「馬鹿げた慣習だ！」とバック。

そこへレスリーが出てきて仲間に加わった。それまで家事をしていたか、朝食について指示を出していたか、下宿人たちの相手をしていたかなにかしていたのだろう。

レスリーはレックスの隣に腰を落ち着けると話しはじめた。

「今朝、ペイクから手紙が来ていたの。リオには綺麗な女の子たちがいるそうよ。その子たちと一緒だと楽しくて仕方がないんですって。ペイクは手紙を書きながらご機嫌だったにちがいないわ。長くてとてもおもしろい手紙なの。ある女の子と深い仲になったふりをしたんですって、始終その女の子に色目をつかっている馬鹿な男を困らせてやるつもりで。最初その男はすごく怒ったんだけど、冗談とわかって態度を改めたの。その男とはとてもいい友達になれたという話よ。すべてうまく行ってるとも書いてあったわ。明日皆に読んであげるわね」

レスリーはおもしろそうに笑っていて、まるで屈託がなく、そこがいかにも若い娘らしかった。だが、彼女を除いた皆のあいだの空気はどことなくひりついていた。わたしには、言ってみれば、緊迫感のようなものが感じられた。バックがかすれた声で訊いた。

「相手の名前は書いてあったのか」

「なかったわ」とレスリーが朗らかに返事をした。「名前は一切書いていなかった。でもとてもいい友達だそうよ」

ちょうどそのとき、小さな橋の上でバンジョーを楽しんでいた一群が立ち上がった。陽気な挨拶が聞こえ、そのなかにマッティの声も聞き分けられた。マッティの住まいは道をほんの少し行った先にあるので、徒歩でのんびりやってきたのだ。

マッティが張り出し縁にあがってきた。大柄でがっちりとした、ふくよかな体つきの娘だ。その丸々とした顔がちらりとわたしの視界に入ったのは、開いた扉の戸口から漏れる灯りが彼女の顔を照らしたからで、茶色の目が楽しげに微笑んでいた。

バックは張り出し縁の床に座を移し、足を踏み段に乗せて、背中を柱に預けた。マッティはバックの座っていた椅子に腰を下ろした。それと同時に会話の主導権もマッティに移った。

「アルフは夕食のあとすぐにヘイガーズダウンに車で出かけたの。もう戻るころよ。わたしはこっちに来ているると言ってあるから、彼も帰宅次第すぐに来ると思うわ」

ご亭主はどうしたのかというわたしの問いにそう答え、マッティがさらに話を続けた。

「今朝ペイクからの手紙を受け取ったの。おあつらえ向きの新しい事務所を見つけたと書いてあったわ。そんなに広い場所はいらないので、机だけを友達の事務所に借りていて、その友達はなんとかいうブラジル風の名前で、わたしには綴れもしなけりゃ発音もできない名前なの。建物の三階にあるすごくいい場所で、部屋は大きくて天井も高くて、広々としていて人が動き回っても邪魔にならないし、ほかの机を借りている人たちもいい人たちだそうよ。明るくて涼しくて風通しがよくて、床まである大きな観音開きの窓が三枚ついている部屋なんですって」

その刹那、まったくもって突然に、マッティがひと呼吸置いたその瞬間、榛の木舎が憂いと悲愴感に包まれたのをわたしは感じた。ヒバード家の面々は自制心の強い人たちだった。誰ひとり声を発する者はいなかった。長い沈黙が続いた。わたしの耳には小川のさざめきが聞こえた。折しもこの夏最後の満月の最初の光が、ブルーリッジ山脈のいちばん高いところを照らし出し、柏の木々のあいだから差し込んだ。

最初に口を開いたのはアンナだった。

「その手紙をいま持ってるの、マッティ」

「ええ」マッティは屈託なく応じた。「持ってきたわ」

「ちょっと貸してくれない。ビリーとわたしでその名前を読んでみるから」

「ビリーならきっと読めるわね」マッティが明るい声で請け合った。

アンナは手紙を手に取ると立ち上がった。

「ちょっと来て、ビリー」

わたしはアンナの呼ぶほうへ行った。

彼女がブランディジではなくわたしに声をかけたのは意外だった。アンナとはそれほど親しかったわけではなかったからだ。スージーのことはよく知っているし、マッティとはスージーよりもさらに親しくしていたけれど、レスリーとはその昔、笑み交わしたこともなければ話をしたこともほとんどなく、ゆえにレスリーがわたしに対して好意的かどうかもわからず、アンナに至っては以前から避けられている気がしていた。アンナがブランディジに声をかけるだろうと思ったのは、彼のほうがリオには長く、しかもつい最近まで滞在していたからだ。

アンナは母屋の廊下の奥にある冷蔵庫のそばに立ち、その脇にある通用口の扉に寄りかかっていたので、冷蔵庫の上に置かれた灯りのせいで茶色の髪が金色に見えた。

「自分では読む気になれない。ビリー、あなたが読んで」

名前を見ると、果たしてそこにはオロドフ・ギマランイスとあった。手紙の最後には、マッティに手紙の宛先を事務所にするよう告げており、その住所はアルファンデガ通り四十九Aだった。

「やっぱり！」とアンナが小さな声ながら語気強く言った。

わたしはアンナのあとから通用口をくぐって生暖かく風のない月明かりのなかに出て行った。

アンナが向かったのは納屋だった。

悲壮感と憂いとがわたしたちのまわりで濃度を増した。月の光はどこか不気味で禍々しく、木々の影はこちらを脅しつけんばかりの異形を成し、人の声がまったく聞こえない様子はまるで墓場のようだった。

アンナは納屋の敷地へと繋がる門に寄りかかった。

「リオデジャネイロに電報を打つことはできるのかしら、三十ドルで」

「長いのを安く送れる。僕があっちにいたころは、料金が一文字六十五セントだった。もう何年も前の話だ。いまならその半分もかからないんじゃないか。三十ドルあれば電信で手紙を一本送れると思う」

「三十ドル分の小切手があるの。バートンがなにかのときのためにって、ワシントンを発つときに持たせてくれたお金が」

「僕ももう少し多く手元に持っている。僕らの手持ちだけでも確実にお釣りが来るはずだ」

「ねえ、ジョーンズビルからこんな土曜の遅い時間に電報を送ることができるもの？」

「やるだけやってみよう」

「だめだったら」アンナはたたみかけた。「わたしをヘイガーズタウンまで送ってほしいの」

「いいとも」わたしは承知した。

「ああ、耐えられない。ペイクが冷たい敷石の上に倒れて死んでいるのが見えるよう。そんなの耐えられない」

わたしの脳裏によみがえってきたのは、レックスとレスリーが始終くっつきあって子ども時代を過ごしていたように、アンナとペイクも赤ん坊のころからとりわけ仲のよい兄妹として育ってきたという記憶だった。

「カンテラなしでも馬を車に繋げられる？」アンナが尋ねた。

「馬小屋の様子は変わった？」

「少しも変わってない」

それどころかわたしの手は暗闇でも、昔と同じ場所に昔と同じヒッコリーの杭があって、そこに馬具がかかっているのを探り当てることができたし、その馬具一式もどうやら昔と同じものであるらしかった。

「どの馬房？」わたしは訊いた。

「ラディーの古い厩よ。馬の名前はネル」

わたしはその雌馬に馬具をつけ、車庫まで引いて行った。アンナは馬車に乗り込んだ。わたしは敷地内の並木道に出るために門を開け、馬が通り抜けたのを確かめてから閉めた。並木道の端まで行ったところでわたしはいったん馬車を降り、かんぬきを外した。外の通りに出てかんぬきを元に戻し、馬車に戻ったところでアンナが手綱を渡してくれた。

「ネルは速足ができるわ」

ネルは速足で進み、蛇のように黒い影で道を真っ暗に覆い隠した。わたしたちはあっというまにグロット駅を通り過ぎた。ジョーンズビルが近い。これからやろうとしていることが的外れだとか無意味だという気はしなかった。無駄骨を折っているという感覚はなかった。馬鹿げているとも思わなかった。わたしは自分の任務に真剣に取り組んだ。これからふたりでペイクに警告を発し、これまでに三回もの巧妙な殺人を、工夫を凝らして実践した友人たる人物の残忍な策略から救うのだ。手遅れになる前に警告しなければと、時間と競り合いながらの道中だった。使命の重大さと緊急性を思うと、いままでになく胸が騒いだ。

電報係はまだ起きていた。どうにか説得して頼みを聞き入れてもらった。まずアンナが文面をつくり、わたしが推敲して、ふたりの納得のいくものが出来上がった。

「スミヤカニ　ジムシヨ　ウツレ　ゲン　ジムシヨ　リユウ　ヲ　トワズ　ニドト　タチイルナカレ　タダチニ　シン　ジムシヨ　ミツケヨ　スグ　コウドウセヨ　イノチ　ニ　カカワル　モンダイナリ　ワケハ　テガミ　ニテ　アンナ」

電報を送ることができたので、わたしたちはネルの決して遅くはない自然な足取りにまかせて帰路についた。

これでひと安心とはいかなかった。

アンナのため息は十数回におよんだ。

「間に合っているといいんだけど。ああ、どうか間に合って！」

悲愴感と憂いは家路を急ぐわたしたちにつきまとい、わたしたちが張り出し縁にふたたび腰を下ろしたときには榛の木舎を包み込んでいた。

わたしたちが腰を落ち着けるのとほぼ同時にマッティの夫がやって来た。肺病を患ったが完治したと聞いていた。だがわたしに一瞥をくれたその姿は、まるで死にかけた人のようだった。げっそりとやつれ、土気色の顔をして、目は落ちくぼみ、小刻みに震えている。彼の皆に挨拶をする様子はまるで夢遊病者のようだった。

そして挨拶がすむとすぐにバックに話かけた。

「バック、話したいことがあるんだが、少しいいかな」

バックは立ち上がった。彼もヒバード家の一員らしい勘のよさと唐突さを持ち合わせていた。わたしは長いあいだのうちに、どちらにも慣れっこになっていた。とはいえバックがわたしの横を通り過ぎざまにわたしをつねり、一緒に来るよう指示して来たのには大いに驚かされた。母屋の廊下の奥の冷蔵庫のそばで、アルフは追い詰められた獣のようにバックを見上げた。

「困ったぞ、バック。いったいなんと言って女たちに切り出せばいいのか」

「切り出すって、なにを」バックが問い返すその声は、かすれて細かった。

「きみ宛ての電報がヘイガーズタウンに届いた」アルフが答えた。「ビーソーが気を利かせて、ここへは電話せずにいてくれたんだ。彼に会ってそいつを受け取って来た。ペイクが亡くなった」

「電報を見せてくれ」バックがくぐもった声で言った。

バックは電報を手にすると、冷蔵庫の上の灯油ランプに近づけて読んだ。

それからわたしに渡して寄こした。

そこにはこう書いてあった。

「E・P・ヒバード　ソクシ　マド　ヨリ　ラツカ　ス　G・スワンウイツク」

千里眼師ヴァーガスの石板

The Message on the Slate

ルウェリン夫人はいつも思っていた。過去にこの件について考えるともなく考えたかぎりでは、千里眼師《クレアヴォヤント》に相談を持ちかけるなど、愚の骨頂であるばかりか品位を下げる行いでもあり、犯罪にも等しいと。いま、そんな常識はずれの無価値な行いに駆り立てられる気持ちを抑えきれないでいるものの、堂々と試してみる気にはなれなかった。胡散臭い秘儀の類はなんであれ、ことごとく性《しょう》に馴染まなかった。夫人は背が高く、とりわけ姿かたちがよく、物腰に類まれなる気高さがあった。屹と支えられた頭が高慢に見えないのは、始終浮かぶ微笑みが愛嬌のある穏やかさを感じさせるからだ。濃い色の髪、濃い色の瞳、そして抜けるように白い肌は、つねに変わらぬ落ち着きをそなえた立ち居ふるまいにふさわしく、顔に映る表情は温和さばかりでは決してなく、いつも好奇心に満ちて明るく輝いていた。雲ひとつない春の朝焼けが果てしのない露含みの草原の上に広がるように、ゆったりとした心の安らかさが醸し出す空気に包まれ、その佇まいは人柄とすっかり調和していた。年齢を経てなお非常に美しく、その気高さは本人の美しさと、ことのほか率直な性格に裏打ちされていた。とはいえ、開業日に霊媒師の看板を掲げた家へと乗りつけるのは、とてもできることではなかった。従僕には、あとで、それもかなり時間が経ってから行きつけの美髪師のところに迎えに来るようにと命じ、百貨店の大きな出入り口のところで馬車を帰らせた。それから自分は百貨店を別の出入り口から出て、流しの車を拾って近隣をめぐった。そのあたりの様子は思っていたのとはまったく違っていた。家々は決して小さくなく、美しくさえあった。なかでもとりわけ美しいのが千里眼師の家だった。しかも非常によく手入れがなされ、舗道や階段はきれいに掃き清められ、ガラス窓は曇りひとつなく、日よけやカーテンは新しくて趣味がよく、扉の銀の把手や呼び鈴も磨いたばかりであるように見えた。表札が出ていたが、過去に見かけたものの記憶から想像していた、おどろおどろしいどぎつさはなかった。大きな明るい客間の窓にはめ込まれた、小ぶりのガラス細工という体の表札だ。そこには小さな金色の文字で、「サラティエル・ヴァーガス」という名前、そして「千里眼」という言葉だけが並んでいた。

きちんとした身なりの女召使いが扉を開けた。はい、ヴァーガスさまはご在宅です。待合室までお運びいただけますか。誰もいない待合室は格式の感じられる客間で、高価な調度品で装飾されてはいるが、華美に至らない慎みが感じられた。敷物はペルシャ絨毯で、家具はどれもが異なる意匠をそなえていながら調和し、よく知られた画家による絵画が十点ほども飾ってあった。ルウェリン夫人が幾度か周囲を見まわしてなるほどと思ったり驚いたりするより前の、腰を下ろす暇さえないうちに、立ち去りざまの女召使いが銀の鉦を二回、鋭く鳴らした。それとほぼ時を同じくして後方の部屋につながる扉が開いた。部屋のなかには身長が五フィートに満たない、とはいえ小人というほど小さくもない、しかし不恰好な男がひとりいた。エナメルの靴は子どもじみていて、ズボンはだらりとまとわり、やせ細った脚にしわを寄せて絡み、さらに左の膝は一定の角度に曲がったまま動かないので、歩くと痛々しいほど足を引きずった。腰から上はよい体つきをしており、厚い胸板、広い怒り肩、大きな頭には黒くて豊かな巻き毛を頂いていた。音楽家か芸術家といった風貌だ。額は広く、眉は優美な弧を描き、鼻は鋭い鉤鼻で強い意思を感じさせ、目は互いに離れて大きく、濃い茶色のなかに赤と緑の光が輝き、口元は弧を描く上唇が短かすぎるきらいがあった。ルウェリン夫人はその口元と目にひと目でとらえられ、それらが瞬時に表情を変えることに驚かされた。千里眼師は人あたりのよい事務的な微笑みを浮かべ、さり気ない期待感を漂わせて現れた。夫人と視線が合うとその唇がこわばり、赤味が引いた。両の目に激しい狼狽が映し出されたので、彼がだしぬけに向きを変えてふたりのあいだの扉を激しく閉めたとしても、夫人は驚かなかっただろう。千里眼師はなにも言わずに扉の把手をつかみ、じっと夫人を見た。そして扉を引いて開けた扉に寄りかかり、背中側に回した手で把手をつかみ続けていた。口を開き、小声でそっけなくつぶやいた。

「あなたでしたか、よりにもよって！」

「わたくしをご存知ですの！」夫人は驚きを声ににじませた。「初めてお目にかかりますのに」

「幾度となくお見かけしております、あなたのお気づきにならないところで」と相手は答えた。「デイヴィッド・ルウェリン夫人を知らぬ者などいませんよ。コンスタンス・パルグレイヴ嬢を知らなかった者がいないように」

「お上手ですこと」夫人は歓迎すべからざるなれなれしさに、うっすらと怒気を含んだ言葉を淡々と返した。

「お追従はわたしの生業の一環ですが、あなたにはお追従など申し上げません。その度が過ぎまして、礼儀を失してしまいました。相談室へとお進みいただかねばなりませんでしたのに。どうぞお入りください」

夫人は彼が扉を自分のために押さえてくれている前を通り過ぎた。奥の部屋は外の部屋に劣らず品よく調えられていた。三つの扉と、庭に面した一枚の大きな窓を除けば、高さが八フィートはある書棚で壁面が覆われ、書棚が途切れる唯一の場所には、引き出しつきの背の低いキャビネットが二個据えられていた。書棚のガラス戸は小割りの窓になっていて、なかの本は装丁が実に美しかった。棚の上には見事なブロンズ像が幾つか置かれている。その部屋のしつらいはマホガニーの丸いセンターテーブルと、小ぶりの椅子数脚と、つづれ織りで覆った肘掛け椅子三脚とで完成されていた。ルウェリン夫人がそのうちのひとつに腰を下ろし、千里眼師は別の椅子に落ち着いた。彼の狼狽が度を越していたので、夫人に恐怖を覚える能力がそなわっていたなら、その狼狽ぶりは夫人を怖がらせることになっただろうが、現実には夫人の好奇心を刺激する結果となった。彼の顔色は悪く、黒ずんでいると言ってもいいほどで、唇にも血の気がなく引きつり気味で乾いており、潤いを与えるために神経の高ぶるなかで無意識に唇を擦り合わせていた。夫人はというと、大いなる困惑を心のうちに隠していたが、海千山千の千里眼師であればこそ、夫人のくつろいだ様子の下にあるそんな感情も読み取ることができた。ふたりは向かい合い、しばらく黙っていた。それから彼のほうが口を開いた。

「どういう目的でここへおいでになったのですか」

「あなたにご相談申し上げるためです」と夫人が答えた。「意外でしたかしら。あらゆるお立場の方々が相談にいらっしゃるのでしょう」

「あらゆる方々がいらっしゃいます。ですが、あなたのような方はひとりも。これまでにもひとりもいらっしゃいません」

「わたくしは参りました」夫人はさらりと言った。「あなたにご相談申し上げるために」

「どういった方法で相談なさるおつもりですか」彼が訊いた。「皆さんいろいろな方法でご相談なさいます」

「お答えを、閉じた石板の内側に書いていただこうと、そう考えておりました」

「おいでになる場所を間違えましたね」彼は声を荒げた。わざと冷たい口調で言おうとしているのがわかった。「ほかをお当たりください」

夫人は面食らい、微動だにせずに彼を見つめた。

「なぜそんなことをおっしゃいますの」夫人が問いただした。

彼は三つある扉をひとつひとつ開け、外を見てからそれぞれをしっかりと閉めた。窓から外を見て、そこから見えるほかの窓すべてに視線を走らせた。部屋のなかをあちらこちら、足を引きずりながら一、二度歩きまわり、額と顔をハンカチでぬぐってから、ふたたび椅子に腰かけた。

「ルウェリン夫人、あなたにぜひお約束いただかなければなりません、すべてを未来永劫、秘密にしていただけますか、わたしがこれからお話しすることを」

「まるであなたがお客さまでわたくしが千里眼の持ち主のようですわね」

「そうお認めとあらば」と彼が答えた。「どうか、お聞き捨てくださいますよう。わたしはあなたに、おいでになる場所を間違えたと申し上げました。ほかを当たってくださるようお願いしました。あなたはというと、説明をお求めになっていらっしゃる。わたしはみずからを励まして、あなたにご説明いたします。ですが、説明をお望みなら、あなたには沈黙を守ると誓っていただかねばなりません」

「ぜひともご説明いただきたいですし、誰にも話さないとお約束します」

彼は籠のなかのねずみのような動きで、部屋のなかを見まわした。夫人と目が合ったが落ち着きなくそらし、恥ずかしそうに視線を床に落とした。両手は不自由なほうの膝の上に組んでいる。

「奥さま」と彼。「ほかを当たってくださいと申し上げたのは、わたしが詐欺師であり、贋者だからです。神がかり状態になるのはただの見せかけで、言葉をおろす様子はくだらない猿芝居、答えもみえすいたでっちあげで、お人好しな方々から引き出した手がかりをもとにしているだけなのです」

「そんなことをおっしゃって、わたくしを試していらっしゃるのね」夫人がうわずった声で言った。「わたくしをテストしておられるのでしょう」

「奥さま、わたしをご覧ください。わたしが芝居を打っているように見えますか。本気で申し上げているようには見えませんか」

「ですが」と夫人は戸惑いを見せた。「なぜそんな申し開きをわざわざわたくしになさるのです」

「そのご質問に正直に答えてしまいますと」と彼はためらいを見せた。「あなたのご機嫌を損ねるかもしれません、それが気になります」

「あなたの態度、そしてあなたのおっしゃりようは、こうやってここに伺っているわたくしにとってはあまりに思いがけず、説明をお願いするしかございません」

ヴァーガスは椅子に座ったまま背筋を伸ばし、勢い込むのではなくおそるおそる夫人の目を見た。

「奥さま」と彼は固い声で言った。「さきほどからわたしに関する真実をお話し申し上げておりますのは、あなたが、傷つけたり害を与えたり騙したりする気になれないお方だからです」

「とおっしゃると――」怒りに反り身となった夫人が口を挟んだ。

「ああ、奥さま」と彼が声をあげた。「あなたのお気持ちを害するかもしれないことを、わずかでも申し上げるつもりはございません。北極星は知っているでしょうか、気にかけているでしょうか、何艘の脆い小舟たちが嵐に揉まれながらも自分という星を頼りにして必死に舵を取ろうとしているのかを。北極星がまばゆく輝き、清らかで、はるかな高みにございますのは、多くの人々にとって、その星がいまもそしてこれからもずっと、到達できない場所であり、皆その光から安息の地への導きを得ようと必死だからなのではないでしょうか。あなたのような女性には想像もおできにならない、まして知る由もないのです、いったい何人の者にとって、あなたのような女性がいつまでも変わらない素晴らしい指針としての存在であるのかを。あなたのような、外からのそうした助けを必要としないお方が気づけましょうか、遠くにいるあなたのお姿をただ見るということが、善良さという素晴らしい天性の恵みを受けていない者にとって、どれほど大切なことなのかを。あなたのお顔を拝してどれほどの者が励まされてきたことか。人々はあなたのお顔に必ずや見出したことでしょう、崇高な理想に揺るぎなく忠実な、正しい本能から来る内面の安らぎと落ち着きが、目に見える形で表情として表に出ているのを。あなたはわたしにとって人間の姿をした、正しさというものの存在のしるしであり、その域にわたしが到達することはなかろうと思うのです」

ルウェリン夫人は奔流の如くにあふれる長たらしい美辞麗句を、堪え難きを堪えつつ、傲慢な苛立ちを驚きによって抑え込んだ風情で耐え忍んでいた。千里眼師が息継ぎをしようと話を中断するや、夫人は怒気をかすかに含みつつもなかば怒りを抑えた声で言った。

「よくわかりました。もう十分です、十分すぎるほど伺いましたわ。話題を変えませんこと、お差し支えなければ」

「おおせのとおりにご説明申し上げただけです」ヴァーガスは戸惑いながら詫びた。「誠意をこめてお伝えしたかっただけなのです、わたしがあなたの相談相手にはふさわしくないということを」

「ですが」と夫人は驚きに我を忘れて反論した。「あなたは世界一の千里眼の持ち主でいらっしゃると聞きおよんでおります」

「それはわたしのもくろみの結果で、大いに宣伝し、湯水のごとくに金を費やし、記者に賄賂を渡し、編集者を買収し、主任をおだてあげ、社主をたぶらかして彼らの細君や娘たちを味方につけ、長年苦労してその評判を手に入れてきただけなのです。偶然の成長もなければ、みずから認識できる自明の長所もございません」

「ですが」と夫人は異を唱えた。「あなたは騙すことが目的で、騙すことが楽しくてそうしたことをなさっている悪い方なのですか。あなたが裕福でいらっしゃるのはご相続の結果で、こうした形でのお仕事を選ばれたのは、楽しみのためなのですか」

「とんでもないことでございます、奥さま」と彼は否定した。「小才を利かせて世渡りしているのです」

「あなたを取り囲んでいるものを拝見するかぎり、よいお暮し向きのようですわ」と夫人が水を向けた。

「わたしを取り囲むものからわかるよりもよい暮らしです」彼が答えた。

「では、優れた才覚をお持ちですのね」夫人はやはりと言わんばかりの口調で言った。

「世界一でございます」と彼は無邪気に認め、警戒心を完全に解いた。

「税金がかかり過ぎたりはしないんですの」

「人を騙すということはさほど難しくはないのです。世界は愚か者であふれていますし、たとえ判断力がある相手でも、簡単に騙せます」

「これまでにいろいろと読ませていただきましたが」と夫人が続けた。「あなたは騙してなどいらっしゃいません。優れた助言をなさっておいでです。あなたの示した指針のおかげで、依頼者は正しい方向に導かれております。あなたの提案が成功へと導きます。あなたの予言は実現し、あなたのご推察は正しかったことがわかるのです」

「まったくもってそのとおりです」彼は認めた。

「でしたら、なぜ依頼者の方々をお人好しと呼んだり、千里眼を猿芝居と、お答えを嘘とおっしゃったりするんですの」

「答えを嘘とは申し上げませんでしたよ」彼は否定した。「わたしが手がける猿芝居はお人好しの方々のためです。あの方々は皆さんカモでいらっしゃる。お金をわたしの膝に投げ出し、ご本人が落ち着いて論理的に考えればとっくにわかっていたはずのことを、わたしに言わせるのです。ご本人が知りたく思われていることを、なにからなにまでご本人みずからわたしにしゃべって聞かせ、それを知るために理性を欠いた金額をわたしに支払われ、わたしはというと、ご本人がなにを期待し、心配し、記憶されているのかを、ご本人の語った内容からあれこれと断片をつなぎあわせて、ご本人に投げ返しているだけなのです」

「ですが、そうしたことをなさるということは、きっとあなたは人間の性《さが》というものをよくご存じで、本当に人の心を読める方でいらして、明敏な頭脳をお持ちの相談相手でいらっしゃるということなのですわ」

「そうです、そしてわたしにできることはまだまだございますよ」彼は誇らしげに言った。狼狽がいっさい見られなくなり、立ち居ふるまいに自信が満ちあふれ、極めて愛想がよくなった。

「わたしに心の病を治すことはできませんが、ありとあらゆる妄想、愚行、大失敗、窮状、悲しみといったものに対して処方箋を出すよう求められます。わたしがお救いした男女、幸せにして差し上げた人生、なくして差し上げた困難、正しく導いて差し上げた野心は、千単位で数えることができます」

「でしたら、人間の心の弱さや人間の要求については計り知れないほどのご経験がおありのはず」

「膨大で、桁外れで、数えきれません」彼は言い切った。

「ということは、あなたの助言は役に立つはずです」

「役に立ちますとも」彼は自慢気に言った。

「ではわたくしにも助言をくださいませ。このうえない苦悩に見舞われておりますの。どなたにもわたくしを救えないと思っておりました。もしかしてあなたならと信じることが、一筋の希望の光を与えてくれたのです。あなたはわたくしに、並外れた敬意を示してくださいました。その敬意によってわたくしを救いに導いていただけませんか」

「いかなる助言でも救いでも、お手伝いでも、わたしにできる最大限のことを必ずやさせていただきましょう」彼は熱を込めて言った。「とはいえ、最初にお聞かせいただきたいのは、なぜ世間でお仕事をされている方や法律家、あるいは聖職者といった方々に助言を求めなかったのですか。あなたはわたしやわたしと同種の者のところに群がる薄っぺらい女たちのような、おつむの軽い方ではございませんのに。あなたには常識も揺るぎない信条も、まっとうな本能も、性格としての潔癖さもおありです。なぜ誰もが認める、定評ある、立派な人文科学分野の助言者方のもとにお行きにならなかったのです。お差し支えなければお聞かせください」

「夢のせいです」夫人はためらいがちに答えた。

「夢ですと！」彼は思わず声をあげた。「夢があなたをわたしのところに送り届けたのですか。どんな夢なのでしょう」

「わたくしは、自分にはなんの希望もあり得ないと感じるようになっておりました」と夫人が言った。「ですが、ひと月ほど前、わたくしは夢を見まして、そのなかでこう言われたのです。『リネン室の七つ目の引き出しのなかにある七番目の新聞の七番目の列にある七個目の広告が、おまえを苦境から逃れさせ、望むものを勝ち得るすべを示すであろう』と。わたくしのところのリネン室に新聞などあろうはずもなく、それがかえって行って見てみたい気持ちにさせられました。召使いたちも、わたくしがリネン室などには決して行かないと承知しておりましたので、家政婦が出かけて女召使いたちがリネン室のある階にひとりもいなくなるまで待たなければなりませんでした。思ったとおり、七つ目の引き出しのなかに七部の古い新聞があり、いちばん下の新聞の七ページ目の、七列目の七番目の広告があなたのものだったのです」

「その夢のせいでわたしのところへいらしたと」

「そうです――それから――」夫人は言い淀んだ。

「ああ」と彼が口を挟んだ。「なぜおいでになったのかはそれほど重要ではございません。わたしが確かめておきたいのは、次の点です。単なる偶然でお感じになったとおりに行動なさり、それゆえにこちらにいらっしゃることになったとして、それでもあなたはいま、冷静によく考えて振り返ってみた上で、わたしに相談しようと思っておられるのでしょうか。いまのところはわたしから助言を受けて、のちほど世の本職の、きちんとした資格のある、知恵を分かち与えてくれる方のところへ行ってはいかがでしょう」

「わたくしはあなたにご相談申し上げると決めてまいりました。気まぐれではなく、揺るぎのない決意なのです」

「では奥さま」千里眼師の物腰ががらりと変わりつつあった。「あなたの問題の全貌を、いかなる隠し立てもせずにお話しいただかねばなりません。あなたをお助けするとあらば、あなたの抱えていらっしゃる問題を完全に把握せねばなりません、医者が病気の徴候を把握せねばならないのと同じです。どんな問題なのか、率直にお話しください」

夫人は手袋をはめた両手でヴェールをぐいと引っ張り始めた。

「あの」夫人は喘ぐように言った。「唇を湿らせたいのですが。お水をひと口いただけませんか」

足の不自由さにもかかわらず、彼は意外なほど敏捷で、体をよじって立ち上がり、奥の扉を勢いよく開けると、ほとんど間を置かずに足を引きずりながら、小さな銀の盆にグラスと銀の水差しを載せて戻ってきた。

夫人はヴェールと片方の手袋を外した。気持ちを落ち着かせるには、ひと口では足りなかった。人心地がついてみると、彼がもの問いたげな表情を満面に浮かべて夫人の顔を見つめていたが、問いを発することはなかった。

「おわかりにならないでしょう」と夫人。「お話しするのがどれほど辛いか」

「これで三度目ですが、奥さま。わたしに相談なさるのはおやめになって、ほかへお運びになることをおすすめします」

「わたくしを助けるのがお嫌ですの」夫人は抑えた口調で訊いた。

「お望みとあらば喜んで」と彼。「ですが気が引けます、自分の子どもに処方を書こうとしている医者のような気分です。夢がきっかけで持ち込まれた相談はわたしにとっても初めてで、個人的な先入観が災いしてわたしの洞察力が鈍ったり、判断力に偏りが生じたりしないか心配です。それからもうひとつ、あなたに申し上げるべきことがございます。あなたがご結婚される前に、あるひとりの男性が、あなたにたいそう恋い焦がれて、救いを求めてわたしのところにいらっしゃいました。その男性はほかの情報とともにあなたの生まれた日と時間を、ご本人のものとあわせてわたしに教えてくださいまして、自分に成功する見込みはあるのか占星図で占って教えてほしいとおっしゃいました。当時もいまも占星術は信じておりませんが、ずっと以前に単なる興味で自分の占星図を描いたことがございました。あなたの占星図を描いて驚きました、あなたの運命とわたしの運命とのつながりがはっきりと示されたからです。このバビロニア人のくだらないお遊びを信じる気はございませんでしたが、不思議なめぐりあわせには胸を打たれました。おそらくわたしはいまもまだそのことに影響を受けております。そうした影響下にあって、さらにあなたに対するわたしの気持ちによる影響もあるとなれば、わたしの力も弱まるやもしれません。改めてほかを当たってくださるようお願い申し上げます」

「ますますあなたに、あなただけにご相談すると心が決まりました」

彼はもうなにも言わずに頭を下げ、黙ったまま夫人がその先を続けるのを待った。

悲しげな目でじっと彼を見つめる夫人の顔は、青ざめていた。

「主人はわたしを愛していないのです」

「愛していない？」ヴァーガスが驚きの声をあげた。「本気でそうおっしゃるのですか、何百という人から愛され、たいそう多くの人から恋い焦がれられ、崇拝され、求婚され、高嶺の花と知って気が触れた男性もひとりならず、多くの恋人たちから選ぶことのできる立場にあるあなたが、あなたを勝ち得たその男性から大事にされていないいないなど」

「そうなのです」夫人は息も絶え絶えに言った。「主人はわたしを大事にしてくれず、まったく愛してくれてもいないのです」

「ご主人さまはほかの方を愛しておいでになる?」

真っ青だった夫人の顔がほてり、喉元から髪の生え際までが薔薇色に染まった。

「ええ」夫人は認めた。

「どなたを」ヴァーガスが訊いた。

「最初の奥さまを」

ヴァーガスはふらふらと立ち上がった。「ご主人さまが以前にご結婚されていたことさえ存じませんでした」かぼそい声で言った。「まして離婚されていらしたなど」

「離婚はしておりません」と夫人。

「離婚しておられない」ヴァーガスの声が震えた。

「ええ、わたくしと結婚したとき、主人は男やもめでした」

ヴァーガスは後ろの椅子にへたり込んだ。

「わかりませんな」と彼。「ご主人さまは亡くなった女性を愛しておられるのですか」

「そうです」夫人がきっぱりと断言した。

「これではどうにも」千里眼師が言った。「この調子では、なかなかあなたをお救いするには至りません。

あなたが必要とお考えになる情報をご提供いただけませんか、部分や細切れではなく、全体像を。すべてをつなげて状況をご説明いただきたいのです。そもそもの始まりからお始めください」

「ますます難しゅうございます」夫人は考え込んだ。「わたくしはなにによらず、最終章から始めたいたちですので」

「ご婦人方の流儀ですな」と彼は評した。「あなたにはほとんどそうしたこだわりはございませんでしょう。存じております。ことの始まりから寄り道せずにお話しください」

夫人は記憶をたぐった。

「始まりは、わたくしが思い出せるより前のことです。デイヴィッドとわたくしは、口が利けるようになる前からの遊び友だちでした。少年と少女の時代、青年と若い娘の時代、いつでもお互いはお互いのもので、求婚こそされませんでしたが、いつも愛情が息づいていればこそ、その必要もなかったのだと思います。あの人がわたくしに結婚を申し込んだり、結婚を約束してくれたりしたことはございませんでしたし、結婚について話をしたことさえなかったと思います。ですが、ふたりのあいだにはできるだけ早く、一日も早く結婚すべきだという思いがはっきりとありました。あの人がわたくしに夢中であるようには見えなかっただけでした。わたくしにとってはあの人こそがすべてでした。それなのに、あの人はマリアン・コンウェイに会ったとたん、彼女と恋に落ちてしまったのです。わたくしが受けた心の傷について長々と申し上げても無駄ですわね。あの人はあっという間に彼女と結婚してしまい、わたくしは浮ついたうつろな日々にみずからを委ねて、それゆえに当代随一の美女と呼ばれるようになり、多くの方が求婚してくださいましたけれど、わたくしが幾らかでもお慕いできる方はひとりもいらっしゃらず、そうした日々は少しの満足も与えてはくれませんでした。その後、ご夫妻はお子さん方を両方亡くし、その後マリアンが亡くなりました。デイヴィッドは見るも無残に参ってしまっていました。あの人の奥さまへの愛の深さは想像もつかないほど深く、悲しむ様子はこの上なく痛ましいものでした。あの人は奥さまの棺が閉じられたあとも、何度も何度も開けさせました。あまつさえ墓穴から棺を引き上げさせて、蓋を開けてもう一度奥さまの顔を見るほどでした。奥さまの死から埋葬までずっと、あの人はその屍をなによりも大切に愛おしみ、一種異様な行動にも出ました。噂の出所がルウェリン家の従者だったのかどうかは存じませんが、いずれにしても使用人たちのなかから出てきた話です。マリアンが埋葬される前の晩、ディヴィッドは彼女を棺のなかに寝かせ、彼女のものとそっくりのふたつめの棺を、彼女の棺の横に置きました。デイヴィッドは一晩中、その部屋に鍵をかけて残りました。使用人たちは、彼がもうひとつの棺に横たわっていたのだと考えました。ともかくも朝にはそのもうひとつの棺も閉じられていて、あの人が開けることを許しませんでした。あの人がなかになにを納めたのかは誰も知りません。マリアンの棺と同じくらい重かったそうです。二台の葬式馬車が前後に連なって、ふたつの棺を墓地まで運びました。彼女のお墓は暮石の下にはなく――あなた、このお墓をご覧になったことがありまして」

「いえ」と彼。「お写真だけでしか」

「彼女はいまも墓石の下には埋められておりませんし、ふたつめの棺は彼女の棺の上に置かれたのです」

そこまで言って夫人は話すのをやめた。

「先をお続けください」

「あの」と夫人は声をうわずらせた。「続けるのは辛《つろ》うございます。ですが本当なのです。デイヴィッドが自由になると同時に、わたくしには人生の目標ができた気がいたしました。わたくしはあの人のあとについて回りました、それこそ世界中追いかけまわしたと言ってもよいでしょう、そしてあの人と会って気持ちを伝え、そして奇妙なことのようですが、わたくしから結婚を申し込みました。そして――」と夫人は躊躇したのち、言った。「二度、断られたのです」

「あなたと結婚したくないと」ヴァーガスがとても信じられないという様子で訊いた。

「あの人は断りました。カイロで最初は断られました。あの人によれば、もう誰もこれ以上愛せない、自分の愛情と自分自身はマリアンの墓に葬り去られたのだ、ということでした。二度目は香港でした。これまでもずっとわたくしのことを好きだったし、いまもそうだけれども、その気持ちはマリアンに対する激しい愛とは比べものにならないと、自分はもう結婚する気はない、とりわけわたくしとは結婚する気がないと言われました。それはわたくしのことを思えばこそで、自分と一緒になってもわたくしが満足したり幸せを感じたりすることはなく、わたくしの頭のなかにいるのはかつての自分であり、その少年は妻の墓に埋められてしまっていて、いまの自分は生ける屍、かつての自分の亡霊であり、寿命が尽きてふたたびマリアンと相まみえるまで、割り当てられた時間をさまようよう運命づけられた魂なのだから、と。

三度目はパリでした。あの人が言うには、なにごとにも、愛にも憎しみにも、死にも生にも、もう関心がないとのことでした。そして、わたしと結婚するかしないかもどうでもよいのだと。わたくしがそれほどにまで結婚したいのなら、自分はわたくしを喜ばせるために結婚すると。わたくしはこう申しました、わたくしがこれまでずっと望んでおりましたのは、あの人と一緒にいることで、わたくしがいまいちばん望んでいるのは、死がふたりを分かつまで、できるだけ長いあいだ、一緒に人生を過ごすことなのだと。あの人は、それがわたくしの望みなら叶わなくもないが、自分はかつての自分の影であり、わたくしは間違いなく不幸になると、そう申しました。そしていま、わたくしは不幸です。あの人は本来寛大で、穏やかで、優しくて、思いやり深い人ですが、いまではなにを気にかけるでもありません。わたくしは、言うまでもないことですが、あの人のマリアンを失った悲しみが和らぎ、だんだんと癒えて消えてしまいますようにと、彼女の死を嘆くことがなくなっていきますようにと、あの人の人生への興味がふたたび目覚めて、わたくしがあの人の愛情を勝ち得、ふたりで幸せになれますようにと、そう望んでおりました。ですが、いまのわたくしはそうではありません。あの人はわたくしにも、あらゆるものに対してもまったく関心がなく、そのことがわたくしの心を蝕んでおります。どうにかしなければなりません。わたくしはおかしくなってしまいます」

「それで全部ですか」ヴァーガスが訊いた。

「十分ですわ」夫人はきっぱりと言った。「十分すぎるくらいです。大したことではないとお思いですか」

「決してそんなことは」と彼が言った。「よくわかりました、ご希望が叶わずがっかりなさっておいでで、ご主人さまが以前の人となりを取り戻せるようにと取り組まれたことがうまくいかず、悔しい思いをされ、ご主人さまの無気力ぶりに心を痛めていらっしゃるのですね。ですが、あなたのお話しぶりでは、ご主人さまに対するお腹立ちはないようです」

「ございません、そんなもの」夫人は言い切った。「主人に対して腹を立てる気持ちなど、微塵も。わたくしの腹立ちは主人のため、また同じくらいわたくしのためであり、その矛先は——この世のありようです」

ヴァーガスはつかのま夫人を見つめた。

「ご自身のお考えはおっしゃらないのですね」夫人が話を中断した。

「どう申し上げればよいかと考えているのです。とはいえ、どう申し上げたところで、間違いなくあなたのお気に障ることになりましょう」

「そんなことはございません」夫人が言った。「早くおっしゃってください」

「わたしが嘘偽りなく助言させていただくとすれば、率直にお話し申し上げることになりますが、それをおわかりいただかねばなりません」

「もちろんわかっております」

「わたしがなにを申し上げざるを得なくとも、お許しくださいますか」彼はしつこく確認した。

「許しますとも、ただし、遠回しな物言いはお控えいただきます」夫人は語気強く言った。

「では」彼はおもむろに口を開いた。「わたしの受けた印象では、あなたがわたしのところにいらしたこと、あなたの心理状態、あなたの問題は、いま話して聞かせてくださったところによれば、すべてが女性であるがゆえのことで、あなたはそうした女性特有のあり方から完全に自由にならなければいけません。今回のことがなければ、わたしはあなたがそうした女性性を超越しておいでだと思っておりましたでしょう。あなたは一見、そしてわたしもずっとそう思ってまいりましたが、そうした昔ながらの女性のあり方から、すっかり自由であるようにお見受けするのです。ここに問題が生じます。普通の男性は、普通の女性には相互契約という概念の持ち合わせがないことに気づきます。なかには例外的な方もいらっしゃるでしょうが、女性は決まって契約の相手側から目を背けてしまわれ、ご自分のほうしか見ようとなさいません。今回、あなたも同じ欠点をお示しなのです。ご主人のルウェリン氏は現実に即してあなたに契約内容を提案されました。ご主人側はあなたと結婚するということ、あなたの側は、ご主人があなたやほかのすべてにまったく関心がなくても我慢すること、いまあるがままのご主人の、現実の配偶者ぶりに満足することです。ご主人はこれまでも現在も、ご契約上のご自身の役割を果たしておられ、あなたはご自身の役割から逃げようとなさっておられる」

「思いますのに」と夫人はきつい口調で言った。「あなたは我慢ならないほど残酷でいらっしゃるのね」

「昔ながらの女性のあり方ですな、それも」彼が言い返した。「しかもいっそうたちがお悪い。お気に障ることになると申し上げましたよ」

「確かに気に障りましたわ。あなたのことは信頼しておりますけれど、お小言を言われたり、お説教されたりするためにここに参ったのではございません。あら探しをしてほしいのではなく、助言がほしいのです。わたくしの短所など、それが実際のものであろうと想像上のものであろうと、教えてくださらなくてもよいのです、わたくしの抱えている問題とわたくしの求めていることについて考えていただき、わたくしがなにをすればよいのかを教えてくだされればよいのです」

「わかりきったことです」彼はきっぱりと言った。「あなたにとって当然のつとめをなされればよろしいのです。ご主人さまとのご契約で決められているお役目を果たしてください。ご主人さまが忠告されたとおり、そこにご主人さまの思いはありませんが、そのせいであなたが苦しんでいることを悟られてはなりません。あなたはご主人さまとの人生をできるかぎり楽しんでください。ご主人さまのなかに変化が生じることを期待して、とはいえ無理強いするようなことはせず、仮に変化がないとしてもそれを受け入れてください」

「わたくしが耐えるべきなのはわかっています」夫人は涙声で言った。「ですが、もう無理なのです、どうにかしないといけません。行動を起こさなくては。どうしても」

「あなたはわたしに助言をお求めになった」と彼。「助言はいま申し上げたとおりです」

「それがわたくしにとってなんの役に立ちますかしら」夫人は不服を唱えた。「わたくしは助けを求め、あなたは月並みな戒めをだらだらと語って聞かせて、まるでひどく不愉快で古臭くて押しつけがましい牧師さまのようですわ。わたくしにご提供いただける助けはこれですべてですの」

「すべてでございます」ヴァーガスはいかにも申し訳なさそうに答えた。「ほかにわたしが存じていることがあれば、申し上げていたはずです」

「あなたの石板にご相談させてはいただけませんの、先にわたくしが申し上げたように」夫人が提案した。

「これまたなんということを！」彼は声をあげた。「あれはすべていかさまなのだと申し上げましたでしょう」

「今度ばかりは正真正銘の実力が発揮されるかもしれません」夫人は食い下がった。人は実際には神がかり状態にならないんですの？　多くの方々は、石板や占い板《プランシェット》やウイジャ盤（西洋の占い・降霊術用文字盤）で出した答えを信じていらっしゃらないのですか」

「人は神がかりにもなるでしょうし、答えを信じてもいるのでしょう」ヴァーガスは認めた。「しかし、わたしは実際に神がかり状態になったことがございませんし、そういう方を見たこともなければ、そういう知り合いもおりません。そして、わたしの知るかぎりでは、石版にしろほかのしかけにしろ、なにか答えをくれたとか、なにかを書いたとか、そういったことはございませんでした、わたしやほかのペテン師が、しかけを使って書かせたり答えさせたりすれば別ですが」

「とはいえ、わたくしのために一度だけでもお試しいただけないものでしょうか」夫人はすがるように言った。

「一体またどうして」彼は険しい口調で言った。「あなたという方は、一見正気で分別がおありのように見えて、この猿芝居にそこまで執着なさるのか」

「もうひとつの夢のせいです」夫人はためらいがちに言った。

「もうひとつの夢！」彼は驚きに声をあげた。「また別の夢をご覧になったと」

「そうです。わたくしが申し上げようとしていたのに、あなたがさえぎったのですわ。広告の夢は、わたくしを納得させるには至りませんでした。しょせんは偶然なのだろうと思いました。ひと月以上も前のことでしたし、わたくしも失念しておりました。ですが一昨夜夢を見まして、こう言われたのです、『石板の上の言葉は真実である』と。昨日は一日中、昨夜は一晩中、この言葉と格闘いたしました。きょう、わたしは諦めてここへ参りました。あなたの石板にわたくしのことを相談していただきたいのです」

「奥さま、とんでもないことでございます。あなたに真実をお見せすることなどできません。わたしのこの生業に、超常現象などなにひとつないのです。パンチとジュディの人形劇のごとくに単純なものなのです。人形自体はなにもせず、人形使いによって動かされているだけで、わたしの石板や神がかりもそれと変わりません」

「ですが、驚きが待っているかもしれません」夫人は言いつのった。「一度は実現するかもしれません。わたくしのために試していただけませんか」

「わたしが存じておりますのは」彼は思いをめぐらせた。「自己催眠というものがあるということです。あなたを満足させるために、わたしが自分自身を本当の神がかり状態にできるか試してみるのもよろしいでしょう。とはいえ、それがあなたの救いになることはございませんよ、単なる自然の眠りなのです、眠りへの誘導が人為的なだけです。わたしが眠りのなかでなにかを口走ったとしても、その言葉に意味などございませんでしょうし、石板の上に文字が書かれることもないでしょう、わたしが書こうとして書かないかぎりは」

「試してくださるだけでよいのです」夫人は懇願した。「わたくしのために、わたくしをなだめるために。なにも起こらなければ、そのときはこれまであなたがおっしゃっていらしたことを信じます」

「石板にはなにも出てまいりませんよ」彼は念を押した。「ですが、わたしが断片的な言葉をもごもごとつぶやきでもしたらどうなりますか。あなたはその偶然発せられた言葉を啓示だとお取りになるのではありませんか。その言葉があなたの頭から離れなくなってしまうかもしれませんし、あなたの判断力を歪めて、あなたに大きな害をもたらすかもしれません。馬鹿げた危険を冒そうとしているように思うのです。どうか神がかりだの石板だのといった考えはお捨てください、お願いでございます」

「わたくしからもお願いいたします、試してごらんになって。わたくしのためになんでもしてくださるとおっしゃいましたわ。これがわたくしの望みで、ほかにはなにもございません」

彼は頭を振り、その表情はうちしおれて困惑し、戸惑い、さらには不安げでさえあった。

「どうしてもと――」彼はためらいがちに言葉を継いだ。

「どうしてもです」

「あなたのお望みは」と彼が訊いた。「わたしがいつも、まがいものの神がかりと偽りの霊からの返事とでやらせていただいているとおりでよろしいのですね」

「そのとおりです」夫人は断言した。

彼はあるキャビネットの下の引き出しを開け、蝶番で閉じられた二つ折の石板を取り出した。子どもが学校で使う石板によく似たつくりだが、縁が木ではなく銀で、小さな玉が並んだように仕上げてあり、縁の平らな部分には、五芒星形を円内に納めたもの、卍《まんじ》、五芒星形そのものが刻まれ、丸に五芒星、右卍、五芒星、左卍、その他のシンボルがぐるりとあしらわれていた。先の引き出しには未使用の石板用の石筆がひと箱入っていた。その箱を彼は取り出して夫人に渡し、一本選ぶように言った。彼の指示で夫人は短い破片をひとつ折り取り、それを二枚の石板のあいだに挟んだ。石板のどの面にも、なにも書かれてはいなかった。

「椅子にお座りください」彼が指示を出した。「石板を膝の上でお持ちください。両手でしっかりと。まずは、もう片方の手袋をお外しください」

夫人が言われたとおりにすると、彼は夫人の向かいの肘掛け椅子におさまり、銀のペーパーナイフを卓から手に取って、切っ先を上に向けて持ち、その頂点をじっと見つめた。

「あなたは動くこともしゃべることもできません、わたしがいいと申し上げるまで」彼が夫人に命令した。

そうしてふたりは腰を落ち着け、夫人は石筆をあいだに挟んで閉じたままの石板を膝に抱え、指でしっかりと開かぬように押さえていた。彼は三日月形のペーパーナイフの先を一心に見つめていた。夫人は玄関広間にある背の高い時計の、ゆっくりともったいぶった針の音や、食料品室や家の奥のどこかで作業をしているかすかな物音が、閉じた窓を通じてかろうじて聞こえてくることに気づいた。夫人は、彼が体をこわばらせ、目をくるりと上に向けたりなんだりと、いかにもそれらしい動きを見せるものと思っていた。その手のことはなにも起きなかった。長いこと、実に長いこと、夫人はペーパーナイフの鋭い切っ先をひたと見つめ続ける千里眼師を見守っていた。それからペーパーナイフが揺らぐのを、彼が両目を閉じるのを、そして頭を肘掛け椅子の背にもたれさせて、ごくわずかに横に動かし、首の筋肉が緩んだのを目にした。彼の両手が開き、ナイフが落ちて片方の膝頭に当たり、本人は見たところすやすやと眠っているようだった。やがて彼の一定で規則正しい息遣いが、外の時計の針の音よりもはっきりと聞こえてきた。

不意に、ルウェリン夫人は自分のやっていることを馬鹿馬鹿しく感じた。ここで自分は子どもじみたおもちゃを抱えて、おかしな男とまったくのふたりっきりで対峙し、しかもその男はどうやら昼寝が必要だったとみえて惰眠を貪っている。夫人は声をあげて笑い出したい衝動に駆られ、いまにも立ち上がって、重荷から解放された心持ちで千里眼師の屋敷を去ろうとした。

その刹那、夫人はしっかりと閉じた石板のあいだに動くものを感じた。石板は膝の上に平らに置かれ、動かないよう固定されている。自分が振動させたり傾けたりしたわけではなかったのに、石筆が動くのを感じた。石筆の動きを感じ、動く音も聞こえた。腹立ちまぎれに自分を卑下しよう、苛立ちのなかに自分をあざ笑おうという気持ちは、恐怖の波に飲まれて瞬時に消え失せた。激しい狼狽による身の震えを、課せられたおぞましい任務を放り出して叫び声をあげて走り去りたい衝動を、夫人は抑え込んだ。体がこわばり、震え、息があがり、心臓が肋骨を強く打つなか、夫人は椅子に座ったまま、指で石板をつかみ、また動き出すやもしれぬと耳を澄ませた。来た。最初はかすかに感触があり音が聞こえ、その後はっきりとした感触や音がした。ゆっくりと、ひどくゆっくりと、静寂を幾度かあいだに挟みながら、石筆のかけらは這いまわり、こつこつと、また引っかくような音を立てた。その音を聞いているあいだ、まして音を聞こうと耳を澄ませているあいだ、あまりにも凄まじい緊張を強いられたので、このまま心を緩められずにいたら気絶するか悲鳴をあげるかしてしまうだろうと夫人は思った。引き続き延々と、いつ果てるともない、堪え難いほど長いあいだ耳を澄ませ、玄関広間の時計の音と、部屋のなかのヴァーガスの呼吸以外なにも聞こえずにいると、いまにも自分が気絶し、叫び声をあげてしまいそうな気がするのだった。

とそのとき、千里眼師が苦しげな声を発し、眠りのなかで悪夢を見ている者の、弱々しい泣き声にも似たうめき声とも、うめくような泣き声ともつかぬ声をあげ始めた。彼の足先が動き、損なわれていないほうの足が硬直し、両手が拳をつくり、頭が左右に揺れ、身をよじり、そうした動きはうめき声が相次いで発せられるごとにますます極端なものとなっていき、一方物音はいっそう弱まって痛々しさが増すのだった。

今度こそルウェリン夫人は悲鳴をあげた。

途端にヴァーガスがどうにかこうにか座る姿勢を立て直し、顔を歪め、両目を見張って夫人をじっと見た。

「なにか言いましたか、わたしはなにか言いましたか」彼はあえぎながら言った。

ルウェリン夫人は口も利けない有様だったが、首を横に振った。

「本当の神がかり状態になりました」彼がうわ言のように言った。

夫人は石板をつかんだまま、じっと見つめることしかできなかった。

「おぞましい夢を見ました」ヴァーガスが荒い息で言った。「その石板に言葉が書かれているという夢を見たのですが、その言葉がなんだったのか、記憶がないのです」

「石板に言葉が書かれている」夫人はようようつぶやいた。「わたくし、石筆が文字を書く音を耳にしました」

ヴァーガスは座っていた椅子の背につかまりながら、なんとか立ち上がった。無意識のうちに石板を強くつかんでいた夫人の指から、そっと石板を解放し、卓の上に置いた。並んだキャビネットのうちのひとつを開け、デカンタとふたつのグラスを取り出すと、グラスを半分だけ満たしたものを、夫人の痺れてしまった両手のなかに置いた。

「お飲みなさい」彼はそう指示しながら、自分は満杯のグラスを飲み干した。

半ば朦朧としながら夫人はその言葉に従った。その顔が怒りに赤く染まり、グラスは下に置かれる際に割れてしまった。

「ブランデーではありませんか！」夫人は憤然として言った。

「あなたに必要だからです」彼はきっぱりと言った。「それであなたもしゃきっとなさるでしょうが、実感はないでしょう。心を落ち着けて、ご一緒に石板を見てみましょう」

夫人は千里眼師の横に立ち、彼は石板を開いた。両方の板に文字が書きつけてあり、片方は楽に読み取れるが、もう片方は鏡文字になっていた。

「まあ」夫人はどさりと椅子に座り込んだ。彼は小さな椅子を持ってきて、夫人の椅子の脇に据えると自分もそこに腰を下ろし、開いた石板を両手に載せて、ふたりの前に差し出した。石筆の先で書かれた細い線の、判読可能なはっきりした文字が、石板の片側にあった。もう片側は鏡文字で、筆跡が荒く、石筆の折り取られたほうの端ではっきりと書かれていて、一箇所だけわずかにかすれていた。書かれている文字はどれも、同じ個人の手書き文字だった。

「これはわたしの筆跡とは違います」ヴァーガスが言った。

「主人のですわ」夫人がうめくように言った。

石板にはこう書かれていた。

「かの棺に葬られし者命あり。掘り出《いだ》さば果てむ」

ヴァーガスが先とは別のキャビネットを開けた。扉の内側は鏡になっていた。鏡の前で彼は石板を掲げた。

石板のもう片側にも、太い筆跡で同じ言葉が書かれていることがわかった。

「どういう意味ですの」夫人は説明を求めた。「ああ、どういう意味なの」

「意味などありません」ヴァーガスが乱暴に言い捨てた。

「よくもそんな」夫人が不満をあらわにした。「意味があるに決まっています。なにかを意味しているのです。わたくしにはそう思えます」

「そこが問題なのです」と彼。「それこそわたしが先に心配し、ご注意申し上げたところです。そこに書かれた言葉に必然性はありません。言葉に意味はなく、あなたかわたし、あるいはふたりともが、かなり感情的に張りつめているというだけのこと。ですがそれがご自身で納得できない、あるいは他人を介しても納得できないのなら、あなたは自分を見失っておいでです。この言葉になにか意味があると思われるのなら、あなたにとっては確かにそういう意味であるということで、それがあなたのおためにならないのです。その言葉に盲従してはなりません」

「それはつまり、わたくしを説得するためにこうおっしゃりたいんですの、それらの言葉が二回も書かれ、同じ筆跡、しかもわたくしの夫のものに違いない筆跡で、わたくし自身が抱えていた石板の上に記されたというのに、偶然そこに現れたのだと」

「偶然ではございません」彼は反論した。「思いもよらない力が働いたせいです、あなたの高揚感かわたしのか、はたまたふたりのそれによって生じた力で。ですがそれは無目的に働く力で、意味はないのです、夢のなかで聞く声のように」

「意味がないなどと言われて信じられますか」夫人は詰問口調になった。「まさしく夢のなかの声がわたくしを例の広告へ、そしてあなたへとたどり着かせ、石板から答えを、真の答えを受け取れるとそう告げたのですよ」

「奥さま」彼が言い聞かせるように言った。「一連の不思議なめぐり合わせには驚くほかございませんが、それこそ一連の不思議なめぐり合わせに過ぎないのです。どうかその点に拘泥なさいませんよう」

「では、わたくしを助けてはくださらないのですね」夫人は涙声で言った。「この言葉の意味もお教えくださらないと――」

「申し上げたはずです、石板上の言葉がどこからくるとわたしが考えているのかを」と彼。「申し上げたはずです、わたしがその言葉をなんら重視しておりませんことを」

「まあ」夫人はうめき声をあげた。「わたくし、お暇いたしませんと」

「馬車が扉の前におります」と彼。

「わたくしの馬車が！」夫人が声高に言った。「どうやってこちらへ」

「あなたの馬車ではございません」彼が説明した。「あなたのために呼びました。電話で」

「いっときたりともわたくしをひとりになさいませんでしたのに」夫人は信じられないという表情で言った。

「あなたに水をお持ちしたときに、召使いに指示したのです、電話で馬車を呼び、待ってもらうようにと。それがそこに来ております」

「それはありがとう存じます」と夫人。「ときに、お支払いは？　料金はお幾らですの」

ヴァーガスは顔から首までを濃い茶色がかった赤に染めあげた。

「ルウェリン夫人」彼は威厳たっぷりに言った。「お人好しなカモのお客さまからは、わたしが大がかりな嘘をお見せすることに対してお支払いいただきます。ですが、きょう、わたしがあなたのためにしたことについて払っていただいてもよいお金など、この世に一銭足りともございませんでしょうし、金銭報酬と交換に、同じことをほかの方にして差し上げることもできないかと存じます。あなたのためであればこそ、わたしもなんでもして差し上げられるのでしょう。とはいえ、今回のことは報酬を得るためにしたわけではございませんし、今後、もしわたしがなにかさせていただくとすれば、それはなんであれあなたのためだけ、つまりはわたし自身の力でご奉仕させていただく方のためだけでございます」

「お話の途中失礼いたしますけれど」と夫人。「馬車はどちらでしょう。ここにいると気が遠くなりそう」


数週間後、同じ部屋で、かの千里眼師と件の婦人がふたたび顔を合わせていた。

「もう二度とお目にかからぬようにと願っておりましたのに」と千里眼師が言った。

「あんなことが起こったあとで、どうにかしたいという気持ちからわたくしが逃れられるとでもお思いですか」

「逃れてくださるだろうと信じるよう努めました」

「あのときの影響を振り払うことがもうおできになりましたの」

「完全にというわけでは」彼が正直に言った。「ですが、数々の偶然が起きたときは夢うつつの状態でしたから、わたしの精神への影響は次第に消えるでしょう、やけどの痛みのようなものです。人が過去の揉め事に関する憤怒を忘れてしまうように、わたしも心が混乱したことを忘れてしまうはずです。はっきりと理解できるものも、明確な重要性も、あのときの出来事にはまったくございませんでした」

「あの石板上の言葉にもなかったとおっしゃるんですの！」夫人が声を荒げた。

「ええ、もちろんです」千里眼師が言い切った。

「いいえ、ございましたわ」夫人が反論した。

「奥さま」彼は真顔で言った。「あのとき偶然に現れた言葉が本物の筋の通った言葉だとお考えなら、その言葉に意味を与えているのはあなたご自身ですし、あなたの想像力は、ご自身のこしらえごとに夢中になってしまったあなたの心にかかりきりになっているのです」

「わたくしの想像力やわたくしの心は、あの言葉の真意についてのわたくしの洞察力とはなんの関係もございません」夫人は穏やかに言った。「わたくしの心は救いを求めて泣き叫んでおりますし、わたくしの頭は暇さえあればあなたが一連の不思議なめぐり合わせと、偶然に並んだ意味のない言葉とおっしゃることについて考えをめぐらせてまいりました。わたくしには辻褄の合わない点など見つかりませんし、むしろ説得力のある筋の通った点ばかりが見つかるのです、あなたが占星図を読み取るところから始まって、わたくしがふたつの夢を見た話、さらにはあなたが石板から引き出してくださった、あの重要な指示に至るまで」

「奥さま」千里眼師は悲鳴のような声をあげた。「痛ましいことです。申し上げたはずです、ああした猿芝居があなたに与える影響がひどく心配だと。その猿芝居を無理強いしたのはあなたです。断固お断りする勇気を持つべきでした。わたしはあなたの願いに屈してしまいました。いまやわたしの臆病な態度があなたを破滅に追いやろうとしています」

「あのときの神がかりは本物でしたの」夫人が訊いた。

「一切が本物です。本物すぎるほどに」

「文字が石板に現れたのではなかったのですか、あなたやわたしの意思とは関係なしに」

「現れました」彼は認めた。

「どうして石板に文字が現れたのか、ご説明いただけませんか」夫人は気が高ぶっているようだ。

「ああ、それはできません」千里眼師は正直にそう言うと、首を横に振った。

「わたくしを非難するなんてまずできませんことよ、あの言葉をわたくし宛の言葉として受け取ったからといって」夫人は昂然と言い切った。

「あなたを非難などいたしません。非難されるべきはこのわたしです」

「わたくしはむしろ、よくやってくださったと感謝しておりますわ」夫人は思わず千里眼師に微笑みかけそうになった。「希望をくださいましたもの。あの言葉についてよくよく考えをめぐらせた結果、確信を得ましたの、意味を理解したと」

「それこそ考えられるかぎり最悪の精神状態です、そこまで行ってしまわれたとは」千里眼師はうめくように言った。「どうにかして、あなたに真実を悟っていただくことはできませんか。あなたが考えているとおりでないことがわかるはずです」

「わたくしが考えているのではありません。わたくしは知っているのです。わたくしは確信していて、その確信に沿って行動してみるつもりです」

「困ったことになった」千里眼師はつぶやいた。そこで気持ちを立て替え、椅子に座っている体勢を変えて、尋ねた。「では、あなたの確信とはどのようなものですか。なにをなさるおつもりです」

「わたくしの確信とは、デイヴィッドのマリアンへの愛が、なんらかの方法で、主人が例の棺のなかに入れたものと固く結びついているのだということです。わたくし、この棺を掘り出そうと思いますの」

「奥さま、この件についてあなたがわたしに話をなさればなさるほど、事態が悪い方向に進みます。あなたは固定観念の虜になるという危険を冒していらっしゃる。まだその固定観念の影響下にないとしても危険です。歯向かうのです。振り切るのです」

「そんなことをおっしゃっても無駄ですわ。やってみるつもりです。絶対に」

「ご主人さまは同意されたのですか」ヴァーガスが訊いた。

「ええ」

「あなたが前の奥さまの墓をあばくことに同意されたと、そうおっしゃるのですか」

「同意してくれました」夫人はきっぱりと言った。

「ですが、ご主人は反対なさらなかったのですか」千里眼師が尋ねた。

「わたくしのすることは気に留めない、好きにしてよいと申しました」

「それがご主人のおっしゃったことのすべてですか」ヴァーガスは食い下がった。

「すべてではございません」夫人が認めた。「主人はわたくしに訊きました、わたくしがこの人生に望むことは、この世での時間をできるだけ長く主人と一緒に過ごしたいということ、状況が許すかぎり、また死神が許してくれるかぎり、ふたりで一緒にいたいということだと。そう言わなかったかと。もちろんわたくしはそう言ったと、一度ならず何度も繰り返しそう言ったと申しました。まだそう思っているのかと主人が尋ねますので、そうだと答えました。主人は、そうだとしても自分にとっては違いがない、自分はいかなる感情もかきたてられない、ただし、わたくしが本当にそういう人生を望むなら、墓のことは放っておきなさいと申しました」

「ご主人のご助言に従うべきです」ヴァーガスが語気強く言った。「素晴らしいご助言です。お墓は放っておくことです」

「わたくし、決めましたの」

「奥さま、わたしの話を聞いてはいただけませんか」

「もちろんうかがいます」夫人が答えた。「わたくしの目標に関するお話がおありなら。ですが、咎め立てやお叱りならお断りです」

「ルウェリン夫人」ヴァーガスは話し始めた。「前回お越しいただいた際に起こったことは、霊的存在についてわたしが考えていたことをすべて覆しました。わたしは少しも信じてはおりませんでした、占星術、予言、幽霊、幻、迷信といったものすべて、それから超自然現象は一般的なものも宗教的なものも、個々の逸話にせよ分野全体にせよ、それから来世があるという考え方も。最も唯物的な信念に則った、わたしの理知的な日々は、静かで落ち着いたものでしたし、わたしの魂のありようは、魂というものがあればの話ですが、なにものにも邪魔されず、例外があるとすれば、自分の生計の立て方に卑劣な不誠実さがあることを思って、滅多にないことながら、あっという間に消えてしまう疼きを覚えるくらいのものでした。ほんのたまに自分が嫌になりもしました。たいていの場合はカモのお客さま方を見下すだけで、普段はそれすらしませんでした。むしろわたしはそういう方々の子どもっぽさ、わたしどもに儲けをもたらす騙されやすさに、鷹揚として笑みを向けていただけでした。自分が絶えず利用しているいかさまの下、あるいは背後にある魔術《オカルト》めいたことを、これっぽっちも信じたことはありません。わたしが例に挙げたあなたとわたしの占星図の件も、ただの偶然です。わたしの感情に訴えるものはあったかもしれませんが、理性や精神、知性には全く影響を与えませんでした。いま、わたしの頭脳は混乱し、わたしの理性は戸惑っております。あの石板に書かれた言葉で、わたしは得体の知れないものと向き合うことになりました、超常現象でないとしても、ともかくも超自然現象とは言えるでしょう。こんなことは普通は経験いたしません、世界を動かす力がごく普通に作用するなかでは。まだ理解されていない、必ずしも解釈ができないわけではないけれど説明されていないなにかが影響しているのです。尋常ではありません。わたしはそういうのは嫌いです。いまのところ、その影響に屈してはおりません。押し流されもいたしません。この件についてくよくよ考えたら、わたしの理性が安定を失するのはわかっています。くよくよ考えるつもりはなく、この件から距離を置き、この件を無視し、忘れてしまうつもりですし、あなたにも同じようにすることをご忠告申し上げます」

「あなたのご忠告は」と夫人。「前置きがくどいですわね、ですがまったくもって受け入れられません」

「さらに申し上げたいことがございます」千里眼師は先を続けた。「心が混乱している状態は、行動を起す土台としても適切ではありません。古い立派な諺にも『疑いがあるならなにもするな』とございます。この言葉とご主人のご助言をお受け入れなさい。なにもしないことです」

「ですが、わたくしは疑ってなどおりません」夫人は抵抗した。「わたくしは確信しています、わたくしがこちらに参る運命であったこと、あの石板上の言葉がわたくし宛であること、なにを意味しているのかをわたくしが理解していることを。それに従って行動すると決めたのです」

千里眼師は処置なしという風情で首を横に振ったが、それでも言葉を続けた。

「それでもまだ、別の点について申し上げたいことがございます。今回のことすべてから手を引くよう助言申し上げます。そうすべきですし、そうできるはずです。あなたにはご自身の財産と、あなたの自由になるご主人さまの財がございます。あなたがお持ちの素晴らしい蒸気ヨットが、あなたのお気が向かれるのを海の上でお待ちしています。いろいろと旅もされたでしょうが、地球上にはまだまだ魅力的な、いらしたことのない場所がございます。ご主人さまとあなたはご結婚以来、旅をなさったことが実質的には一度もございませんね。まずは超自然な力に頼らない方法で、ご主人様の気力が回復されることを望まれるべきかと。旅は最も効き目のある処方箋です。お試しなさい。なぜならご主人さまは、従者とふたりきりであちこち行かれた二年間では、喪失感とお悲しみによる落ち込みから立ち直らなかったのです。そしていまもご主人さまは気力を取り戻しておられない、最初の奥さまのお墓の近くで、思い出が詰まったお屋敷で、あなたと二年間の結婚生活を経てもです。ですから、何か月間か、あるいは何年間か、あなたとご一緒に見たこともない美しい風景のなかで過ごし、古い軛《くびき》を思い出させるものから遠く離れれば、ご主人さまが快活さを取り戻せると、そう希望をお持ちになってもよいのではございませんか」

「そんなことをしても希望は持てません」夫人はうんざりした様子で言った。「わたくしがかつて愛した男性とそっくりな人、というだけの連れ合いと、ここで暮らしていくのが耐え難いというときに、その魂のない生き写しが目覚めてわたくしを愛するようになることを期待しながら、世界中を引っ張りまわすなど。潮風や南十字星の光が奇跡を起こしてくれるのを心待ちにしろとおっしゃるの」

「ルウェリン夫人」ヴァーガスが言った。「失礼ながら、控えめにではございますが、ご主人さまがあなたをどう過していらっしゃるのかについて、質問させていただいてまいりました。そこでわかりましたのは、全体的な印象としましては、ご主人さまはたいへん奥さまに甘い、いまだ恋をしている最中のようなお連れ合いであるということです。ご自身のご用事で必要なごく最小限の時間を除けば、ご主人さまはすべての時間をあなたと過ごしていらっしゃる。ご親友、少年時代のお仲間、生涯のご友人といった方々と会話をするでもなく、おしゃべりもせず、そういった方々に話しかけることもほとんどなく、穏やかな真心と礼儀の持ち主でいらっしゃるにもかかわらず、通り過ぎざまに挨拶する以上のことはほとんどなさらない。倶楽部でもまずお見かけしませんし、いらしてもすぐお帰りになられます。外から拝見するかぎり、ご主人さまはもっぱらあなたのために時間を使っておいでなのです。幸せの外側の飾りなら、あなたはなんでもお持ちでいらっしゃる。健康、美しさ、あなたにぞっこんの夫、このうえなく魅力的な親しいお仲間方、数え切れないほどのご友人、贅沢な環境、限りのない富といったものをです。人生をいまの状況にしたのはあなたであって、そこに欠けているもののことを考えてしまうのは、これはもう仕方のないことなのです。あなたのご提案を検討するにあたって、超自然的な手段を取るのはやめておくべきです」

「わたくしの決心は覆せません」

「そうはおっしゃっても、棺のなかにはなにがあるとお思いですか」彼が訊いた。

「わかりません。こうだとよいと思うものもございません。なにか形見のようなものかもしれません。恋文はあり得ませんわ、というのもふたりは出会ってから一日たりとも、結婚してからは一時間も離れていたことがないのです。棺のなかにはなにもないのかもしれません。ですが、わたくしには確信があるのです、そこになにがあろうとなかろうと、デイヴィッドのマリアンへの愛が、あの閉じられた棺にしっかりと纏わりついているということに。あれを開ければあの人は悲しみに殉ずる気持ちから解放されて自由になり、わたくしを愛してくれると、わたくしは信じているのです」

「つまり、最後の手段として魔術に、一種の妖術に訴えるおつもりなのですね。そのようなお考えはまったくもってあなたのおためになりません。とりわけ、ご旅行といった超自然的ではない方法を試してもいないうちから」

「あなたにはおわかりにならないのです。なにかをせずにいられないわたくしの気持ちが」

「船旅に出ることは、なにかをするうちには入らないのですか」

「実際にはなにをすることにもなりませんわ」夫人は答えた。「ただデイヴィッドと一緒にいて、起こりもしない変化を待っているだけです。あなたにはわからないのです、なにかしなければと、いてもたってもいられないわたくしの気持ちなど」

「わかりませんとも。おっしゃってくださらないのですから」

「申し上げられないのです」と夫人。「わたくしの胸の内を表す言葉が見つからないのです。わたくしはあなたに伝えることができませんでした、デイヴィッドとふたりきりでいると感じる、わたくしを圧するほどの孤独を。それはひとりきりでいるよりも辛いのです。これほどの寂しさをどうお伝えしたものか、人のいない荒野で迷っているとか、砂漠でひとりぼっちであるとか、海の真ん中で筏に乗って漂っているとか、そんな心持ちでしょうか。いまのデイヴィッドといると、わたくしは――」と夫人の声が沈み、声が小さくなり、顔は次第に青ざめ、唇が灰色に変わった。「そう、取るに足りないつまらない人と一緒にいるより嫌な心持ちになるのです。なにと一緒にいるでもない、まったくのひとりきりでいるような、そんな心持ちに」

「心底お気の毒に思います」とヴァーガス。「ですが、おっしゃることはなにもかも、わたしの確信を深めるばかりです。安全につながるあなたの道は、やはり努力してそれらの感情を克服するところにしかないと思うのです。いちばん期待できるのは、場所を変えて旅に出ることです。なにより、あのお墓のことは放っておおきなさい」

「わたくしの決心は覆せません」夫人は同じ言葉を繰り返した。

「ルウェリン夫人、あなたのお考えでは、あなたがご覧になった例の石板上の文字は、どうやって現れたとお思いですか」

「まったくわかりませんわ、どうやってあそこに文字が書かれたものか」

「まったくですか」彼は詰問した。

「ええ、まったく」と夫人。「ぼんやりとですが、なにかしらの意思の力によってそこに書かれたのではないかという気がいたします、きっとわたくしどもの理解を超えているのでございましょう」

「それはつまり」と彼が訊いた。「幽霊とか霊とか、言うなれば肉体を持たないものの介在によってということでしょうか」

「おそらくは」夫人が認めた。「ですが、よく考えた上での結論というわけではございません」

「霊だとしますと」と彼は言った。「それが邪悪なものであるとか、小悪魔があなたに一生懸命害をなしているとか、あなたをわなにはめて破滅させようとしているとか、そういうことではないといいのですが」

「そういう考え方はまったく受け入れられません。あの言葉はわたくしに希望を与えてくれました。あなたのおっしゃりようはわたくしから希望を奪い去るものです」

「あなたをお救いしたいのです」とヴァーガス。「固い決意の砦からあなたを引きずり出したいのです」

「これで三度目になりますが」と夫人。「わたくしの決心は覆せません」

ヴァーガスはぎこちなく立ち上がった。椅子の背につかまり、夫人をじっと見据えた。その顔は、諦め切ったようなひどく険しい面差しから、次第に預言者の決意の表情へと変わっていった。

「失礼ながら」と彼。「あなたをひどく怒らせてしまうかもしれませんが、ひとつ質問させていただけませんか」

「どうぞ」夫人は淡々と言った。

「ルウェリン夫人」千里眼師は低い声でゆっくりと尋ねた。「あなたは結婚の誓いを守り続けていらっしゃいますか」

「まあ」夫人は怒りに満ちて立ち上がった。「それはわたくしへの侮辱です」

「そんなつもりは少しも」彼はあくまで否定した。「わたしの問いにお答えになっておられません」

「そんな問いに答える必要などございません」夫人は千里眼師と対峙し、猛烈な怒りに震えながら言った。

「もちろん守ってまいりましたとも。わたくしが主人を心から愛していることは、あなたもご存じのはず」

「あなたがたの誓いは聖なるものとお考えですか」彼は容赦なくたたみかけた。

「当然です」うんざりした様子で夫人が答えた。

「ではなぜ」と彼がさらに問いただした。「ご主人さまとのご契約の神聖性を軽んじるのでしょう。あなたの妻としての義務は、ひとつの契約をもうひとつの契約と同じように守ることです。両方とも守るのです。おふたりの合意条件に従わないのはよろしくありません。ご主人さまが無関心であろうと耐え、辛抱づよく努力して、彼の愛を勝ち取るのです。それがあなたの義務であり、ひいては結婚の誓いを守るというあなたの義務でもあるのです」

「ずいぶんとまた」と夫人。「似合わないお役目を引き受けてくださいましたこと。お説教なんてあなたには向いていらっしゃいませんし、わたくしへの影響もございません。おっしゃることはよくわかりますし、胸にも響きます。ですが、石板に書かれたあの言葉には明解な意味があります。わたくしはお墓を開けます」

「わたしにできることはこれですべてです」千里眼師は力なく言った。「あなたを思い留まらせることができません」

「ええ、できません」

「では、わたしはどうお手伝いすればよろしいでしょう」彼が訊いた。「今回またお運びいただきましたのに、その理由がまだわかりません。なぜおいでくださったのです」

「棺を開ける場にご一緒していただきたいのです」

「本気でおっしゃっているのですか」彼が語気強く言った。「それこそわたしには最も不釣り合いではございませんか。おひとりめの奥さまは、確か、近いご親族はいらっしゃいませんでしたね。とはいえ、わたしがその場にいては、いとこの方々にはお邪魔に映ってお怒りになられるのでは。ご主人さまにおかれましては、いっそうお腹立ちになられましょう。あまりにも悪趣味ではございませんか」

「悪趣味なお願いなどいたしません。主人はいまもこれからもなにに対しても腹など立てませんし、同様になにに対しても賛成などいたしません。わたしの兄が参りますし、兄はあなたがいらしても邪魔だなどとは思いません」

「それでもやはり同意する気にはなかなか」とヴァーガス。

「ずっとお示しくださってきたではございませんか、わたくしへの深いお気遣いを。わたくしからお願いすると、なさっていただけないのですか」

「わかりました」千里眼師は重苦しい口調で返事をした。

「ではあなた宛にお手紙を書いて車を差し向けますわ、指定のお時間にはあちらにいてくださいませね」

「お約束します」千里眼師は言った。


約束の時間より早めに、敷地内の道がルヴェリン家の墓に最も近い場所まで延びているその場所で、ヴァーガスは億劫極まりない思いを抱えつつ、青い日よけが下ろされた屋根つき馬車から姿を現した。車内の者に声をかけ、扉を閉めた。二、三歩足を引きずって進むか進まないかのうちに、彼の馬車にぴったりとついてきていたもう一台の馬車が、彼の馬車の停まった場所で停まった。そちらの馬車の日よけも下りていた。扉が開き、ひとりの身なりのよい男が降りてきた。ヴァーガスと同じように、その男も車内の誰かに声をかけてから扉を閉めた。男がこちらを向いたので、ヴァーガスの目に、その男のごく普通の、非常にありきたりの外観が映った。一流の倶楽部で山ほど見かける類の男だった。体つきと身のこなしは、おのずと自信に満ちた動きをする者のそれだった。

肉づきがよく健康そうな顔、厚い茶色の口髭だけを残して滑らかに剃られた肌が、人づきあいのよさや快活さを自然とその面差しに加味していた。茶色の瞳はややもすると笑っているかのような表情を浮かべた。しかしそこに輝きはなく、醸し出す雰囲気に愛想のよさはなく、立ち居ふるまいに軽快さはなかった。茶色の山高帽がわずかに、ほんのわずかに片側に寄っており、ひどく悩み疲れた面持ちで憔悴しているように見えた。我意を通す生活をしてきた様子が感じられたが、いまとなってはそうした屈託のなさを少しも持ち合わせてはいなかった。不恰好な千里眼師に上から下まですばやく視線を走らせると、まっすぐに相手を見据え、歩み寄って挨拶をした。相手を和ませるようなくつろいだ礼儀正しさがあり、堅苦しくもなれなれしくもなかった。

「パルグレイヴと申します。ヴァーガスさんではございませんか」

「そのとおりでございます」千里眼師は大いに気詰まりを覚えつつ答えた。

「お会いできて光栄です」相手が片手を差し伸べてきたので、ヴァーガスの決まり悪さはその心のこもった握手で霧散した。「お話しできる機会を持てて嬉しゅうございます。妹がお宅にお邪魔したときの話をお聞きしました」

ヴァーガスは表情を制したが、ちらと相手の顔に視線を向け、ルウェリン夫人がどの程度兄君に話をして、どの程度しなかったのかを瞬時に読み取った。

どことなく感じのよいパルグレイヴ氏の物腰のおかげで、ヴァーガスはすっかり気持ちが楽になった。懐柔的というよりは、親しみのこもった思いやりに満ちた態度だった。それは、黙契を認める用意があることの表明というよりは、いつもと変わらぬ自然な態度で全幅の信頼と完全な理解とを絶えず示している印象を与えた。そこには飾りのない敬意と、口に出さずとも伝わる感謝の念があり、ヴァーガスには意外であると同時に嬉しく思われた。

小道沿いに丸木の椅子があり、ふたりとも同じ反応を示してその椅子に向かった。かの一流倶楽部の会員氏が、思いやり深さを身ぶりで示すと、この足の不自由な男は、やむを得ず、苦痛を伴う上下運動をもって、長椅子の高さまで体を苦しげにかがめた。パルグレイヴ氏はその隣に座り、膝を組んで半身を千里眼師に向けた。左肘を長椅子の背に乗せた。もう片方の手で持った杖を、片方の足の脇にコツコツと打ちつけた。待たせてある馬車は、一台がもう一台の後ろにつく形で並び、少し離れた大きな楡の木の下にいた。御者たちはその後ろの草の上に寝転がっていた。ほかには、別の方角のかなり離れた場所に、六人の人足が外套を脱いで座り、そばに墓地の管理人がひとり控えているばかりだった。それはノルウェーカエデの木陰で、ルウェリン家の墓はすぐそこだった。低く横幅のあるその墳丘墓は近隣を威圧していた。

短い沈黙の後、パルグレイヴ氏が言った。

「このようなことを申し上げるのは失礼ですが、あなたは、わたしが思っていた千里眼師という方々とは様子が違っていらっしゃる」

ヴァーガスは弱々しい笑みを浮かべた。相手の口調はまったくもって無邪気そのものだった。

「わたしが思っている千里眼の持ち主も、わたしとは違います」とヴァーガスは言った。「わたしはつねに鋭い洞察力をもって、お引き受けする案件を扱わせていただいております。つねに鋭い洞察力をもって、あらゆるご性格の方々をお相手させていただきますから、わたしの助言というものが、よくあることではございますが、お客さま方にとっては、お客さまご自身のお考えを写し取っただけのものであったり、ご自身のご判断を確認するだけのことであったり、どのみちご自身でそうなさったに違いないことに、さらに理由をつけ足すだけであったりするように見えるのです。わたしはお客さまを確実に刺激し、最大限の活力を与え、みずから行動させることに慣れております。ですが、これまではことごとく失敗してまいりました、ルウェリン夫人のお人柄がわたしの助言を受け入れてくださるのに必要なきっかけをつかむことに」

「ほかの点では、その洞察力を最大限発揮してこられたように思います」パルグレイヴ氏が言った。「あれ以上の助言など無理でしたでしょう、あれ以上に重々しく説得力のある、あれ以上に第三者的で客観的な助言も」

「むしろ完全に利害に動かされた助言であったかと」とヴァーガス。

「まったく違う意味のことを申しておりましたよ」と氏が言った。「妹は。あなたにお目にかかるまでは、わたしは妹がご助言に腹を立てなかったことに驚いていたのです」

「ご立腹でございました、もちろん」と足の不自由な彼が言った。

「ほかの方から言われておりましたら、妹はもっと怒ったでしょう」とパルグレイヴ氏。

「わたしにもできないことが幾つかございます――」ヴァーガスは切り出そうとした。声が小さくなり、途中でやめてしまった。

「ええ、わかっております」と夫人の兄君が言った。「申し上げたいのは、わたしがあなたには大いに恩義を感じているということです、あなたの妹への対応の仕方に、そしてあなたの取った態度の男らしさと率直さにです」

「お褒めいただき光栄です」ヴァーガスは答えた。

「褒められて当然です」とパルグレイヴ氏。「見事なおふるまいでした。あなたのお考え、と申しますか、あなたのお優しさからは、妹のためを本当に、心底いちばんに思ってくださっていることがわかります」

「心からそう思っております」とヴァーガスは熱を込めて言った。「そして、言葉にならないほど心のなかでは困惑しているのです」

「それはもう、そうでしょうとも」一流倶楽部の会員氏はそう言い、いつもの自分らしさをつかのま見せたが、瞬時にその気配は両の目から消えた。「わたしがどれほど慌てたか、それこそ言葉にしようもありません。心配だの不安だのが大嫌いで、いつもなら揉め事は放っておいて忘れてしまいます。ですが今回はそうはいきません。お互い小さなころから、妹のことは心底かわいがってまいりました。妹から話を聞かされてからというもの、ほとんど眠れておりません。妹は医者の話にも耳を貸そうとしません。医者にかかる理由などあろうはずがないと言って譲りませんし、わたしはといえば、このことを誰にも言えないでいます。ですがあなたになら申し上げられる。あなたはとても良識的でいらっしゃるようです。妹の状態についてあなたのご意見をぜひとも伺いたいのです。妹は精神的に不安定だとお思いになられますか」

「そこまでお悪くは」ヴァーガスが言った。

「今回の、墓をあばくという考えは、わたしなどには頭がおかしくなったとしか思えません」

「そこまでお悪くは」ヴァーガスが繰り返した。「考えがどんどん悪い方向へ行きそうなご様子はございます。ですが、お墓をあばくこと自体は、いささか深慮に欠けた思いつきにすぎません。最悪なのは、それが大いに微妙な状況を生み、ひどく張り詰めた空気を生み、その結果、なにか悪い結末をもたらしかねない事態になることです」

「想像もつきません」とパルグレイヴ氏。「正気ならなおのこと、正気を半分失っているとしても、妹のあした思いつきに至るかどうか。あの棺を開けて、どんな収穫があると妹が思っておりますのか、なぜ開けたがっているのか、わたしには理解できません。わたしはマリアンの葬儀に出席しましたので、ふたつの棺がたいへん話題になりましたことも、はっきり申し上げることができます。ふたつめの棺があの場所で自分を待っているというささか突飛で感傷的な考えをルウェリンは持ったのだと、当時は思いました。妹のコンスタンスは、当の棺が空ではなかったと申しておりましたが、なかになにが入っていると思うのかと訊いても答えませんし、妹もまったく考えなしで、それで答えられないのだろうという気がいたします」

「おっしゃるとおりです」と千里眼師は言った。「お考えはないようです」

「それで」とパルグレイヴ氏。「あなたは棺のなかになにがあると思われますか」

「なんの意見もございません」とヴァーガス。「空なのかそうでないのか、なにが入っているのかについては。推し量ろうにも根拠がございません。とはいえ、空であろうとなかろうと、なにが入っていようと、妹さんへの影響が恐ろしいのです。妹さんの期待は間違いなく外れます。現在の精神状態は、品格も教養もある、洗練されたひとりの女性が、妖術、それも原始的な呪物崇拝に対する幼稚で子どもじみた野蛮な信仰を持ってしまったようなものです。妹さんはお認めにならないでしょうが、あのおふるまいは呪物崇拝者のそれにとても近くていらっしゃる。理性的な判断力がございません。ご自身の安泰がその棺のなかのものと関係があるという、盲目的で根拠のない思いを抱えておいでですし、棺を開けるという単なる行為のもたらす効果に、抗いがたいほどの期待をかけておられます。はっきりしないことだからこそ、気持ちが浮き立っておられる。なにを見つけようと見つけまいと、それによって妹さんは決定的な、まぎれもない落胆と対峙することになります。その気づきの瞬間がわたしには恐ろしいのです」

「そうしたことはわたしも感じておりました」と兄君が言った。「とにかく医者をひとり連れてまいりましたが、本当に必要な場面とならないかぎり、妹が医者の存在を疑うことは決してありません」

「だから馬車の日よけを下ろしておられるのですね」ヴァーガスが推測を披露した。

「あなたの馬車が日よけを下ろしているのも同じ理由ですか」パルグレイヴ氏が訊いた。

「そうです」ヴァーガスが打ち明けた。「わたしも医者を連れてまいりました」

「医者がふたりですか」とパルグレイヴ氏。「まるでフランスの決闘ですな。よくあるフランスの決闘程度になにごともなく終わればよいのですが」

「それはもはや過ぎた望みかと」とヴァーガス。「妹さんは危険な瞬間を無事にやり過ごせそうにも思えます。ですが、たとえそうでも、ご自身の問題をあれこれと考えあぐねる状態に戻ってしまわれるでしょう」

「妹の問題は多分に想像の産物ではないかという気がいたします」と倶楽部会員氏は言った。

「それがなおさら危ないのです」とヴァーガス。「たとえ架空の事柄に過ぎなくとも」

「今回の件では、問題は消えてなくなるはずです」と兄君が言った。「妹が賢明な行動に出れば。とはいえ、妹の抱える問題はすべてが想像上の産物というわけでもないのです。妹が問題を抱えてしまうのも不思議ではありません。デイヴィッド・ルウェリンがまったくの別人なのです。彼の、生きているか死んでいるかわからないような挙動は、人の心を蝕みます。彼とこのあたりをぶらぶらしてごらんなさい、ひどい目に逢います。ですが、船旅に出るというのは妹夫婦双方にとって療養となるでしょうし、デイヴィッドの目も覚めるかもしれず、そうなればきっと頭がはっきりするでしょう。妹はあなたの助言を受け入れるべきなのです」

「そうはなさらないでしょう」とヴァーガスは打ちしおれた。「それに、わたしは妹さんのご決意がそれほど奇矯には思えないのです。妹さんのご覧になった夢を見れば、誰でも影響を受けたでしょう。それに、石板に現れた言葉も、人を問わず影響したでしょう。妹さんは、その言葉がほかならぬ自分宛と信じ込まれて、言葉どおりに試みてみたくてどうしようもなくなられたのです。わたし自身は単なる目撃者ですが、その言葉のせいで、心をひどくかき乱されてまいりました。この世に神秘や怪奇といったことが現実にあるとは信じておりません。見て見ぬふりのできない、不可解なパズルに向かっている心持ちです。時空の法則、自分たちが理解していると思っているその法則に対する信頼が、土台からねじれてしまいました。物質不滅の法則、力の連続の法則、物の動きに関わる基本法則を信用する気持ちが揺らぎ、ぐらついているのです。因果関係を生じるのに必要な流れ、俗に言う因果律や因果関係の存在に対する確信が、すっかり打ち砕かれました。いまのわたしにはどんな不思議も信じられそうですし、どんな途方もない前兆も、予想されるそのままに受け入れられそうです。わたしにとって世界は、とにかく、不可知なものという広大かつなにも描かれていない緞帳の前にあっては、多かれ少なかれ認識や予想が可能な秩序ある進捗に満ちた、相互に関連した原因によって決まる場ではなくなってしまったようです。世界はあてにならない、ふざけた、悪意に満ちたもの の跋扈する領域で、場合によっては予想不可能なことをもたらすように感じられます。わたしは恐ろしくてたまりません、恐怖に気が遠くなりそうです」

「あなたのおっしゃる意味がほとんどつかめませんが」とパルグレイヴ氏。「わたしたちにできることはないという気がいたします」

「ございません」とヴァーガス。「最善の結果となるよう祈り、最悪の結果を恐れることしか」

「最悪の結果とはどのような」兄君が訊いた。

「わたしの想像では」とヴァーガス。「棺を開けることで妹さんはなにがしかのショックを受けられるでしょう、それが失望であれ、驚きであれ、ほかのものであれ。最悪の場合、金切り声をあげて、わたしたちの目の前で頓死してしまわれるやもしれませんし、けたたましい笑い声ののちに絶望のあまり正気を失ってしまわれるやもしれません」

「ええ」とパルグレイヴ氏。「それが最悪の結果ということでしょう」

「しかも」とヴァーガス。「その最悪の結果が、予想もつかない、思いもよらない形で、さらに悪いことになるという、そんな気がして仕方がないのです。わたしがはっきりと言葉にすることのできる、あるいはぼんやりとでも脳裏に浮かべることのできる、そういったことよりも悪い、想像もつかない、言語に絶する事態になる気がいたします」

「わたしはあなたのように自分の気持ちを淀みなく表現することができないのですが」と兄君は返した。「わたしもずっと同じような心持ちでおりました。いまもそうです。わたしはいま自分が墓地にいて、墓を開けるのに立ち会おうとしている気がしません、どこかずっと遠くの、あるいははるか昔の、エンドルの魔女のもとを訪れたサウルの経験や、マクベスの魔女たちとのやりとりが、平凡でありきたりに思えてしまうような、そんな摩訶不思議な出来事に参加しようとしている、そんな気がしています」

「わたしも同じ思いです」とヴァーガス。「また、こんなふうにも思います。わたしたちはわたしたちではなく、俳優で、大がかりなお芝居に出ているようなものだと。そしてそのお芝居とは、壮絶な不幸を描いたもので、避けられない悲運の巨大な影が、じわじわと無力なわたしたちの上に覆いかぶさってくることに気づかないという、破滅的な筋なのです。これから起ころうとしていることは、わたしたちには修正も、改変も、変更も、撃退も、延期ですら、できません」

「これから起ころうとしていることは」と相手が言った。「いまにも起きそうです。妹たちが来ました」

ふたりは立ち上がり、ルウェリン家の馬車が彼らの馬車の停まった場所まで引かれてくるのを見つめていた。馬車の扉が開き、大柄な男が降りて来た。

ヴァーガスが以前デイヴィッド・ルウェリンを見たのは、ほんのつかのまで、離れた場所からであったので、今回は大いに注目してよくよく眺めてみた。背の高い男で、義理の兄よりも高く、がっしりと、また非常に引き締まった体つきをしていた。馬車のほうに振り向いたときなどの物腰は細やかで、妻が馬車を降りる手伝いの際には丁寧に応対していた。ふたりが寄り添いながらこちらへ歩いて来て、ヴァーガスの目が彼と合った。体のつくりは頑健で、胸まわりがたいへんに厚い。短く刈り込んだ髭も容貌に合っており、目鼻立ちは運動の得意な、大学教育を受けた男のそれで、はっきりとした顎、引き結ばれた唇、まっすぐな鼻、澄んだ灰色の瞳をしていた。非常に整った顔立ちで、少年時代の純然たる美しさの名残が、その面差しのみならず、彼という存在全体から醸し出される雰囲気のなかにはっきりと現れていた。

なにか言うでもなく、ヴァーガスたちへの会釈もほとんどなく、彼は数歩行ったところで立ち止まり、妻だけを先に行かせた。夫人はヴァーガスに挨拶し、片手を兄君の曲げた腕に滑り込ませ、兄君と並んで小道に沿って通り過ぎた。ヴァーガスはもといた場所に留まり、ルウェリン氏が先に行くのを待っていた。ルウェリン氏は微妙なとらえがたいなにかを、表情と立ち居ふるまいに漂わせることで、これから行われることになんら参加しないという、関与の否定を表明しているように見えた。ともすれば見過ごしそうな、否定を示す首の動きと、かろうじて認識可能な肯定の身ぶりによって、彼は千里眼師に先に行くよう促した。ヴァーガスはその指示に従い、足を引きずりながら兄妹のあとをついて行った。管理人がやって来て彼らに挨拶し、ルウェリン夫人の横を歩きながら、夫人の指示に耳を傾けたのち、人足たちのところへと向かって行った。

夫妻の墓のまわりはルウェリン家の人々の墓で占められ、低く、膝の高さにも満たない生垣で丸く囲まれていた。件の墓石の正面に生垣の切れた箇所があり、そこからルウェリン夫人と兄君がなかへと入り、ヴァーガスは数歩あとから入って行った。兄妹は墓石の足元から一、二歩離れたところで立ち止まり、振り向いた。ヴァーガスは距離をとったまま、同じように立ち止まり、同じように振り向いた。ルウェリン氏は音もなく歩を進め、小道から離れて脇に寄り、生垣のすぐ内側に居場所を定めた。人足たちがその横を通り過ぎて敷地内に広がり、管理人がそれに付き添った。彼らは墓を掘りはじめ、ヴァーガスは、ほかの人々同様、その様子を見守った。ほどなくヴァーガスはあたりを見まわし、この小高い墳墓から目の届くかぎり墓所を見渡した。いつになくよい天気が期待される日で、遅い春の初夏とも言える暑さは、どんなに気持ちのよい風が吹いても和らげられることはなく、ごく軽い風が空気をかき混ぜるも無意味で、空を覆い尽くした雲は薄く、陽の光の熱をさえぎるには足りず、木々の葉は埃をかぶり、景色は弱々しく生ぬるい陽の光のなかでかすかに黄色味がかった緑に見えた。この薄気味悪い空気に満ちた光景を、ヴァーガスは見るというよりも感じ取っていた。掘り上げるのにかかる時間が極めて重要な瞬間を先延ばしにしているさなか、彼の意識は墓石とルウェリン氏とのあいだを行ったり来たりした。ルウェリン氏は体重をほぼすべて片方の足にかけ、左手で握ったステッキに頼るようにして、もう片方の手袋をした手で、脇にずれた帽子を押さえていた。墓石に向かって正面をまっすぐに見据えているが、墓石そのものを見ているわけではなく、彼にはなにか命のないもの、育てられたのではなくつくられたものが、彫刻然とした感情の映らない無表情のなかに、動かしようもなく埋め込まれているといった感があった。件の墓石を見るのはヴァーガスにとっては初めてで、その完璧に考え抜かれ調和の取れた建築設計、繊細な浮き彫りの数々、実に見事な彫刻群からは、誰にとってもどんな時代であっても印象的な、さらにはいまこのときだからこそ際立って印象に残る個性が感じられた。どの彫像も、それと向き合っている男よりよほど生気に満ちあふれていた。その人は、この小さな集まりのなかでも今回のことでいちばん心を揺さぶられる立場のはずであるのに、なんの感情も見せず、そのことにヴァーガスの心が大いに揺さぶられた。墓を掘り進めているあいだ、ヴァーガスは深さを増す穴のなかを見つめているか、でなければ兄君の腕にもたれて立っているルウェリン夫人の背中を眺めていた。人足たちが問題の棺を引き上げはじめると、緊迫した凶事の前兆が感じられ、ヴァーガスを圧倒した。ヴァーガスは息があがって苦しくなり、心臓が肋骨をどんどん叩き、両目は我知らず、不可解にも潤み出した。背後にいるあの動かない男にちらりと視線をやると、まつげ越しの玉虫色に霞んだ視界を透かして見えたのは、朧にぼやけた人影だけだった。ヴァーガスはなんとか落ち着きを取り戻し、かろうじて見分けられる自分の影の輪郭を注視した。

引き上げられた棺は外箱に入っており、墓の上に渡して棺の下に突っ込んだふたつの木片の上で支えられていた。人足たちが蓋のねじを外し、蓋を脇に置いた。棺は大理石で、造られたばかりのように綺麗だった。人足たちは管理人の命令で、よろよろと墓のまわりを歩き、生垣の途切れたところから出て、墓の裏手にある、彼らがもといた木のところへと下がって行った。

管理人が、棺の頭の部分に閉じつけてある蓋の、銀のねじを外し始めた。ねじがひとつひとつ外されていくあいだ、ヴァーガスはふたたび背後にちらりと視線を向けた。目に入って来たのはいっそう奇妙な光景だった。あの大柄な男の輪郭がほとんど見えなくなり、たくましい体躯もあらかた霞んでしまっているではないか。

視線を棺に戻すと、視界がくっきりと澄み渡ったように思えた。ねじ穴のまわりの銀色の縁や、最後に残ったねじの頭までよく見えた。管理人が蓋を持ち上げると、棺の足元にいたルウェリン夫人が、体を前に倒して覗き込み、兄君とヴァーガスもまた、夫人の背後から、さらに体を前に倒して覗き込んだ。ガラスの向こうに三人が見たのは顔で、それはデイヴィッド・ルウェリンの顔だった。ルウェリン夫人が悲鳴をあげた。三人は一斉に振り向いた。自分たちと管理人、そして離れた場所にいる人足たちのほかは、人の姿がどこにも見えなかった。あの大柄でがっしりとした存在が消えてしまっていた。

ふたたび悲鳴をあげたルウェリン夫人は棺に身を投げ出し、半狂乱の夫人に比べればまだ落ち着きのあった男ふたりは夫人に近づいた。三人の目には、ガラスの向こうの顔が動き、まぶたがひくひくと震えるのが見えた。管理人が必死になってガラス窓の留め金を外した。ガラスを外すと両目が開き、まっすぐにルウェリン夫人を見つめた。ほぼ瞬時にその瞳がどんよりと霞み、次の瞬間、顎ががくりと落ちた。

アーミナ

Amina

ウォルドは、よもやこんな目にあおうとはという——口が利ければ本人もそう言っただろう——現実を目の前にして、すっかり茫然自失の体《てい》であった。押し黙ったまま、領事に促されて生あたたかい薄闇の屋内から、崩れかけた出入口を抜けて、灼熱のひどく明るい砂漠のただなかに踏み出した。そのあとをハッサンが、背後に一瞥もくれずについてきた。ウォルドの力の抜けた手から小銃を預かり、領事と自分の分もまとめて持ってくれている。

領事は砂利の多い砂地を、その墓の南西の角から五十歩ほどの、かろうじて形の残る遺壁が立つあたりへと足早に移動した。そこからは墓の、出入口のある壁面と大きな亀裂のある壁面がはっきりと見えた。

「ハッサン」と領事。「ここで見張りを」

ハッサンはペルシャ語で応じた。

「小者はどれほどいたかね」領事がウォルドに訊いた。

ウォルドは黙ったままじっと視線を返す。

「年若いのはどれくらい目についた」領事は質問を繰り返した。

「二十かそれ以上は」

「馬鹿を言っちゃいかん」領事は言下に否定した。

「十六から十八はいたかと」ウォルドはなおも言いつのった。ハッサンが笑みを浮かべながら低く唸って異を唱えた。領事はハッサンから小銃を二挺受け取ってウォルドの銃を本人に返し、それからふたりで墓のまわりを歩き、先とは反対側の角からやはり五十歩ほどのところまでやって来た。そこもまた遺構で、その前の、墓に面した場所には石の塊がひとつあり、壁のつくる影にほぼ隠れていた。

「ちょうどいい」と領事。「その石に腰かけて、壁に背中を預けて楽にしていなさい。いささか動揺しているようだが、そのうち落ち着いてこよう。なにか腹に入れるといいんだが、あいにく手持ちがない。とにかくこいつをたっぷりやっておきなさい」

領事はストレートのブランデーにむせるウォルドのそばについていてやった。

「ハッサンは出かけるが、その前にきみに水を持ってきてくれる」領事が話を続ける。「腹いっぱい飲んでおくようにな、きみはしばらくここにいなけりゃならんのだから。さあ、よく聞きなさい。我々はあのくずどもを撲滅せねばならない。親玉は留守にしているようだ。そいつがここいらにいたとすれば、いまごろきみの命はなかった。若いのはきみの言うほどいなかろうが、それでも十ばかりは相手にする必要がある。ちょっとした数だ。これから奴らを燻し出す。ハッサンは幕営地に戻って燃料と護衛を調達する。そのあいだ、きみとわたしとでなにひとつ逃さぬようにするのだ」

領事はウォルドの小銃を手に取り、銃尾を開けてまた閉め、弾倉を確認してから返した。

「いいかね、わたしから目を離さないように」領事はゆっくりとウォルドから離れ、自分の左側を見ながら件の墓の前を通り過ぎた。ほどなく足を止め、いくつかの石くれを一箇所にまとめた。

「これが見えるかね」領事が呼びかけた。

ウォルドは大声で見えると答えた。

領事は同じ道筋をたどって戻ってくると、右側に視線を向けながら再び墓の前を通り過ぎ、同じだけの距離を取ってもうひとつ小さな石の山をつくり、いま一度呼びかけ、いま一度答えさせた。そしてまた元の場所に帰ってきた。

「わたしのつくった二箇所の目印をしっかり把握できたかね」

「それはもう間違いなく」

「大切なことなんだが」と領事が注意を促す。「わたしはこれからハッサンを置いてきたところに戻る。彼が出かけているあいだ、わたしがそこで見張りに立つ。きみはここで見張っていてほしい。石を積んだところまでなら、好きに行き来してもらってかまわない。どちらの目印からでもわたしの見張っている姿が見えるはずだ。ただし、両方の山を結んだ線から逸れてはならん。ハッサンがわたしの視界から消えた時点で、わたしは自分の近くで動くものならなんでも撃つ。わたしが自分の見張り用にきみのと同じような境界線を引いて、遠い方に行くまで、ここに座っていなさい。その後は、わたしの巡回範囲ではない場所で動くものがあったらなんでも撃て。身辺すべてに警戒を怠るな。親玉が昼間のうちに戻る可能性は万に一つといったところだ。奴らはもっぱら夜行性だが、ここが根城であれば明らかに話は別だ。抜かりなく見張っておきなさい。

さあ、ここからが大事だ。あのくずどもがいかに人間に似ているからといって、つまらぬ感傷を寄せている暇はない。撃て、撃ち殺すのだ。奴らの撲滅が我々の任務とされている、それだけではない。撃たなければこちらがひどく危なくなる。ムハンマド教の世界には連帯意識などないに等しいが、比較的少ないこととはいえ、驚くべき機敏さと激しさをもって、それが発揮される場合があるとも聞く。そのひとつに、人たるものはああした存在を根絶やしにすべく尽力せねばならないという考え方があって、これについての異論は存在しない。聖書に記されたいにしえの習わしに石打ちの刑があるが、あれはこのあたりに根づいた制裁手段だ。そういう非常に進歩的なアジア人どもから、億劫がって人に害をなす化け物に立ち向かおうとしない輩《やから》とみなされたが最後、石もて追われる身となろう。一匹でも逃してみなさい、噂が広まって、我々のせいで人種的偏見が噴出しかねないし、そうなったら厄介だ。いいかね、撃つんだ、ためらわず、情け容赦なく」

「わかりました」

「わかろうとわかるまいと、そんなことはどうでもいい。大事なのは行動だ。必要とあらば撃て。そして命中させなさい」そう言って領事はゆっくりと重々しい足取りで歩き去った。

ハッサンがほどなく姿を見せたので、ウォルドは彼の持ってきた水筒をほぼ空にする勢いで、許されるかぎりの量を飲んだ。彼がまた出かけてしまうと、はじめのうちこそ警戒していたものの、すぐに見張りという単調な仕事と強烈な暑さに耐えるので精一杯となった。その不快さは次第に苦痛へと変わり、猛烈にきつい照り返しやら、突然の激しい喉の渇きやら、胸騒ぎやらに駆り立てられ、白昼夢を見ているような心持ちでじっとしていられずにいたところに、ハッサンが二頭のロバと、柴を積んだ一頭のラバを連れて戻ってきた。役畜の後ろからは護衛たちがばらばらとついてきた。

熱に浮かされた気分のウォルドは、煙幕が奏功して戦闘が始まると、悪夢に取り込まれた心地になった。ところが討伐に加わるよう求められなかっただけでなく、後ろに下がっているように命じられたのだ。前線から遠く離れた銃後に引っ込み、殺戮行為をただ眺めるのみであったが、好奇心のせいであったろう、目をそらすことなくその大方を見届けた。とはいえ、十体の小さな屍が一列に並ぶさまを見つめていると、自分が殺したような気がしてきた。そして不寝番とその終わりの記憶は、たった一日のことであり、後にも先にもこれほど不思議な出来事に遭遇した日はなかったというのに、ウォルドのなかでは脈絡なく移り変わる奇妙な光景の記憶として焼きついている。

忘れられない災厄の日の朝、ウォルドは早く目覚めた。数々の航海を経験し、ジブラルタルやスエズ運河のポートサイド、アデン、マスカット、バスラでさまざまな光景を目にするうちに、ニューイングランドの家と学校を行き来する身の丈にあった規則正しい生活から、砂漠のただならぬ広さがもたらす息もつかせぬ驚異の日々へと、まったくもって自分の資質に合わない変化が生じてしまっていた。

すべてが非現実的に思える一方、すべてに馴染めないという現実に悩まされ、旅の道程にあってくつろげず、天幕《テント》のなかではぐっすり眠ることもかなわなかった。眠ろうとして気を鎮めたのちも、横になったまま長く寝つけず、寝覚めも早いのだが、その日の朝も同じように、夜明け前の薄光が差し始めるころに目が覚めた。

領事は熟睡中で、高いびきだ。ウォルドは音を立てずに着替えて外に出た。機械的に、目的もなく、なにを見越してのことでもなく、小銃を手にして。外にはハッサンがいて、座り込んだ脚の両膝に小銃を載せ、頭を深く垂れ、領事と同じようにぐっすり眠っている。アリとイブラヒムは前の日に物資を求めて幕営地を出ていた。このあたりで起きている生きものはウォルドばかりで、護衛たちはといえば、少し離れた場所に天幕を張っていたが、焚き火の灰のそばに置かれた丸太のごとくに動かない。白く明るい薄あかりのなか、星座が不思議にも再び姿を現し、星を散りばめた天空が最後に短く輝くその下で、つかのまの涼気が暑い朝を、灼熱の昼を、熱気の残る夜をわずかに埋め合わせる恩恵にあずかりたい一心で、ウォルドは自分の天幕から数歩、護衛たちからはその倍ほど離れた石の上に腰を下ろした。両手で小銃をもてあそんでいるうちに、あたりをひとりきりで気ままに歩いてみたい、なにもないがゆえに心騒ぐ乾ききった景色のなかをひとりでそぞろ歩きたいという、抗いがたい誘惑に駆られた。

幕営生活を始めたころは、領事が運動家と探検家と考古学者の気質を合わせ持った、おおらかな保護者であろうと思っていた。自分はなんの縛りもない完全なる自由を、どこまでも続く茫漠たる広がりのなかで享受するつもりでいた。現実はそうした期待とは正反対であった。領事が最初に下した禁止命令はこうだ。

「わたしやハッサンの目の届く範囲から絶対に外れるな、アリかイブラヒムを供につけて送り出してやるときはかまわんが。ひとりで歩き回ろうなどという気はゆめゆめ起こさぬよう。散歩ですら危ないのだ。気づいたときには幕営地の場所を見失っているかもしれんぞ」

最初のうちはしぶしぶ従っていたウォルドだが、次第に抵抗し始めた。「性能のいい携帯用方位磁石《コンパス》があります。使い方も知っています。メイン州の森で迷ったことなど、一度もありません」

「メイン州の森にはクルド人はいないのでな」と領事は言葉を返した。

しかしまもなくウォルドには、自分たちの出会った数少ないクルド人たちが質朴として和を尊ぶ人々であるように感じられてきた。危険もなければ、冒険と言えそうなことすら起きなかった。脂じみた襤褸をまとったクルド人武装兵十数名は、きまり悪そうに暇を潰していた。

また、ウォルドには領事が、自分たちがそばを通ったり周囲で天幕を張ったりした廃墟に興味を示さず、遺跡や地勢についてもどことなく関心が薄く、数が乏しい上に面白味のない獲物を追うにあたっては意気込みのかけらも見せることのない人物に感じられた。ウォルドはいくつかの現地語について理解を深めるうちに、「奴ら」に関するやりとりを幾度も耳にすることになった。「このあたりでなにか聞いたか」「殺された奴はいるか」「この地域には奴らの足跡があるか」土地の人々との会話のなかで理解できた、そうした問いかけの数々も、「奴ら」がなにものかについての悟りをウォルドにもたらさなかった。

そこでなぜ自分の行動がこんなにも制限されてしまうのか、ハッサンに尋ねてみた。ハッサンは少し英語ができ、いろいろな話をしてくれた。魔人《イフリート》、食屍鬼《グール》、亡霊といった伝説上の人ならぬ存在があるとか、荒地に住まう精霊《ジン》が人間の姿で現れ、あらゆる言語を操り、異教徒を籠絡せんと手ぐすね引いているとか、足先がくるぶしのところから妙な方向に曲がっている女が、不用心な人々を溜池に誘い込み溺れさせるとか、悪意に満ち満ちた幽霊が実は死んだ盗賊どもで、生きている輩よりよほどたちが悪いとか、野生のロバやガゼルの姿をした霊が追手を断崖絶壁の縁までおびき出し、広い砂地に向かって走るように見せるもその砂地は陽炎で、追手が崖を過ぎたところで霧散して追手たちは墜落死するとか、妖精がノウサギの姿を借りて足を引きずるふりをしたり、翼を傷めた鳥の姿になったりして人に後を追わせ、隠れた穴や深い井戸のなかで死に至らしめるとかいった話である。

アリとイブラヒムは英語を話さなかった。彼らの長々とした熱弁から理解できたかぎりでは、やはり似たような物語を聞かせてくれ、危険の存在をほのめかしてくれていたのだが、その内容が曖昧で眉唾ものである点に変わりはなかった。そうした子ども騙しの化け物話は、かえってウォルドの独立心を刺激した。

いま、ウォルドは石に腰かけながら、非の打ちどころのない空と、澄み切った早朝の空気と、広大で人気のない景色を、独り占めにしている感覚とともに味わいたくてたまらなかった。領事という人は生来慎重なたちで、用心しすぎるだけなのだろう。危険などありはしないのだ。気分よくのんびりと散歩して、場合によってはなにかを殺すことになるかもしれないが、太陽が熱を帯び始めるころにはきっと戻ってこられる。ウォルドは立ち上がった。

数時間後、ウォルドは廃墟となった墓の陰の崩れた冠石に座り込んでいた。これまで通り過ぎてきたどの地にも、墓や墓の跡がそこここにあり、先史時代、バクトリア古王国時代、古代ペルシャ時代、パルティア王国時代、ササン朝ペルシャ時代、あるいはムハンマド教徒の墓が、いたるところに塊となって、あるいはぽつんと離れて立っていた。都市や街、村、長くはもたない家屋や間に合わせの粗末な小屋のいずれも、わずかな名残も留めず跡形もないが、そこでは気が遠くなるほど何世代もの人々が暮らし、親類縁者を見送ってはこれらの墓を建ててきたのだ。

墓は、生者の住まいとくらべて耐久性に優れた建て方をされたために残っていた。損なわれていようといまいと、ただの石くれとなっていようと、あちこちで見ることができた。その地域の墓はどれも同じ形をしていた。円蓋を持ち墓室は四角く、扉のひとつは東を向き、それを開けると大きな空っぽの空間があり、その裏手に埋葬室があった。

そうした墓の陰にウォルドは腰を落とした。発砲の機会はなく、道に迷い、幕営地の方角がわからず、疲れて、体がほてり、喉が渇いていた。水筒は持ってくるのを忘れてしまっていた。

ウォルドは広漠として寂寥とした風景を、なだらかにうねる砂漠に覆いかぶさる空のいつもと変わらぬ緑がかった青を眺め渡した。赤味を帯びた彼方の小山の峰々が空との境に輪郭を描き、手前の褐色の緩やかな起伏が、目立つ変化ではないながらも、この砂色の風景にアクセントを添えている。砂と岩とが、生気のない傾いた低木を一、二本伴って近景を成すなかに、輝くように白い石や筋の入った灰色の石の、崩れかけた廃墟が、ところどころにぽつぽつと姿を見せている。太陽が地平線の上に姿を見せてから間もないが、砂漠の表面はどこもかしこも熱で揺らいでいる。

ウォルドが座ったままそうした眺望に目をやっていると、ひとりの女が墓の角を曲がってやってきた。過去に見かけた村の女たちは、ひとり残らずヤシュマックやらなにやらで顔を隠すか、ヴェールをつけていた。この女は頭になにもかぶらずヴェールもつけていない。黄色味の強い茶色の衣装を身につけて首からくるぶしまでを覆い、腰の線を見せないようにしている。足先は、砂地の凄まじい熱さにもかかわらず、素足だった。

ウォルドに目を留めた女は立ち止まり、じっと彼を見た。ウォルドも同じように女を見た。ヨーロッパ人とは思えないその足先は、まったく外側に向いておらず、足先の内側の線が平行に並んでいるのが見て取れた。アンクレットも、ブレスレットも、ネックレスもイヤリングもつけていない。むき出しの両腕は、これまで見た人間の腕のなかで最も筋肉質に思えた。爪は、両の手も足も、尖って長い。髪は黒く、短く、もつれているが、その割には粗野であるとか見苦しいといった印象を受けなかった。目は笑っており、口もとは笑みを浮かべているように見えるものの、唇が少しも隙間をつくらず、その後ろにあるはずの歯もまるで見えない。

「ついていないな」とウォルドは思わず声に出した。「この女は英語を話さない」

「英語なら、話せます」と女が言い、ウォルドは喋る女の唇がそれとわかるほど開かないことに気がついた。

「あなたは、なにを、お望みですか」

「英語ができるとは！」ウォルドは喜びを声に表して勢いよく立ち上がった。「救われた！　どこで身につけたのです」

「ミッション・スクールで」女は答え、横幅が広めの、閉じたままの口の角に楽しげな笑みをたたえた。

「なにか、わたしに、できることが、ありますか」女の話す言葉に外国訛りはほとんどなかったが、ひどくゆっくりで、音節から音節へと移る際に唸り声に似た音が響いた。

「喉がからからなんです。それに、道に迷ってしまって」

「あなたの、住んでいるのは、褐色の天幕ですか、舐瓜《メロン》を、半分にしたような、形の」そう問いかける声は風変わりな低く重い連続音を伴い、ゆっくりとした話しぶりで言葉と言葉を繋ぎ、上下の唇はほとんど離れない。

「ええ、そこがわたしの幕営地です」

「そこまで、あなたを、案内できる、と、思います」と女が低い声で言う。「でも、遠いですし、あちら方面には、水は、ありません」

「まずは水を」とウォルド。「さもなくば乳を」

「牛の乳、という、意味でしたら、わたしどもの、ところには、ありません。ですが、山羊の乳なら、あります。わたしの住まいで、飲めます」歌うような口ぶりだ。「遠くは、ありません。幕営地とは、反対の方角、ですけれど」

「行きましょう」

女が歩き出し、ウォルドは小銃を脇に挟んで隣を歩いた。女は音もなく足早に歩く。ウォルドは女の歩調に合わせるのがやっとだった。歩きながらも幾度となく遅れを取り、女の体を包む衣装が、しなやかで均整のとれた背中に、すらりとした腰に、引き締まった臀部にぴったりと絡みつくさまを目にすることになった。急いで追いつこうとするたびに女へとときおり視線を走らせては、腰のくびれの部分が背骨側ではよくわかるのに、体の正面だとはっきりしないことや、首から膝にかけての輪郭が衣装の下でまったく形を取らず、腰の線が見えず、胴体の存在やその起伏を少しも感じさせないことにとまどった。また、女のどこかおもしろがっている様子が、その目と、きつく引き結ばれた赤すぎるほどに赤い唇に認められた。

「ミッション・スクールにはどのくらいいたのですか」

「四年、です」

「キリスト教徒なのですか」

「自由の民は、洗礼を、受けません」女は淡々と答えたが、低く唸る音がさきほどよりもはっきりと、言葉と言葉のあいだに響いた。

音節から音節へ、じわりじわりと移りながらもほとんど動かない唇を見つめていると、ウォルドのなかに言いようのないおぞけが湧いてきた。

「でも、ヴェールをつけていませんね」訊かないではいられない。

「自由の民は」と女が答える。「ヴェールなど、つけません」

「ということは、ムハンマド教徒でもない？」思い切ってたたみかけた。

「自由の民は、ムスリムでは、ありません」

「どういう人たちなのです、自由の民というのは」

女は邪気をはらんだ一瞥をよこした。ウォルドはアジア人を相手にしていることを思い返した。質問は三回まで、そんな言葉が頭に浮かぶ。

「名前は」

「アーミナ」

『千夜一夜物語』に出てくる名前だ」ウォルドは思いつくままを口にした。

「馬鹿げた作り話、です、ムスリムの」女は嘲るように言った。「自由の民は、ああした、与太話には、いっさい、関知しません」相変わらず閉じたまま喋る女の唇と、のろのろと音を引っ張り、喉の奥で転がすような響きを音節のあいだに挟む話ぶりが、ますます強烈な印象をもってウォルドに迫ったのは、女の唇が歪みながらもいっこうに開かなかったときのことだった。

「あなたの言葉の発し方は変わっていますね」

「そちらの言語は、わたしの言語では、ありません、から」

「ミッション・スクールで言葉を学んだのに、キリスト教徒でないというのはなぜなんです」

「ミッション・スクールは、誰にでも、教えて、くれます。それに、自由の民の娘たちは、そこで教わる、ほかの娘たちと、変わりません。ただ、自由の民は、成長すると、街の人々と同じ、という、わけには、いかないのですが。そんなわけで、ミッション・スクールは、都会育ちの娘たちと、同じように、わたしにも、教えてくれた、のです、わたしが、なにものかも、知らずに」

「先生方もうまく教えたものですね」

「わたしには、語学の才が、あるのです」どうにも不思議な喋り方だ。妙に勝ち誇った口調で、喉の奥を震わせながら、動かない唇から言葉を発している。女の不可解な喋り方といい、まるで力のこもっていない様子といい、ウォルドは気味の悪さに総身がそそけ立つ思いがした。

「まだ先なのですか」

「あちら、です」女はそう言ってふたりの前の大きな墓の入口を指さした。

上部が弧を描く開放型の入口をくぐるとかなり広い室内へと続いており、そこが涼しいのは厚い石壁のおかげで室温が変わらないせいだった。床にはひとつのごみも落ちていない。凄まじく照りつける戸外から逃げおおせてほっとしたウォルドは、入口と内部の仕切り壁との真ん中あたりにある大きな石に腰を下ろし、小銃の床尾を床に置いた。しばらく目がよく見えなかったのは、砂漠の朝の強烈な明るさから、室内のおぼろに霞んだ光へと周囲が一変したせいだ。

視力が戻ってあたりを見回すと、そこは入口の向かい側にあたっていたのだが、入口と言っても、俗用に供せられた霊屋に穿たれた、荒削りの穴に過ぎなかった。目が薄暗闇に慣れるや、ウォルドは驚きのあまり立ち上がった。その空間の隅から隅まで、裸の子どもたちがひしめいているらしい。乏しい経験からあたりをつけるに、子どもたちは二歳かそこらに思えるものの、身ごなしの確かさは八歳か十歳の少年たちのそれだった。

「この子たちは誰の子ですか」語気が強くなる。

「わたしの、です」

「どの子も?」まさかという思いが声に滲んだ。

「どの子も、です」そう答えた女の物腰には、喜びが態度に出るのを抑えている風情があった。

「でも、二十人はいる」声がうわずった。

「数え、間違えた、のです、暗いから。もっと、少ない」

「確かに十を超えていた」ウォルドは言いつのり、子どもたちが踊ったり跳ね回ったりするのにつられてあたりを見回した。

「自由の民は、大家族、ですから」

「でも、みんな同じ年ごろじゃないですか」ウォルドは食ってかかった。舌が乾いて上顎に張りつく。

女は声をあげて笑った。不快な、嘲るような笑い声をあげながら、両手を叩いている。女はウォルドと入口のあいだにいて、光はほぼその入口からしか差さないので、唇が見えなかった。

「男の人、というのは! 女なら、そんな勘違いは、しません」

ウォルドは頭がこんがらかり、再び座り込んだ。子どもたちはまわりを取り巻き、ぺちゃくちゃ、げらげら、きゃっきゃっ、くすくすと騒ぎ立てて、なにやら大喜びだ。

「冷たい飲み物をもらえませんか」ウォルドの舌は乾いているばかりか、口のなかで膨れていた。

「わたしたちも、そろそろ、なにか、飲まないと」と女。「でも、温かいものに、なる」

ウォルドは居心地の悪さを感じ始めた。子どもたちはまわりを飛び跳ね、耳慣れない、喉の奥がこすれるような音でわめき、唇を舐めたり、こちらを指さしたり、じっと見つめたりしながら、合間合間に母親に視線を投げている。

「水はどこです」

黙って立ったまま、両腕を体の脇に垂らしているその女は、さきほどよりも背が低く見えた。

「水はどこです」ウォルドは繰り返した。

「我慢、我慢」低く唸るような声で女はそう言うと、一歩近づいて来た。

太陽の光が女の背中を照らし、そのせいで腰のあたりに光輪めいたものができている。背がさらに低くなったようだ。身のこなしにはなにやら隠し事のありそうな気配が見え、ちびどもは意地の悪いしのび笑いを漏らしている。

その刹那、二挺のライフル銃の銃声がほぼひとつに重なって鳴り響いた。女は顔から床に倒れ込んだ。幼子たちがいっせいにけたたましい悲鳴をあげた。続いて女は四つんばいの状態から、いきなりがばと起き上がり、よろめきながらも壁に穿たれた穴へと駆け寄り、凄まじい叫び声をあげ、両腕を振り上げて背中からぐらりと地面に倒れ、気息奄々たる魚のように身を折り曲げたりよじったりしたのち、ぴんと体をこわばらせ、痙攣し、静かになった。ウォルドの恐怖を映した目は女の顔にひたと据えられ、愕然とするなかにも女の唇が開いていないのを認めた。

子どもたちはというと、軋るような怯えた悲鳴を小さくあげて内壁の穴へとまろび込み、こってりと黒い闇のなかに消えていった。最後のひとりがからくも逃げ切ったところで、領事が硝煙たなびく銃を手に入口に姿を現した。

「一秒でも遅かったらことだった」という言葉が領事の口を衝いて出た。「いまにも飛びかかろうとしていたのだぞ」

領事は銃を傾けて死体の鼻先を突いた。

「完全に絶命している。運がよかった！　一匹退治するのに、いつも三、四発は撃つのだが。肺に二発打ち込まれたまま、男ひとりを殺した手合いもいたのだぞ」

「なにも人殺しまでしなくても」ウォルドが咎めた。

「人殺し?」領事が不満げに声を荒げた。「人殺しだと! これでもかね」

領事が膝をついて、閉じたままのふっくらとした唇をめくると、人間の歯と言うには小さすぎる前歯と、先の尖った臼歯が、広い間隔を取って並んでいるのが見えた。長く鋭い、互いに重なり合った犬歯はグレイハウンドさながらだ。獰猛な肉食獣の、致命傷を与えることを旨とした歯並びからは、凄みと闘志が感じられた。

ウォルドは吐き気を覚えたが、それでもその顔立ちと体つきに人間らしさを認めると、恐怖とないまぜの同情心を禁じ得なかった。

「歯が長いからといって女を撃つなんて」ウォルドは食い下がった。おぞましい死を目の当たりにして、ひどく胸が悪い。

「わからない奴だ」領事は容赦ない。「きみはこれを女と呼ぶのか」

領事は屍から衣装をはぎ取った。

なんという厭わしさ。ウォルドが目にしたのは女性の胸や腹というよりは、仔を孕んだ年かさの猟犬、あるいは二回目の繁殖期を迎えた白い雌豚にも似て、鎖骨から鼠蹊部にかけては、傷だらけの筋張って萎びた十の乳房が二列になって垂れていた。

「どういう生きものなんです」ウォルドが弱々しい声で訊いた。

「食屍鬼《グール》だよ、これが」領事は大真面目に、声を落として言った。

「そんなものはいないと思っていました」ウォルドは口ごもった。「架空の生きもので、実在しないのだと」

「ロードアイランドにはいない、というのなら話はわかる」領事は真剣な表情を崩さなかった。「ここはペルシャだ。そしてペルシャは未知なるアジアの一部なのだよ」

豚革の銃帯

The Pig Skin Belt

I

わたし、ジョン・ラドフォードは、健全な精神と現実的なものの見方をする気質をつねに持ち合わせ、間違いなく正気であり、そのわたしがここに実際に見たこと、聞いたこと、知るに至ったことを申し述べるものである点にご留意願いたい。かの事件についてわたしの憶測を述べる気はなく、というのもわたしの持論は、事実そのものにくらべると、あまりに真実らしさに欠けると思われかねないからだ。事実からは、誰もがわたしと同じように結論を引き出すことができる。

最初の手紙にはこう書かれていた。

一八九二年一月一日
テキサス州サンアントニオ

親愛なるラドフォード

きみはわたしのことを忘れてしまっているとは思うが、わたしはきみのこともほかの人のこともなにもかも、ブレキシントンのことは忘れていない。《ニューヨーク・ヘラルド》紙できみの広告を目にし、きみが存命であること、そしておそらく元気で経済的にも成功を収めているであろうことを知って、嬉しく思っている。

わたしはいま、法律家の助けを必要としている。不動産を購入したい、つまりは故郷に帰りたいと考えており、きみこそまさにわたしの求めている人物と言っていい。こうして手紙を書いているのは、わたしの用事できみの職務範囲に含まれることをすべてきみに依頼するため、そしてきみが受け入れてくれるかどうかを知るためだ。

いまのわたしは金には困っておらず、親類縁者との近しいつながりはない。故郷ブレキシントンに帰りたい、できればそこで暮らしたい、どうせならそこで死にたいと考えている。ほかにもいろいろとあるが、それはきみが受けてくれるとなったら説明するとして、まずは街中に家を一軒と、そこに近い農場を買いたい。シェルビーの屋敷と地所がだめなら、似たような場所を頼む。

わたしのために動いてくれるのなら、すぐにホテル・メンガー気付で返事をもらいたい。かつて親しかった人々にも、会ったらよろしく伝えてくれ。

カシアス・M・ケイス　拝

その名はもちろんよく覚えていたが、当の本人を記憶の底から引っ張り出そうにも、どこかぼんやりとしか思い出せず、背が高く、痩せて、頬の赤い十七やそこらの少年の姿しか浮かんでこなかった。シェルビー・ケイス大佐が息子とともにブレキシントンを去ってから、二十八年目になろうとしている。大佐はその後、六年かそこらで亡くなった。たしかエジプトで死んだという話ではなかったか。カシアスがブレキシントンを発って以来、噂を聞くことも、当人から連絡をもらうこともなかった。

わたしはすぐに返事を書き、力のおよぶかぎり手助けする用意があると伝えた。こうして手紙のやりとりが始まると、さっそく二通目の手紙が届いた。

親愛なるラドフォード

きみの厚情に満ちた手紙のおかげで心が軽くなった。わたしは段取りを決めるにあたってはなんであれ口うるさく、細部に渡って正確に遂行することを求めるため、きめ細かく対応してくれる人物をブレキシントンのような気楽な土地で見つけるのは難しかろうと思っていた。しっかり者だった少年時代のきみを思い出し、いまやすっかり安堵してきみに全幅の信頼を寄せている次第だ。

シェルビーの屋敷と地所は、きみの報告を読んでなんとしても買い戻したいと思っているが、まずは自分でも見てみなければなるまい。全財産をはたくことになっても手に入れるつもりだ。とはいえ、五百エーカー以上の地所でコート・ハウスから十マイル以内の場所は、すべて案内してもらいたいので準備を頼む。現在売りに出ているところや、きみから所有者に売却を促せそうなところもすべて検討したい。入手可能ななかでも最高の地所を手に入れたいのだ。それから、五十エーカーかそこらの小さな地所で、わたしの購入する広い地所から二マイル程度の距離にある場所も必要としている。金額は問題ではないし、地所内の建物の状態もまったく重視しない。

街中の屋敷についても同様だ。完全に解体し、地下室からすべて建て直すことになろう。街中の屋敷に求める条件は、半エーカーから二エーカー程度の広さで、美しく背の高い、幹のよく太った木々が生えていることだ。日陰がたくさんほしいのだが、地面から八フィート以内には枝が伸びたり垂れたりしていないのがよい。低木の植え込みは必要ないが、あってもわたしが自分で取り除ける。だが、大きく育った木を自分で用意するのは無理な話だ。購入時には必ずそういった木々が敷地内にほしい。木陰ができるし、風も通るし、周囲を眺め渡すのに視界がさえぎられずにすむからだ。

わたしがホテル・メンガーにいるわけではないことは、当然察していることと思う。郵便物をそこに送ってもらっているだけだ。実際には街から半マイルほど離れた場所で天幕住まいをしている。ロサンゼルスで幸運にも、ブレキシントン出身の黒人、ジェフ・トゥイビルと行き合った。この男がまた、当時サンフランシスコにいたケイトー・ジョンソンというもうひとりの黒人と知り合いだった。いまわたしはこのふたりと一緒で、ジェフが馬たちの世話を、ケイトーがわたしの世話をしてくれており、実に快適だ。

こうした状況のため、きみに手配してもらいたいことがある。買うなり賃貸するなり借りるなりして、畑の一角なりを確保してほしい。四エーカーほどの広さで、木や低木は生えておらず、雨水がはける傾斜のある土地を頼む。必ず、質のよい水がすぐ手に入る場所にしてほしい。天幕を四基、ひとつをわたし用、ひとつをふたりの黒人たち用（三、四人用の大きさであること）、ひとつを調理用、もうひとつを四頭の持ち馬用に用意してほしい。馬は贅沢を好む動物で、暮らしぶりはわたしと変わらない。天幕は畑の真ん中に張ってほしい。そうすれば周囲をさえぎるものなく見渡せるからだ。畑の低木や木々の類は切り払っておいてほしい。最低でも四エーカーあれば、それ以上はいくら広くても構わない。四十エーカーあったとしても、広すぎるということはない。近くに家のない場所がよい。

いまのわたしは家とかホテルとか公共の乗り物といったものを好まない。馬で大陸を渡り、露営しながらの移動になる。ブレキシントンでは、住まいの準備ができるまで、天幕暮らしをするつもりだ。ひとさまの客となったり、下宿人となったり、誰かと乗り合いになったりするのは、絶対にごめんこうむる。

わたしは故郷に帰るのだ、ラドフォード、故郷に帰ってほかの者たちとともに名誉大佐《カーネル》の称号を受けるのだ。しかもわたしの場合は、厚意によって与えられるカーネルではない。わたしが自分の権利として勝ち取った称号、それも二回に渡って、何年か前のエジプトと、その後のアジアで勝ち取った称号だ。

かつての知り合いについていろいろと教えてくれて感謝する、そんなにいるとは意外だった。メアリー・マッティングリーが死んだとは残念だ。ブレキシントンには親愛の情を覚える人々がたくさんいるが、なかでも彼女のことがいちばん慕わしかった。

大陸を渡っての移動の進捗は逐一報告する。天幕設営の詳細について疑問点があれば、手紙で問い合わせてほしい。

感謝をこめて

カシアス・M・ケイス　拝

わたしはこれらの手紙を、カシアスを知る目上の知り合いたちひとりずつに見せてみた。

ドクター・ブーンは言った。

「思うに、これは進行性の結核だ。あちらに残っていたほうが、気候が体に合ったはずなのだが。むろんここでも長生きはできよう、屋外に天幕を張ったり、新鮮な空気という最高の治療を受けながら暮らしたりしてな。細かな点まで配慮して周囲と隔絶しようとするあたり、信頼できる男だが、ずいぶんと必要以上に気を遣っている。我々にできることはしてやらんと」

ベヴァリーはこうだ。

「気の毒に。『生きなば生きね、絶えなば絶えね』ということか。きっともう長くはないのだ。街にいれば『肺病やみ』などと言われかねないのだから、離れた場所で暮らしたほうがいい」

ホール牧師が言う。

「道しるべの星となったのは古きよき思い出、それが彼を故郷へと向かわせたのです。〝メアリー・マッティングリー〟ですか、ええ、わたしどもの記憶にもしっかり残っていますよ、彼がどれほど激しくメアリー・マッティングリーを愛していたことか。まだ若い時分は、異郷での戦いのうちに忘れていることもできたのでしょう。いまの彼はメアリーのそばにおらずにいられないのです、たとえ彼女が墓のなかで眠っていても。墓ではあっても近くにいられるのですから、最後の日々を過ごす慰めになるはずです」

わたしたちは大いに同情し、思いつけることはすべてしてやろうと心に決めた。ホール牧師とドクター・ブーンは真剣な面持ちで、ケイスの寿命を延ばそう、精神的な支えを提供しようと話し合った。ベヴァリーは、わたしが金銭面と衣食住の面の世話をする際に力になってくれそうだった。亀の歩みのケイスがだんだんとこちらに近づくにつれて、わたしたちの関心も高まっていった。彼の到着する日が来たときには、ベヴァリーとわたしとで会いに出かけた。

Ⅱ

言語には、わたしたちのあの口も利けないほどの驚きを言い表す言葉が存在しない。しかも度肝を抜かれた点は、ひとつやふたつではなかった。まず、貧弱な体つきのひ弱な病人に会うつもりでいたわたしたちの目に映ったのは、たくましく大柄な男で、そのあらゆる特徴が、一点を除いて、頑健さをうかがわせた。六フィート三インチはあろうかという骨太な体躯は、過剰なほどの筋肉に覆われ、怪力男サムソンのごときその筋肉は、だらしなく緩んだ服越しにもはっきりとわかり、その上ふくふくと肉づきがよく、日焼けで荒れてさえいなければ艶のある肌であったに違いない。

彼の装いは灰色づくめだった。つばの広い、ソンブレロそっくりのフェルト帽をかぶり、フランネルのシャツに上着を着て、コーデュロイのズボンをブーツにたくしこんでいる。そのいでたちは南北戦争前の時代を思わせた。

頭は大きくて丸く、とはいえ頭頂部の尖った弾丸状などではなく、むしろきれいな形をしていて、きちんと調髪されていた。顔もふっくらとして温厚そうだが、よくあるぼんやりとした満月のような丸顔とは違った。人あたりはよいが、品性と確固たる信念がほの見えた。首も福々しいが、くっきりとした筋が何本もその丸みの端から端までついていた。胴は樽のように太く、声がそこから重々しく響く。彼が視界に入るや、周囲の眺めはその姿で占められた。

皆で大いに度肝を抜かれたなかでも三つの点がわたしにとっては衝撃的であり、あとでわかったところでは、同じ三つの点に同様に衝撃を受けたのがベヴァリーだった。

ひとつめは顔色だった。あれだけの体つきをしていれば、血色のよい赤ら顔を、少なくとも赤味の差した頬を期待するものだ。しかしケイスの場合は真っ青で、これまで見たこともない一風変わった色味を帯びていた。彼の顔は筋肉で密に固く覆われていて、肌は外気にさらされて荒れ、こわばり、風と陽光のせいで硬化さえしていた。しかしその色は質感とはそぐわないものだった。獣脂の多い肉を覆う蠟のような皮膚に見られる色味というか、くすんだ白というか、屍にも似た生気のない色をしていた。

ふたつめはそのまなざしだった。鋭く、冷たい光を帯びた、厳しい目つきの灰青色の目は、彼を男らしく、また実際よりもずっと若く見せた。しかしそれは、目の表情が魅力的だからではなく、ものを見るときの目の様子がこちらの注意を引きつけるせいだった。彼の目はわたしたちをどこまでも見透かし、絶え間なくあちこちに視線を投げ、右に左にと瞳を凝らし、総じてわたしたちを視界のうちに収めておき、ひいては彼の注意がわたしたちからそれるとはとうてい思えない気にさせ、かと思うと周囲に絶え間なく視線を走らせるのだった。視線を向けたすべてのものを見、見ることのできるすべてのものに視線を向けるのが彼の目だった。

三つめは銃帯で、年季が入って柔らかくなった豚革のベルトに、大きめのホルスターがふたつついており、どちらからも大きな口径の回転式連発拳銃《リボルバー》が突き出ていた。

彼の挨拶には、懐かしい仲間と旧交を温めたいという気持ちがこもっていた。背後ではジェフとケイトーが、疲れ切った馬たちの背からにこやかに笑いかけている。自身は大柄な馬に乗り、疲労の片鱗も見せず、わたしたちと行き合った辻の小高くなったところからまわりを見渡した。

「このあたりのことは覚えているような気がする。きみたちがやって来た左手の道は、ブレキシントンに通じるんじゃないか」

ベヴァリーがその記憶を肯定してやった。

「まっすぐ行くと」ケイスは続けた。「きみが手紙に書いていた、大きな新しい蒸留所の前に行き当たる」

「これまた当たりだ」とわたし。

「右に伸びる道は、あの古い粉ひき場のそばを通るんだな、街に近寄らずにわたしの露営地へと向かうことができる」

「そうだ」とベヴァリー。「しかしかなり遠回りだぞ」

「わたしにはそれほどでもない」ケイスがきっぱりと言った。「街や蒸留所に用はない。ぐるりと回って行く。一緒に来るかね、お二方」

わたしたちは連れ立って進んだ。

道すがら、わたしはケイスもその晩の夕食を一緒に食べるものと思ってそう言った。

「あれだけ書き送ったというのに、ラドフォード、きみはわかっていないようだ。わたしは当面一匹狼でいるつもりだし、食事もひとりで食べる。どうしてもと言うのなら、明日説明する」

ベヴァリーとわたしは彼が野営地でひとり夕食を取るのにまかせた。

ドクター・ブーンとホール牧師は、自分たちの思い描いていたような病人はどこにもおらず、実際のカーネル・ケイスには医者の助けも心の慰めもいらないと知って大いに面食らった。わたしたちは四人でひとしきり戸惑いを分かち合った。

翌朝、わたしはケイスの露営地まで出かけた。天幕は垂れ布がすべて巻き上げられていて、本人がなかで腰を下ろしているのが見えた。昨日と同じく、顔が青白い。わたしが近づいて行くと、じろじろと探るような、なんとも解釈しようのないまなざしでこちらを見た。

彼は例のホルスターつきの銃帯を締め、そこから拳銃の尻をのぞかせていた。これにはわたしも驚いた。昨日、彼が身につけていた銃帯を見て、悪趣味な代物だなと思ってはいた。長い道のりのあいだには、武装するほうが得策だという場面もあっただろうし、そうせざるを得ない地域もひとところならずあったかもしれない。だがこんな東の果てまで来てまだ身につけているのは、格好をつけているのか馬鹿なのか。短銃の類はわたしたちの日常でも馴染みがないわけではないが、尻のポケットか外套の胸元に隠し持っておくもので、これ見よがしに人前で豚革のホルスターに入れて低い位置にぶら下げるものではなかった。

ケイスが朗らかな挨拶を寄こした。

「早起きしすぎたよ。朝飯を済ませて射撃の練習をふたまわり終えたところだ。きみはわたしをあの馬車で連れ出そうとしているようだな」

わたしはそうだと答えた。

「なかで少し座らないか」ケイスは幾分困った様子を見せた。「きょうの遠乗りの誘いは昨夜の親切な招待の延長上にあるものだね。ということは、幾らか説明が必要だ」

ケイスに葉巻をすすめられ、午前中はめったに吸わないのに受け取ったのは、葉巻を吸うことで来たるべき沈黙の時間を埋められると思ったからだ。

果たしてケイスのほうは、しばらく葉巻をふかしていた。

「きみは、山中で長く諍いを続けている人々のなかに身を置いたことがあるか」ケイスが訊いた。

「何度もある」

「そうだろうとも。きみのほうがああいう人々のあり方をよく知っている。だが、わたしもアメリカを発つ前に目の当たりにしたよ。ある諍いでひとりの男に矛先が向けられているとき、つまり、その男が当人の側の中心人物であるときに、その男がどれほど細心の注意を払って、当人を脅かし続ける危険に、他人を少しでもさらさぬようにしていることか。そういった男たちは、言うなれば運命の暗い影のなかにいるわけだが、彼らを脅かすその暗闇の周縁部の薄明かりに部外者たちが紛れ込まぬよう、どれほど気にかけていることか」

「きみの言うとおりだ」

「その一方で」ケイスが言葉を継いだ。「男たちは、事情をわかってくれている仲間には少しも気兼ねしない。だが、そういう仲間のことを立派だと思えばこそ、その仲間自身にも、自分がなにをしているかを理解して、自分の面倒は自分で見られるだけの分別があるのだと、そう信じて疑わない」

「それもそのとおりだ」

ケイスはしばらくまた葉巻を吸った。

「父がよく言っていた」ケイスはほどなく話に戻った。「喧嘩にはふたつの立場、正しい立場と間違った立場がある、しかし長く続く諍いの場合はどちらも間違っている、とね。わたしは長く続く諍いの、片方の立場にある。わたしの居場所がどこであれ、そこに矛先が向けられる。相手方は地方にいて、わたしはそこからなるべく遠く離れるようにしてきた。とはいえここも安全ではないし、地球上のどこにあっても安全ではないはずだ。月だって安全かどうか怪しいものだし、火星も、ほかの太陽系の惑星も、いちばん遠い星のいちばん目につきにくい衛星もそうだ。わたしはある権力者の憎しみから逃れられない、それはどこまでも」ケイスは大きなフェルト帽を脱いで天幕の屋根の粗布を見上げた。「どこまでも追いかけてくるのだ、神の怒りの如くに。それに、その執念深さは」その声は囁くように小さい。「悪魔の悪意の如し、だ」

ケイスは至極まっとうで、健やかで、落ち着いて見えた。

「どこにいても安全ではない」普通の声で再び話しはじめた。「わたしにとって最大の敵が生きているかぎりは。わたしには敵が多く、奴らは敵意に満ちているが、力は微々たるものだし、その敵意も便乗してのものだ。挑発しなければ奴らの敵愾心も失せるだろう。せめて最大の敵がもういないとなれば、のべつまくなしに警戒しなくてもよいのだが。だが、その究極の敵が生き延びているあいだは、いつ攻撃を受けてもおかしくないし、その攻撃も、どんなふうにやられそうかをきみに理解させるのに困るくらい微妙で、その攻撃の瞬間にきみがさらされている危険に気づかせてやれないほど粗っぽいものなのだ」

わたしは身じろぎもせずケイスを見つめた。

「きみにはこれ以上なにも言わない。好きなようにしたまえ。わたしの警告を非現実的だと思うなら、少なくともわたしからは警告したということで。わたしのまわりはつねに危険だらけだ、その危険をわたしと分かち合う気なら、自己責任でそうしてくれ。金輪際わたしと関わりを持たないのが賢明だと思うなら、いまそう言ってくれ」

「よくわからないな」わたしは答えた。葉巻にはまだ火も点けていなかった。「いま話してくれたことが、わたしのきみに対する扱いを変える理由になるのか」

「きみならそう言うだろうと思ったよ。だが、わたしは気が咎めてならない」

「仕事の話に移ってもいいかい」わたしは訊いた。

「あともう一点」とケイス。「きみは採鉱場とか、開拓地の最前線といった場所にいたことはあるか」

「何度かある。しばらく滞在したこともある」

「二人の男が会うたびに貴様を撃つと互いに脅しあって久しく、最終的な決着を保留にしている場合、女たちや子どもたちを危険にさらさないようにするために、あえて自分たちの身を敵方の近くに置いたり、敵方が自分たちに近づき過ぎるのを防げる範囲内で敵方が身近にいるのを許したりすることがある。そういう場面に出くわしたことはあるか」

「そういう形の用意周到さは確かにある」わたしは淡々と答えた。「採鉱場や開拓地よりも、このあたりでよく見かけるよ」

「そう聞いている」ケイスは不満げに答えた。「わたしがアメリカを離れたころは、個人同士の衝突が集団間の対立になり代って表立つなんてことは、このあたりではなかったものだが」

ケイスはしばらく葉巻をくゆらせた。

「とはいえ」とケイスが先を続ける。「きみが世界のどの部分を想定して例を引こうと、大差ない。わたしのそばにいるということは、乱射された弾や流れ弾をかわそうなんて危険を冒すより、何百倍、何千倍も危険だ。なにも知らないきみをそんな危険にさらすわけにはいかないのだよ」

「ジェフやケイトーはどうなんだ」

「黒人だから」とカーネル・ケイスは言い切り、そう言い切ったときのケイスはいっそうカーネルらしく見えた。「犬や馬と同じ、主人の危険を共有して当然の存在だ。わたしが言っているのは女たちや子どもたち、自分の身が危ないなどと思いもしない男たちのことだ。わたしは誰の食卓にもつかないし、誰の家にも入らないとかたく決心している。招かれようと招かれまいとだ。事情を承知の上でわたしのところに来る者は誰であれ歓迎する。きみが誰かを連れて来るのなら、その人物には前もって警告がなされているものとみなす。だが、わたしは誰のところにも押しかけるつもりはない」

「じゃあ一体どうやって検分するつもりだ」わたしは訊いた。「きみに見せようと思っている地所が幾つかあるのに」

「事業となれば話は別だ。事業の提案時にはあらゆるリスクを想定するものだ。きみは気になるかね、わたしをきみの馬車に乗せてそこらを走りまわる危険を冒すのは」

「いいや、少しも」わたしは否定した。「きみはブレキシントンの人たちをその、長々と微に入り細に入り弁舌を振るってくれた、けれどもわたしには理解できなかったところの危険にさらす気なのか」

カーネル・ケイスはわたしに冷たい視線をひたと据えた。彼は紛れもなく武人であり、自分を取り巻くものを支配し、命令し、従わせるのに慣れていて、いかなる反論も我慢がならず、ほんの小さなことでも不審な点があればたちまち怒りに火が点くのだ。

「ラドフォード」ケイスがゆっくりと、断固とした口調で言った。「わたしは誰にも害がおよばぬよう、あらゆる努力を惜しまないつもりだし、出来もしないことをやろうとするような馬鹿な真似はしないつもりだ」

「なるほど」話は終わった。「では行こう」

Ⅲ

街へと向かう道すがら、ケイスが言った。

「あの世からこの世に戻ってきた気分だ。夢をみている気もする。幾つかの通りは昔のままで、人々の顔だけが見覚えがない。三十年前の幽霊たちにも会えそうじゃないか」

わたしは曖昧な返事を返し、ゆっくりと進みながら、どの家の持ち主が変わってどの家が変わっていないかについて話し合った。そんな折、横でケイスが急な動きをしたことに気づき、そちらを見た。ケイスの顔がこれ以上ないほど青ざめたが、表情に変化はなかった。

「見たぞ、幽霊を」ケイスはゆっくりと、小さな声で言った。

わたしを超えて通り過ぎるケイスの視線を追った。わたしたちはケントン家の地所に差しかかりかけたところで、そのほぼ向かい側にいた。屋敷には古めかしい様式の屋根つき玄関があり、その屋根を四本の太く白い柱が支えている。階段の最上段に立つ二本の中柱のあいだに、薄桃色の服を着て一輪の薔薇を漆黒の髪にあしらったメアリー・ケントンが佇んでいた。彼女はじっとこちらを見つめていたが、その視線はわたしに向けられたものではなかった。ケイスは彼女に見入っている。

「メアリー・ケントンは母親に生き写しだな」わたしは言った。

「あの人そのものだ」ケイスは小声でそう言った。目はメアリーに釘づけだ。

メアリーは相変わらずこちらを見ていた。むろん彼女には、わたしが誰を乗せて走っているかがわかっている。馬たちは少し遅めの速足で進み、わたしたちが屋敷玄関のちょうど向かい側に来ると、彼女が手を振った。

「おかえりなさい、懐かしいカシアス」メアリーが明るい声をあげた。

カーネル・ケイスはメアリーに向かって帽子を振り会釈したが、声をかけ返すことはなかった。

シェルビー邸はカーネル・ケイスの希望にそぐわなかった。本人によると、街の端にある家がいいという。ほしいものが決まれば買うのは早かった。母屋以外の建物は壊し、生垣は抜き、木は枝葉を払って地面から十フィート以内に垂れ下がる枝がないようにし、それより上の部分には手をつけず、上に横にと伸び広がるままにしたので、互いに絡み合っているようにさえ見えた。家屋はほとんどすべてを建て替えた。家屋を取り囲んでいた張り出し縁をすっかり壊し、以前よりも広いものを家屋の正面にだけ設置した。その張り出し縁の向こう正面にあるのは、ケイスが唯一残した敷地入り口であり、厨房へと続く裏道と畜舎に向かう脇の門は完全に締め切られ、そのかわりにその唯一の正面入り口から屋敷まで、大きく迂回する馬車道がつけられた。

石の柱でできた馬車用の門と、その脇に歩行者用の小さな門をつけたほかは、地所を柵で囲ってしまったので、ブレキシントンでは見たことのない体裁となった。壁を支える柱は圧延鋼のT形梁で、地上八フィート、地下は六フィートまで届き、打ち固めたコンクリートに据えられていた。これらの柱にボルトで留めつけられているのが、一枚が四フィートの途切れのない四角い金網の外柵材で、網の目は最上部でせいぜい六インチ、最下部で二インチという小ささで、地下は手のひらほどの深さまで埋まり、狭い間隔で穿たれた留め金で支えられていて、その下をガス管が柱から柱へと伸び、ボルトで固定されていた。この金網は可能なかぎり高いところまで張られているが、その内側にはさらに柱のてっぺんまで、頑丈な有刺鉄線が二十本、上のほうでは六インチごとに、下のほうはもっと密な間隔で張り渡されていた。金網の内側に、ケイスはこんもりとした生垣をしつらえた。生垣用の植木たちは、養樹園から届いた時点ですでに大きく育ち生気にあふれていたので、生垣はすぐに鬱蒼と密に茂った。こまめな剪定で高さを三フィートほどに保つようにした。ケイスが潰した花壇と、屋敷から馬車道までと馬車道から生垣までのすべての場所が、たちまちのうちによく手入れされた芝生に変わった。

屋敷の裏手には二軒の家屋を建てた。一角に馬車置き場と厩舎を建てて馬車二台と馬三頭を収め、もう一角には厩舎と同規模の建物を建てて、半分は薪置き場に、もう半分は鶏舎にした。

こうした作業に携わる大工たちを眺め、九日間で柵を張りめぐらすという驚異的な仕事ぶりに見入りながら、幾人かの黒人たちが立ち話をしているところに、ある日わたしは通りかかった。彼らは笑い声を立てており、ひとりがこう言っているのが聞こえた。

「これでだんなさまは鶏小屋のめんどりに死なれずにすむってものさ。元気で上等のめんどりが育つに違えねえよ。だんなさまはめんどりを大事になさるお方だ。柵にどんだけ金をかけなさったことか」

邸内の内装は簡素で、調度もつつましいもので揃えた。人が住めるまでに支度が整ったまさにその日にケイスは屋敷に移り、露営地暮らしに終わりを告げた。ケイトーのほかに、サムソンという名の年寄りの黒人が料理人を務め、さらにポンペイという黒人が執事を務めた。この三人がケイスの暮らしを切り盛りした。

ジェフは馬車置き場の上の一室で寝起きした。

　ケイスは屋敷の手入れ前でまだ露営生活をしているあいだに、シェルビーの屋敷と領地を買い取った。

「身内の義務みたいなものとは違う」とは本人の弁だ。ケイスはさらに隣り合った農場を二か所購入したので、その地所は数千エーカーを超える規模となった。彼はこの地所の整備を進めて種馬場とし、有能な管理人をひとり雇い、家屋をその男性管理人に合わせて改装し、さらに小さな家を二軒、管理人を手助けする牧場長と農夫のために用意し、古い建物はすべて壊して、納屋と畜舎にも惜しみなく金をかけた。そして血統のよい雌馬を何頭も購入し、大規模な養馬場をつくりあげた。

＊＊＊

　街から二マイルほど離れた、道沿いの、自分の屋敷を通り過ぎてシェルビー領へと続く道のりのほぼ半分にあたる場所に、ケイスはおよそ四十エーカーの、なんの価値もない小さな農場を買った。ケイスはこれを柵で囲い、草を植えたが、家屋のそばの小さな一区画だけは手つかずのままにし、家屋は居心地よくしつらえなおし、年かさの黒人夫婦を住まわせて管理人とした。男のほうはかつてカーネルの父親が使っていた者で、名前をエラストゥス・エヴェレットといった。建物はすべて処分したが、いちばん広い畑の真ん中近くの小山に立つ、屋根だけで壁のない、かなり大きな干し草用のあずまやだけは残した。これに新しい屋根をかけて修理し、羽目板には二種類の塗装を施し、屋根を苔むした緑色に、壁面を曇り空のような灰色に染めた。なかには太い松の木の薪を四十コード（薪の量を示す単位で、一コードは一二八立方フィート）ほども整然と積み上げた。その家屋の近くに小さな厩舎を建てて、二頭のラバを住まわせ、先のラストゥス爺さんに世話をさせた。

このほかに、ケイスは背の低い小屋を幾つも建て、金網で囲んだ空地に向かって開け放した。その囲い地はたちまち犬たちでいっぱいになったが、血統のよい犬ではなく、ただの雑種ばかりであった。小型犬はおらず、どれも大型か超大型の犬だった。ラストゥス爺さんは郊外を、自前の大きな幌つき馬車に先の二頭のラバをつないで乗ってまわった。まったく役に立たない大きな体つきの犬を見つけると、安く買えるようなら買って、ほかの犬たちと一緒にしてやった。一年とたたぬうちに、ラストゥス爺さんは百匹以上の無用の獣たちに餌をやり、世話をすることとなった。

カーネル・ケイスという人間は、元々知り合いでもなければよけいに、生々しい質問をぶつけることのできない相手だった。ラストゥス爺さんのほうがずっと話しやすい。だが、好奇心から尋ねても、情報はほとんど得られずじまいだった。

「だんなさまはここ数年犬を飼っていなさるが、そのわけは言いなさんねえ。教えちゃくださるめえよ。だんなさまはあたしにあいつらを買えと言いなさり、餌をやれと言いなさった。だからあたしはあいつらを買って、餌をやってんです」

ひととおり落ち着いてしまえば、ケイスの生活は実に規則正しいものだった。早い時間に目覚め、簡単な朝食を取り、どんな天気であろうと馬車でシェルビー領まで出向く。朝のうちは決して馬に乗らない。敷地内には拳銃と小銃の射撃場がひとつずつあり、ケイスは毎朝およそ一時間かけて拳銃と小銃の射撃練習を行う。散弾銃は決して使わず、静止した標的、動く標的、発射機から飛んでくるクレー・ピジョンを狙って、連発銃と回転式連発拳銃《リボルバー》とで撃つのである。ケイスはいつも連発銃を二挺持って行き、自分で持ち帰った。わたしもたまたま同道した折に、よく彼が銃を撃つのを眺めた。

初めて見たときはわたしもかなり驚いた。ケイスは片方のリボルバーの薬室を空にし、その銃で五十発ほど撃ち、手入れをし、元々入っていた六つの弾薬筒を戻してから、ホルスターにしまう。次にもう片方のリボルバーで同じことをする。次いで同じように、一方の小銃の弾倉を空にして、五十発かそこらを撃つと、手入れをして元々の弾薬筒を収め直す。もう一方の小銃も同様だ。

わたしは彼に、なぜそうするのかと尋ねた。

「わたしの持ち歩いている弾薬筒には、銀の弾が装填されている。毎日銀を二ポンドも三ポンドもどんどんぶっ放す余裕はない。鉛の弾でも銀と変わらず腕を磨けるし、銀の弾は緊急時用につねに用意してある」

そうした想像上の緊急時にそなえて、あの銃帯を身につけ、小銃を二挺つねに手元に置いているのか、とわたしは思った。

射撃練習を終えると、ケイスは管理人と話をし、地所を見まわり、家畜について相談したり、騎手たちが乗用馬を運動させる様子を眺めたりして一、二時間ほど過ごす。週に一度かそこら、街に戻る途中で、ラストゥス爺さんに預けた犬たちの様子を見に立ち寄り、爺さんの仕事ぶりを検分する。早めの昼食は朝とほとんど変わらぬ簡単なものだ。昼食後は一時間ほど昼寝をする。それから遠乗りに出るが、シェルビー領のほうには滅多に行かない。毎回、行きも帰りも、ケントン判事の屋敷の前を通り過ぎる。最初のうちは、遠乗りに出る時間はばらばらだった。さほどしないうちにケイスは出発時間を調整し、自分がケントン邸の前を通り過ぎる際にメアリーが自室の窓辺にいそうなころにあたるよう、また家路につく時分には彼女が屋根つき玄関に出ていそうな時間帯となるようにした。やがてメアリーはケイスが通り過ぎるときには窓辺に、そして戻る際にふたたび通り過ぎるときには玄関に必ず姿を見せるようになり、ケイスの出発と帰宅は、時計で計ったように規則正しいものとなった。メアリーが窓辺にいるときは、互いの姿を認め合っているそぶりを見せないが、玄関にいるときには、メアリーが手を振り、ケイスが帽子を脱いで挨拶を送るのだった。

夏は夕暮れにかけて、冬は灯をともして後、ケイスはたっぷりと時間をかけて食事を取る。就寝がどれほど早かろうと遅かろうと、寝ようと寝まいと、たいした違いはないらしい。カード遊びが佳境に入れば一晩中起きていても平気だ。だが夜更かし癖はまったくない。根っからのカード師ではあるが、彼の屋敷での勝負はたいてい深夜にならないうちにお開きとなり、むしろ早じまいすることのほうが多かった。酒は飲もうと思えば一晩中、指四本分の量を何杯も重ねる上に、幾ら飲んでも平気なようだ。しかし深酒することは滅多にない。いつも夕食後に飲みたいだけ飲むが、その身に酒の影響は表れない。彼の酒は極上のものばかりで、いつもたっぷりと用意されていた。葉巻も酒同様によい品で、やはり豊富にあった。夕食時の葡萄酒は最高級品で、ふんだんに用意されていた。夕食自体、月並みであろうはずがなかった。サムソン爺さんは買い物がうまく、最高の料理人だった。ポンペイは執事として申し分なかった。彼らはいつでも食事が出せるよう準備を整えていて、主人ひとりだけであっても無駄は出さず、十名を超える人数であっても骨折りや狼狽のあとは微塵も見せなかった。ケイスはたまたま屋敷に立ち寄った者を誰でも、食事の席にもカードの席にも迎え入れるので、客が絶えなかった。ブレキシントンじゅうの独り者の男たちがこぞって彼のところにやって来るのも当然だった。家長たちは困惑した。そして相次いで自分たちの家にケイスを招待した。ケイスの謝絶は丁寧ではあったが断固としており、説明のためにわたしが彼らの元に差し向けられた。たいていは、ケイスの言葉をわたしなりに希釈したもので納得してくれ、ケイスからの一方的なもてなしをよしとしてくれた。一方ひとりふたりは異議を唱えてケイスにしつこく迫る者もいた。とりわけケントン判事からの招きは断れそうになかった。判事をようやく説得して、カーネル・ケイスは誰の招きにも応じないとなったとき、判事は、自分がケイスの屋敷を幾度か訪問したことに対し、ケイスが返礼の訪問をしてきちんと謝意を示すまでは、今後ケイスの屋敷の敷居を跨がないという覚悟を披瀝した。判事とケイスのあいだの行き来は、これを理由に途絶えた。しかし、ここまで作法に厳しかったのはケントン判事だけだった。ほかの者たちは皆、ケイスの屋敷や食卓やゲームの席にたびたび姿を見せた。彼の屋敷は、ありていに言えば、この街や近隣の好漢たちの集まる、一種の非公式な倶楽部となった。それは食事がよいとか住まい調度が立派だといった物理的な魅力だけでなく、主人の人柄が魅力的だったからだ。天幕生活のころから、屋敷の準備が整って住みはじめるその前から、ケイスはブレキシントンの、あるいはその周辺の男たち全員と、白人であれ黒人であれ、相手の分に応じて友人となった。誰もがケイスを知っており、誰もがケイスを好ましく思い、誰もがケイスを不思議に思ったのだった。

Ⅳ

ケイスは実のところ、わたしたちの住む界隈では誰より話題となる人物だった。彼を狂人と呼ぶ者たちは、とりわけ本人が犬牧場と呼ぶ農場や、つねに身につけている豚革の銃帯のホルスターにリボルバーが収まっていて、いついかなるときも、それなしでいる姿を誰も見たことがない点を引き合いに出した。ケイスを熱心に擁護する者たちも、彼がなぜ二百頭もの役に立たない犬を食わせる場を維持しているのか、もっともらしい言い訳を見つけられずにいた。まったくの役立たずであることこそ、ラストゥス爺さんが犬を買い取るにあたって最も重要視した点だった。あまり役に立たないから、ほとんど役に立たないからと買い取りを申し出られた犬は、断られる場合も少なくなかった。

「そうともよ」ラストゥス爺さんはよく言っていた。「うちの犬どもにゃなんの価値もありゃしねえ。でもだんなさまのお言いつけは違う、価値のねえ犬は買うな、じゃねえんだ。価値のねえ犬じゃないとだめなんでさ。ほかの犬のよりずっと役立たずで扱いにくいやつじゃねえと、あたしゃ買わねえんですよ」

同じく庇いだての難しいのが、ケイスが正餐のための正装時にまで二挺のリボルバーを携帯する点だ。彼は正餐の際には夜会服を着る。荒野の英国人らしい大いなる几帳面さで、正餐のたびに夜会服に着替えるが、ごく自然に、かつさりげなくその場違いな銃帯を身につけるので、客たちはそのとき自分がどんな服装であろうと、むしろケイスのいでたちに面食らわされるほかなかった。ケイスに心酔する者たちは、これは一種の快挙であり、正気そのものの、かつ並外れて非凡な男にしかできないと褒めそやした。彼らはケイスの現実的な事業感覚、不動産に関する優れた判断、馬に関する知識、乗馬の腕前、カードの場での冷静さとその技量とまれにみる落ち着きぶりを、彼が完全に正気であることの証として挙げ列ねた。ケイスに風変わりなところがひとつふたつあるのは認めるものの、取るに足りない奇癖だからとほとんど気にしなかった。彼の魅力的な人柄については幾らでも語ることを厭わず、その中身に意を唱える者はいなかった。うまい料理、よい酒、高級な葉巻、いつ終わるとも知れぬカード遊びで客を魅了するのはたやすい。しかし客をくつろいだ気分にさせて何時間も楽しませる、それもただ張り出し縁で腰を落ち着けながら話をするだけで、となるとなかなかできることではないし、客をもてなす主人が身に帯びた大型リボルバーの銃把を客の前で見えるがままにしたり、連発銃を一挺、つねに玄関扉のわき柱に立てかけておいたりするとなれば、さらにその何百倍も難しい芸当だ。差し迫るみずからへの攻撃に抜かりなくそなえるがために生じるこの剣呑な空気が、人という人を皆遠ざけてケイスを孤独に追いやってもおかしくはなかった。しかしそうはならずにすんだ。最初のうちはしぶしぶ認められていたものが、後にそれとなく受け入れられ、最後にはすっかり不問に付された。これと併せて不問に付されたのが、ケイスの妙な顔色だった。わたし自身がいろいろと考え、時間をかけて模索した結果、この顔色については思い当たることがあり、周囲とも見解が一致した。それは、丈夫で健康な男性の顔に、ひと呼吸の半分程度のあいだだけ映る青白さとでも言おうか、不意の狼狽や驚愕や恐怖で血が一瞬にして心臓へと戻っていくときの顔色なのだ。予期せぬ感情の揺れによって生じる精神的緊張の下でなら、なにごともなかった顔色がほんの一瞬そうした色味を帯びることはあるかもしれず、一方ケイスの場合はというと、武装した兵士の施す出陣化粧のような、陰鬱な黄味がかった灰色が顔に差したままだった。しかしだからと言って鬱々とした空気が仲間内にはびこったりはしなかった。彼のせいでその場の盛り上がりが台無しになったり、楽しい雰囲気や気持ちのよいつきあいが霧散したりすることはなかった。

武器をつねに目の届く場所に置いておく、顔色が陰気で不気味だ、ということに加え、彼のまなざしもまた不可解で人を怯えさせた。わたしはそれと似たまなざしを一度ならず、開拓者の男の表情に見たことがあり、その男は、敵から生き延びる望みが相手より先に撃つことにかかっているのを知っていて、運命を左右する瞬間がいつ来てもいいように身がまえていた。わたしは幾つもの街で、そんな事情を抱えた者の目が、探るような視線をちらちらと投げつつ、自分に近づいて来る男を例外なく検分するのを、そしてその目から強烈な不審の念が瞬時に消えて、ひとときの安堵に変わるのを見た。それと同じまなざしを、ケイスはわたしに会うと決まって向けて来た。そこには逡巡、疑念、そして半ばあえて警戒しようとしている様子が見受けられた。ケイスのこんな言葉が聞こえて来るようだった。

「あれはラドフォードか？　本人のようではある。もしラドフォードなら問題ない。しかし、本当にラドフォードなのだろうか」

そうこうするうちにわたしは、ケイスがわたしの姿を認めた際の、この突き刺さんばかりの視線に慣れっこになった。ほかの友人たちも次第に慣れはじめた。

とはいえこの件については仲間内でも話が尽きなかった。ケイスの視線には誰もが、どう解釈すべきかわからないという印象を持った。最も理解に苦しむのは、彼がこうした目つきを向けるのは男たちに限らず、女たち、子どもたち、獣、鳥、果ては虫にさえ向けるという点だった。ケイスはコマドリや蝶を見るのにも、馬や人に向けるのと同じく、興味と呼ぶには強すぎる感情の一瞬の発露を伴った。そして彼の目は、自分の前後とさらには頭上にある動くものすべてを視界に収め続けているように見受けられた。生きとし生けるもので彼の地平に踏み込むものはなんであれ、彼の目ざとさから逃れられそうになかった。

ベヴァリーが言った。

「ケイスはなにかを恐れていて、いつもなにかを探している。だが、一体全体なにを探しているのだか。やつの行動を見ると、なにが起こるかは本人にもわかっていないようだし、ありとあらゆるものを疑ってかかっているようだ」

ドクター・ブーンが言った。

「ケイスのふるまいには幾らか、迫害妄想に悩まされている感がある。だが、迫害妄想と断定してしかるべき徴候がほとんど見られない。わたしもきみたちと同じく、どうしたものかと考えている」

ケイスの視線のこの不可解さが見知らぬ相手に与える印象は、気持ちのよいものであろうはずがなかった。しかし、ただの顔見知りに過ぎない者たちもすぐに慣れ、ごく親しい者たちに至ってはいちいち気づくことさえなくなった。彼の人柄が、その視線を取るに足らぬものと思わせしめたのだ。夜な夜な彼の遊戯室《カードルーム》は陽気なにぎわいを見せた。彼のカード卓には田舎なりに気の利いた面々が集った。日暮れ時、馴染みの仲間たちは、ケイス邸の広い張り出し縁の、座り心地のよい籐椅子に腰を落ち着け、そのあいだにはデカンターと葉巻を載せた小さな円筒型の卓が幾つか置かれ、その集まりの中心にはカーネル・ケイスその人がいた。

ケイスは気さくに雑談に興じ、またその雑談がうまかった。彼の目にしてきた国々の話をしてもらうのは容易ではなかったが、いったんしゃべり始めれば、エジプトやアビシニア、ペルシャやビルマ、シャムや中国の話にいつも皆が夢中になった。彼が自身の経験を語ることはめったに、ほとんどと言っていいほどなかった。たいていがほかから聞いた話で、それを伝え聞かせてくれるのだが、彼がしゃべると、聞かされているほうは、自身の関与した話なのではないかと疑ってしまうのだった。

ケイスに、ある出来事の起きた日付や土地の名前を特定させ、はっきりと思い出させようとしても無理だった。出来事そのものや慣習については取るに足りない細かな点まで聞かせてくれるのだが、場所や時間といったおおまかな情報についてはそれができなかった。とりわけ詳しいのが現地の迷信や信仰についてだった。

ケイスは数え切れないほどたくさんの話を聞かせてくれ、そのどれもがおもしろく、話題はエジプトのナイルワニやマングース、ペルシャのガゼルや食屍鬼《グール》、ビルマの象や虎、シャムの鹿や猿、中国のアナグマや狐、さらにはあちこちの妖術師や呪術師についてと多岐に渡った。最後のふたつの話題についても、ほかと同じくいかにも事実であるといった口調で話をした。

彼が語って聞かせてくれた伝説には、中国の賢人や聖者が魔術師や魔法使いと闘うものや、謎めいた技を持つ邪悪な霊能者の悪意に満ちた謀略の物語や、超感覚を磨いた者たちがその能力を巧みに使いこなし、敵対する妖術師がどのように姿を変えようと、たとえ敵に姿を見えなくする力があったとしても、その接近や存在に気づくことができるという話があった。伝説的な奇談にはこのような、邪悪な敵の姿が自分には見えなかったり、今後敵の標的となる者が誰なのかを予知したりする筋立てとなっているものが少なからずあった。

そのうちのひとつは、中国の西安府に住んでいたとされる聖者の、欧州で言えば十字軍時代の話だった。聖者は、自分に魔法使いからの仕返しが差し迫っているのを知り、銀の剣を調達した。魔法使いの肉体は、銀より劣る卑金属の類では切ることができないからだ。さらに聖者は聖なる樹の灰を大量に用意した。

あるとき書斎にいた聖者は、敵意に満ちた存在を感じた。銀の剣をつかみ、立ち上がって守勢を取り、あらかじめ決めてあった合図を叫んだ。その声を聞いた召使いたちは、屋敷じゅうの扉という扉の鍵をかけ、聖なる灰の入った箱を手に手に駆けつけた。彼らが灰を床に撒き散らすと、撒いたばかりの灰の上に魔法使いの足跡が浮かんで見えた。召使いのうちのひとりが、主人のいいつけどおりに、生きたニワトリを一羽抱えてきた。召使いはニワトリの首を切り、血しぶきをあげる首を足跡の上の空《くう》めがけて振りまわした。中国では、ニワトリの血には魔法の力がそなわっていて、呪文を唱えることで目に見えない者の姿が見えるようになると信じられていた。事実、血が垂れて魔法使いの上に落ちると、その箇所は見えたままとなり、血まみれの片目と頬が現れた。聖者は姿を見せた敵に切りかかり、かの銀の剣で相手を斃し、その後その死体はたちまちのうちに燃えて灰と化した。ケイスは幾つも似たような物語を話して聞かせ、そのどれもが大差なくこうした終わり方をした。

　ケイスの好むこの手の物語は、先のように超自然的でおどろおどろしかったり、甚だ子どもじみた遠い土地の話だったりするのだが、彼の平生の会話には、風変わりな点や常軌を逸した点は見られなかった。ただし一度か二度だけ、ぎょっとさせられたことがあった。街に滞在中の者が数人、ケイスの屋敷の張り出し縁での集まりに参加していたおり、北部人と南部人の対象的な点についての議論を始めた。こうした議論はどうしても、互いのありとあらゆる欠点をさもしく引き合いに出してひどく辛辣に評し、相手に対する言い古された悪口の蒸し返しに堕してしまう。南部アラバマ州出身の話のくどい男が、このときの口論の片側の先頭に立ち、セイラムの魔女たちを焼き殺した（十七世紀の米北部マサチューセッツ州セイラムで、無実の女性数百名が魔女として告発され、数十名が処刑等で死んだ「セイラム魔女裁判」のこと）男どもの末裔は品性下劣であるに違いなく、その資質はこれからも受け継がれていくと長口舌をふるった。ケイスはそれまでは黙って話を聞いていたのだが、きっぱりと、厳しい率直さを含んだ、いつもの彼らしからぬ態度で口を挟んだ。

「魔女は」とケイスが言った。「焼き殺されねばならない。いつでも、どこにあっても」

わたしたちは、はっとして黙り込んだまま、しばらく座っていた。

件のアラバマ人が最初に口を開いた。

「魔女の存在を信じるんですか」

「信じる」ケイスは断言した。

「魔法にかけられたことがおありで?」アラバマ人が訊いた。この男はかなり若く、自信家で押しつけがましかった。

「きみはアジアコレラの存在を信じるかね」今度はケイスが尋ねた。

「もちろんです」アラバマ人が当然という口調で答えた。

「罹患したことは」ケイスが意味ありげに問う。

「ありません。ええ、一度も」

「黄熱病にかかったことは」

「ありません。神に感謝します」アラバマ人が熱をこめて答えた。

「けれども」とケイスがたたみかけた。「最初に強制隔離所に送り込まれるうちのひとりになるかもしれないんだ、きみの周囲百マイルで疫病が流行るようなことにでもなれば。きみだって、その病気にかかったことはこれまで一度もなくても、その存在を全身全霊で信じているわけだ。

わたしもちょうどそれと同じだ。魔法にかけられたことなど一度もないが、魔法の存在を信じている。魔法の存在を信じることは、世にごまんとある今風の宗教宗派を信仰するのと同じく、議論や証明の対象ではなく、心の習慣だ。魔法の存在を信じることが、わたしの心の習慣だ。この点について議論する気はないが、魔法の存在を信じると断言するのになんの躊躇もない。

魔法はらい病（ハンセン病の旧称）と似ていて、どちらも無関心な態度を決め込む国々に蔓延し、その断固とした拒絶に押されて視界から消えてしまう。魔法やらい病が我々の先祖に与えた恐怖がために、欧州ではどちらも完全に滅び去ったし、この国では根づく足場を築かせずにこれまでやって来た。だが魔法もらい病もいま現在、この世のどこかに存在して栄えているのだよ、これらに限らず、危機感の欠如した生き方をしていれば夢にも思わない事どもも含めてだ。らい病は隔離することでしか抑え込めないし、魔法を滅ぼせる唯一のものは火だ、火しかない」

そこでこの議論は終わった。誰もこの話題について言葉を継ぐ者はいなかった。しかしこれをきっかけに、ケイスの精神状態についてひとしきり議論が交わされ、ケイスの屋敷をのぞいた至るところで数日に渡ってそれは続き、彼の超然とした態度、飼われている犬たち、むきだしのリボルバーと豚革の銃帯など、およそ取り上げられそうなことはすべて話題とされたのだった。

V

熟んだ秋がインディアンサマーへと移り変わった。日は短くなり、日暮れ時には冷え込むようになった。そんな気候では、夜にケイス邸の張り出し縁で集まるわけにもいかなくなった。メアリー・ケントンも、大きな白い屋根つき玄関の、左寄りの二本の柱のあいだで揺り椅子に座していることはなくなった。しかし、目を引いたのは、天気がどうあろうと、毎夕彼女が外に出て玄関口に姿を見せるのをついぞ忘れなかったことであり、夕暮れ時の薄暗がりやさらに遅い時間の夕闇のなかで、毎日必ず彼女が手を振り、馬上の男が大きなつば広のフェルト帽を打ち振って互いに応えあうその様子であった。

ケイスの仲間、友人、取り巻きといった人々は、この時期、遊戯室や撞球室や食卓の前で集うのでなければ、たいていが彼の屋敷のゆったりと広い居間にしつらえられた、大きな暖炉のまわりに陣取った。わたしもそうした集まりにちょくちょく参加しては、大いに興味深くまた愉快な時間を過ごした。わたしがケイスの屋敷で食事をするときは、決まって長い食卓の末席に座し、上席のケイスと差し向いになった。食堂手前の広間に通じる扉が、ちょうどわたしの右手に来るのだった。

十二月になったばかりのある夜、わたしはいつものように食卓の末席にいた。ここ数日、空気の冷たさがいま少し感じられる日々が続き、空は晴れ渡ってなにもかもが乾燥していた。その晩はとくに寒さが穏やかだった。わたしたちは早い時間から食卓についていて、七時にもならないうちからポンペイが葉巻をすすめ始めた。火を点けた者はまだいなかった。誰かがケイスに質問をしたので、皆で彼の答えに耳を傾けていたところだった。わたしはほかの者たちと同じく、ケイスに視線を向けていた。その刹那、すべてが起こったのだが、なにが起きたのかを把握するにはその十倍、百倍の時間を要した。瞬時の出来事だったので、ケイス以外は誰も、身動きひとつしなかった。

ケイスの視線は質問者に向けられていた。わたしは扉が開いたところは見なかったが、ケイスの視線が扉へと移り、はっとして訝しげな、いつもの目つきになったのを見た。ところが、素早く誰何するようなそのまなざしは、和らいで安堵と無関心に変わる代わりに瞬時に険しくなり、決意を映し出した。わたしはケイスの片手がホルスターに伸びて、リボルバーを取り出すのを、その狙う先を、ケイスの表情が変わるのを目にし、彼が爆音のごとき大音声を発するのを聞いた。

「おい、まさか！」銃口が急に上にあがるのが目に入り、銃声がわたしたちの鼓膜をつんざき、煙を透かしてケイスが椅子を後ろに押して立ち上がるのが見えた。

ほかの者たちは皆、呆然として立とうともしなかった。わたしと同じく、その場にいた全員が扉に視線を向けた。

そこに立っていたのはメアリー・ケントンで、全身薄桃色づくめの彼女は、薄桃色の絹の夜会服から白い肩を半分出し、淡い珊瑚色のリボンを一本細い首に巻き、薄桃色の玉房をひとつ、艶のある髪にあしらっていた。メアリーはなにごともなかったかのように静かに佇み、両腕は夜会服の陰で見えず、右手先で服の前をまとめて押さえていた。幾つかの指輪が指の上で光を放つと同時に、胸元のピンも低めの前身頃で光を放っていた。

「カシアス、ずいぶんとお芝居がかった方法で不意のお客さまをお迎えになるのね」

「いやはや、メアリー。本当にきみだな。間一髪で本物のきみだとわかった」

「もちろん本物のわたくしです」メアリーはケイスの言葉をそのまま返した。「どなただと、あるいはなんだとお思いになったの」

「きみではなく」ケイスがかすれた声で答えた。「きみではなくて」声が次第に小さくなって消えた。

「もう納得がいきましたでしょう、本物のわたくしだと」メアリーはきびきびした口ぶりで言った。「せめて椅子をおすすめくださってもよろしいのでは」

この言葉でわたしたちは驚きから覚め、全員が勢いよく立ち上がった。

彼女は落ち着いた物腰で暖炉の右側に腰を下ろした。

「素晴らしいポートをお持ちとのお噂よ」そう言って笑い声を立てた。ケイスがグラスを手渡すまで、メアリーは椅子に座ってわずかに震えていたが、ひと口飲んで元気を取り戻した。

「思いも寄りませんでした、なにごとかと思うような歓迎ぶりで」

わたしたちはぼんやりと立ったまま、無様に黙り込んでいた。

「どうかお客さま方に座っていただいて、カシアス。みなさんのお楽しみを邪魔するつもりはなかったんです」

わたしたちは椅子に座ったが、食卓のメアリーが座っている側にいる者たちは、暖炉に向かって体の向きを変えた。そこにはケイスが立ち、メアリーと向かい合っていた。

「説明がいりますわね」メアリーがさらりと言った。「ミリー・ウィルバーフォースがわたくしのところにいるのですけれど、彼女が《メイラード》のチョコレートをひと箱賭けましたの、わたくしがあなたを訪問しないほうに。わたくし、あぶないことは決していたしませんし、お天気もよいし、あなたのお客さま方全員に、わたくしたちのお目付け役になっていただけますから、昔馴染み同士の短い訪問なら悪いことはないと思いましたの」

「それはそうだが」とケイスが勢い込んで言った。「悪いことになりそうだったじゃありませんか。さあ、家まで送りましょう。判事が心配します」

「父はわたくしがここにいることを知りません。父に知られたらなだめるだけのことです。あなたが会いに来てくださらないかぎり、わたくしから一度なり会いに伺うしかありませんもの」

ケイスは彼女のために扉に手を添えて開け、自分も外に出て扉を閉め、弾丸が扉の枠につけた穴を見つめるわたしたちを残して出かけて行った。

＊＊＊

春がめぐり来たある朝、ケイスがわたしを連れてシェルビー領から街へと向かっていると、わたしたちの前を、百フィートも離れていないところで、メアリー・ケントンの一頭立ての軽装馬車が脇道から大きな道へと入っていった。馬車が向きを変えたそのとき、雌馬も車両もなにもかもが、すさまじい音を立てて歩道に乗り上げた。メアリーは次の瞬間にはすっかり振り落とされたに違いなく、馬の首にしがみついていた。ケイスは自分の乗ってきた気性の荒い雄の子馬たちをなんとか押しとどめ、壊れた車両の脇まで引いてきて停め置いたのだが、さすがの彼もそこまでするのがやっとだった。わたしは乗っていた馬車から飛び出したが、それは、ケイスの馬たちの馬銜《はみ》をつかんで押さえ、ケイスにメアリーを助けさせようとしたからだ。しかしメアリーはわたしに向かって居丈高にこう言った。

「ジョン、こちらに来てボニーの首に乗ってちょうだい」

わたしがボニーをどうにかこうにかなだめると、雌馬は怪我をした様子もなく立ち上がった。

「メアリー、一体どうしてこんなことに」カーネル・ケイスは怪訝そうに声をかけた。メアリーは馬の扱いに秀でていたからだ。

「事故は起こるものよ」メアリーはこともなげに言った。「むしろありがたいくらい。あなたがわたくしと口を利いてくださったのですもの、百回でもぶつかるわ」

「だが、手紙を書いたろう」ケイスは「手紙で説明したはずだ」

「たった一通だけでは」メアリーはふふんとせせら笑った。「人を説得したいのなら、回数を重ねなくてはいけませんのよ、しょうのない方ね。わたしも五通目か六通目、もしかしたら早々に二通目で納得したかもしれませんのに」

ケイスがメアリーをじっと見つめるのも当然、彼女はなんともあだめいて魅力的だった。

「ジョンがいたって、ちっともかまいません」メアリーが続けた。「ジョンはわたくしに忠実な騎士で、決して裏切ることのない味方なんですもの。わたくしの秘密を守ってくれますし、お願いごとはなんでも聞いてくれます。たとえば、いまだってきっと渋ったりしませんわ、ボニーの馬具を馬車に投げ込んで、わたしの代わりに街まで乗って行ってちょうだいとお願いすれば。それに」メアリーはまばゆい笑みをケイスに向けた。「もうひとつ、わたくしが馬車を倒してしまってよかったことは、車体をひどくぶつけてしまいましたので、わたくしを家まで送る役目をあなたが体よく断るわけにいかなくなったこと」

「しかしメアリー」ケイスが異を唱えた。「もう十分説明したはずだ」

「わたくしがあんなくだらないお話をまるまる信じ切ると、まさかそうお思い?」メアリーが語気強く言った。「信じたところで、わたくしのまわりには小人の姿など見えませんし、仮に、かの『神曲』の地獄篇に描かれた悪の嚢《マーレボルジェ》がすべてこの目にはっきり映ったとしたら、それこそあなたに送って行っていただかなくては」

ケイスはメアリーを送り届けざるを得なかったが、その日の午後から、片や玄関先から手を振り、片や馬上から帽子を打ち振るあの日課が再開され、ふたりのあいだの唯一のやりとりとして続けられた。

Ⅵ

夏も盛りのころ、サーカスがブレキシントンにやってきた。ケイスとわたしが遠乗りに出たのは、サーカスの到着した日の午後のことで、幾つか設営の終わった天幕の脇を通り過ぎ、さらにサーカスの貨物の列が、鉄道の貨物置場を出て街を抜けようとするところに行き合った。わたしたちは馬を通りの片側に引いて行き、腰を下ろして行列を眺めていた。

コサック兵やメキシカンカウボーイ、野生馬《ムスタング》に乗ったインディアンたちの姿があった。象が二頭、キリンが一頭、駱駝が数頭いたせいで、わたしたちの馬たちが鼻を鳴らしたり落ち着きなくうろついたりした。次いで檻の列が来て、猿たちの檻、オウム数種にコンゴウインコ数羽の入った檻、さらには狼たちの檻、熊たちの檻、ハイエナたちの檻、ライオンの檻、雌ライオンの檻、トラの檻、美しい豹の檻が続いた。

ケイスが動き、カチリという音が聞こえた。わたしはあたりを見まわし、ケイスが撃鉄を引いて豹の檻を狙うのを凝視した。彼は発砲こそしなかったが、檻が射程外に出るまで銃で狙い続けた。それから銃をホルスターに戻し、行列の最後が過ぎるのを眺めていた。ケイスはこうとだけ言った。

「申し訳ないが、ラドフォード、家に急ぎの用事がある」


日暮れに近づいたころ、ケイトーがひどく興奮した様子でわたしのところにやって来た。

「ケイス様がおかしくなっちまいました。気が狂っちまったに違えねえです」わたしはケイトーに屋敷に戻るように言うと、自分も散歩ついでにさりげなくケイス邸に向かうことにした。

ケイスは薪小屋にいて、ラストゥス爺さんと一緒だった。屠殺されたばかりの豚よろしく後肢で吊るされていたのは、ラストゥスが世話を任されていたなかでもいちばん体の大きな犬たち十数匹だった。喉が切り裂かれ、ブリキのバケツがそれぞれの滴りを受けていた。黒檀色の顔から血の気が引いて土気色を帯びているラストゥスは、大きなブリキのバケツとおろしたての漆喰用のブラシを抱えていた。

ケイスはいつもどおりの挨拶をわたしに寄こし、わたしがこの場にいることに不都合はなく、本人も、取り立てて変わったことはなにもしていない、といった風情だった。

「爺や、そいつらからはもうそれ以上出ないと思う。全部その大きなバケツに移してくれ」

ケイスは自分のあとをついて門へと進むラストゥスの手からブラシを受け取った。

門のところでケイスはブラシを血に浸し、馬車道の砂利と歩道の敷石に幅広の帯状の線を引いた。その作業の進めぶりはまるで、庭球競技《ローンテニス》のごくごく初期に、水漆喰を使ってコートを描いたときのようだった。当時はウェットラインマーカーがまだ発明されておらず、ドライマーカーに至っては想像もおよばなかった時代だ。ケイスは自分の地所を囲うように、生垣のすぐ内側に血で線を引き続けた。三インチの幅をくっきりと、またべったりと描くのにはたいそう骨が折れた。

ぐるりと回って入り口のところまで戻ってくると、歩道と馬車道に描いた線をもう一度なぞった。そして背筋を伸ばし、ブラシをラストゥスに返した。

「ちょうど足りたな」とケイス。「計算どおりだ」

わたしはそれまで口を挟むのを差し控えていた。しかし、ケイスの満足気な様子に、なにやら避けられない力が働いて、つい口をすべらせた。

「なぜこんなことを」

「中国人は」とケイス。「犬の血を邪術除けとして尊んだ。効くかどうかは怪しいものだが、これよりましな防御策を知らない」

なにか言ってほしいわけではないようだったので、わたしは言葉を返さなかった。その晩はほかの六、七人とともにケイス邸に留まった。わたしたちは邸内で腰を下ろしていた。日中は曇りだったのが、雨の宵となったからだ。おかしなことはなにも起こらなかった。

翌日、街にはサーカス団からの知らせが張りめぐらされ、そこには逃げた豹を捕獲した報酬として五百ドルを提供するとあった。

ケイトーがわたしの事務所にやって来たのは、わたしがちょうど昼食に出かけようとしていたところだった。

「ケイス様がまたまじないごとを」ケイトーが告げた。

行ってみると、犬たちの第二群がラストゥス爺さんによって、体力自慢のラバたちの引く幌つきの荷馬車で連れて来られ、前回と同様に屠殺されて、例の血の帯が上から再度塗り直されていた。ケイスはその線を最初に引いてからというもの、そこから外には出ておらず、その日の朝はシェルビー領への遠乗りも取りやめていた。

日中は、前日の雨のあととあって晴れわたり、まぶしい陽光がすべてを乾かした。夜は空気が澄み、風もなく、満月に近い月が強い光を放ちながら高くのぼっていた。そして街のほぼ全員がサーカスを見に出かけていた。

ベヴァリーとわたしはケイス邸で食事をした。ほかに客はいなかったが、ケイスの主人としての技量のおかげで、晩餐は和やかで楽しいものとなった。食後は三人で張り出し縁に出て腰を下ろした。まばゆい月の光がそよとも動かぬ木々の上に照り映え、枝葉のあいだを縫い、燦然たる荘厳な景色をつくりあげ、どことなくひんやりとした空気が、その心地よさと友との交わりとを堪能する気分にさせてくれた。ケイスは静かな声で、主に欧州で見た数々の美術館の話を聞かせてくれ、その話しぶりはいつもと変わらずに魅力的で、こちらも心が浮き立った。正気を疑うべき要素などはみじんも感じられず、本人もすっかりくつろいでいるようだった。張り出し縁には小半時ほどもいて、その間、通りには連れ立って行く者たちもひとりで歩く者も見かけなかった。そんなとき、女の人影が車道の真ん中を、街とは反対側の方角からこちらへと向かってくるのが見えた。ベヴァリーとわたしがその女に気づいたのはほとんど同時で、ベヴァリーもわたしと同じように女を凝視しているのがわかった。というのもその女はいかにも女性らしい身ごなしで、不思議なことには徒歩であり、それより不思議なことには連れの姿はなく、最も不思議なことには半マイルの道のりを、広くて足場のよい歩道ではなく車道を選んで歩いていた。

ケイスはそのとき、エジプトで見たという象牙を彫ってつくったチェスの駒一式の話をしていたところが、しゃべるのをやめてわたしたちと同じように女をじっと見た。わたしはやって来る人影が誰なのかを突き止めなければという気になり、見知らぬ人のようでもあり、体の線や物腰に見覚えがあるようでもあり、と思いはじめた矢先にベヴァリーが声をあげた。

「おい、あれはメアリー・ケントンじゃないか」

「違う」カーネル・ケイスは喧嘩腰の、大きな鐘が立てる太くて長い反響音のような、よく響く声で言った。「違う、メアリー・ケントンのわけがない」

わたしは彼の否定の勢いに驚き、さらに三人でいっそう女を注視した。近づいて来る若い女は確かにメアリー・ケントンを思わせるのだが、彼女ではないという確信がわたしにはあった。身ごなしからして女が歳若いのは間違いなく、名状しがたいなにかを纏っていて、そのせいで見目形の美しい女に違いないと男に期待させるところがあった。女はどことなく尊大で、これ見よがしに足を高くあげた足取りで歩いている。

女がわたしたちのほぼ向かい側に来ると、ケイスが途切れ途切れのしわがれ声で語気強く言い放った。

「それどころか、あんな姿をしていても厭わしい魔物なのだ、あんな姿でも」

その背の高い、均整のとれた体つきの若い女は、門のちょうど手前で向きを変え、こちらに向かって来た。

「どうやら」とベヴァリー。「入ってくるつもりだぞ」

「いや」とカーネル・ケイスがまたも太く唸るような響きを声に忍ばせて言った。「いや、入っては来ない」

若い女は敷地内へと続く小道への門に手をかけ、押し開けた。敷地に足を踏み入れ、次いで立ち止まり、その立ち止まり方が不意で、出し抜けで、半歩踏み込んだようなぎこちなさがあり、小道に置かれた邪魔物に出くわして、手押し車のような背の低い物で完全に行く手を塞がれたかのような動きを見せた。女は束の間立ち止まり、まごつきながら左右に視線をやり、それから後ろに下がって門を閉めた。それから体の向きを変えて通りを眺めわたすと、のしのしと大股で、ひどく怒った様子で足を速めた。

わたしの視線は、ベヴァリーと同じく、道を行くその人影に注がれていた。そのため、見たというよりは横目でちらりと認めただけなのだが、ケイスが扉のわき柱から小銃をひっつかみ、肩に背負って発砲したのがわかった。耳をつんざく破裂音が鳴る寸前、わたしは道路を行くその人影が真下に頽れるのを見た。あまりの驚きに立ちすくみ、道路の砕石の上の塊を凝視して凍りついた。ベヴァリーもわたしと同じく呆然として身じろぎもしない。わたしの視線が依然として釘づけのままのところに、ケイスがふたつめの弾薬筒を弾倉から送り込んでまた発砲し、わたしはその無残な塊が銃弾の衝撃を受けて体をふたつに折った状態で飛び跳ね、完全に絶命した骨身に震えが生じるのを目の当たりにした。ケイスがみたび発砲し、同じことが繰り返されるのをわたしたちは目にし、恐怖から覚めて跳ねるように立ち上がると、人殺しに向かって怒声をあげた。

一連のとてつもなく素早い動きで、狂人は小銃を肩から降ろし、わたしたちが近づかぬよう、リボルバーをこちらの頭部に向けた。

「自分のしたことがわかっているのか」わたしたちは口々に叫んだ。

「自分のしたことはよくわかっている」ケイスは落ち着いた大きな声で言葉を返した。二挺の拳銃の銃身の向きは、張り出し縁の柱のごとくに動かない。「だが、五百ドルの報酬を手に入れたかどうかは確信がない。ふたりとも、すまないが通りに出て、あの屍骸を確かめてもらえるだろうか」

わたしたちはうつけたように、静止したリボルバーの銃口を向けられたまま、舗装された歩道を寄りそいながら、悪夢のなかを進んでいった。

わたしは女が殺されるところを見たのは初めてで、この女は上流階級の出らしく、若く美しかった。わたしは車道の凹凸を足の下に感じながら、あちらこちらに目をやっていたが、正面の地面に近いあたりは見ていなかった。

ベヴァリーが咳き込みながら叫ぶのが聞こえた。

「豹だ！」

そこでわたしもそちらに目をやり、やはり大声をあげた。

「豹だ！」

横たわるその姿は実体のある、疑うべくもない、目にも明らかなもので、銀色の月の光の下で、楓の葉のくっきりとした黒い影が、滑らかな獣皮に落ちていた。

あまりの驚きに気が立って声高にしゃべりながら、わたしたちは豹を引きずって裏に返した。傷は六か所あり、そのうちの三か所は弾が入った箇所、残り三か所は弾が出て行った箇所で、弾のひとつは背骨から胸骨へと抜け、ふたつはあばらの間を抜けていた。

わたしたちは屍骸をどさりと置いて立ち上がった。

「けれど、自分が見た気がしたのは……」わたしの口から思わず大きな声が出た。

「しかし、僕が見たのは……」ベヴァリーがうめく。

「ふたりとも」カーネル・ケイスの声が轟いた。「なにを見たとか、なにを見た気がしたとか、そういうことは言わないでおいたほうがいい」

わたしたちは黙ったまま立ち尽くし、ケイスを見、互いを見、通りのあちらとこちらを見た。誰の姿も目に入らなかった。どうやらサーカスが近隣じゅうを根こそぎ人払いしてしまったらしく、誰の耳にも銃声は届かずにすんだ。

ケイスがわたしに普通の声で話しかけた。

「ラドフォード、きみさえよければ屋敷に戻って、ジェフに手押し車を持ってくるよう伝えてもらえないか。わたしはこの死肉を見張っていないといけないのでね」

わたしは、照準のずれた二挺のリボルバーを死んだ獣に向けている彼を、その場に残して屋敷に戻った。

ジェフがケイトーを伴って手押し車を運んできた。ふたりの黒人たちは手押し車に、まだ温かい、斑柄の獣皮のだらりとした塊と、その皮に包まれていたものを載せた。続いてジェフが両方の柄を握り、ケイトーと交代しながら、その積み荷をラストゥス爺さんのところまで押していった。ケイスは撃鉄を起こした二挺のリボルバーを手に、手押し車の片側を歩き、わたしたちは、言うまでもないことだが、その反対側を歩いた。

ジェフは手押し車を小山の上の干し草用のあずまやへと転がしていった。彼とケイトーとラストゥス爺さんで薪を運び出し、畑に巨大な薪の山を築いた。次いで彼らは灯油の樽をあずまやの近傍から掘り出した。点火のための焚きつけ用の薪のいちばん上に置いてから、樽の注ぎ口を開けて、中身を死骸と積み薪にかけた。

そのあと、ケイスから指示を受けたジェフが立ち去った。わたしたちは薪が燃え落ちて赤い炭となるのを見守った。そのころまでには、ジェフがシェルビー領から馬二頭を繋いだ荷馬車とともに戻って来ていた。ケイスは二挺のリボルバーの撃鉄を下げ、銃身に詰め物をし、銃帯の留め金を外して荷馬車に放り込んだ。

ケイスが歌を歌えるとは、まったくもって意外だった。彼が《ディクシー》(南北戦争時に南軍で歌われた行進曲)を深みのある素晴らしいバリトンで歌い出したので、わたしたちもそれに倣い、さらにほかの威勢のいい曲を幾つも歌いながら帰路についた。荷馬車を降りると、ケイスはのんびりと張り出し縁の階段をのぼり、例の銃帯は手に下げていた。小銃を扉のわき柱から手に取った。

「もうこの頼りになる友人たちの出番はない。もしよければ、今回のことの記念に持って行ってくれたまえ。用ずみの拳銃と銃帯は、わたしが持っていようと思う」

翌朝、わたしがケントン判事の屋敷の前を通りかかろうとしたとき、重く響く足音が急いでわたしに追いつこうとしているのが聞こえた。振り向くとそれはケイスで、いつもの灰色の服につば広の小さめのソンブレロといったいでたちではなく、茶色の柔らかなフェルト帽をかぶり、青のサージのスーツが赤いネクタイとタンシューズのおかげで引き立って見えた。なにより銃帯をつけていないのがひときわ目立った。

「わたしと一緒に来てくれないか、ラドフォード。きみにはどのみち付き添い人になってもらうだろうから」

ケントン判事がポーチにいるのが見え、メアリーは薄桃色づくめの装いで、同じ色の薔薇を髪にあしらい、父親と美しい継母とのあいだに座っていた。

「ジェフに手紙を持って行っておいてもらったんだ」ケイスの説明を聞きながら階段をのぼった。「確実にお目にかかれるようにね」

挨拶をすませ、ケイスが言った。

「判事、わたしは口数の少ない男ですが、言うべきことはきちんと申し上げます。わたしはお嬢さんを愛しています。お嬢さんに求婚するお許しをいただけませんでしょうか」

「許すとも」判事は答えた。

ケイスは立ち上がった。

「メアリー、一緒に庭を歩かないか、葡萄棚のところまで」

戻ってきたメアリーは、大きなルビーのまわりにダイヤがぐるりとあしらわれた指輪をはめていた。上気した顔が指輪によく似合った。そして、紛れもなく、ケイスの頬にも赤味が戻ってきていた。

「お父さま」メアリーが腰を下ろしながら言った。「わたくし、カシアスと結婚します」

「おめでとう、メアリー」判事が応じた。「喜ばしいことだ」

「みなさん喜んでくださいますわ、きっと」メアリーが言った。

「カシアスももちろん喜んでいます、それに、彼には嬉しいことがあとふたつありますのよ。ひとつは今夜わたくしたちと気兼ねなくお食事ができること。本人がそう言ってくれました。もうひとつは」いたずらっぽい光を両目に宿して続けた。

「本人は言いませんけれど、わたくしにはわかります、わたくしとの結婚の次に、この世界のなによりカシアスにとって喜ばしいのは、これからはもうなんの遠慮もなく競馬を見ることができて、機会があればあるだけレースに足を運べることですわ」

事実、ふたりは半年の新婚旅行から帰るなり、あらゆるレースに姿を見せるようになった。ケイスのまなざしからかつての落ち着きのなさは消え、頬は健康的な色味を帯びて、これまででいちばん人間らしい顔色をして見えた。

この物語には説明が必要だとの指摘があるかもしれない。だがわたしは自説を詳しく述べる気にはならない。メアリーは本人の知っていることについては黙して語らず、彼女の夫のその後の暮らしにはわたしの知るかぎり特筆すべきことも起こらず、彼自身からもなにひとつ言及はない。

夢魔の家

The House of Nightmare

最初にその家を目にしたのは山の頂からで、わたしがちょうど森を抜けて、何百フィートもの眼下に広がる谷を望み、遠くの青い山並みに向かって沈む低い太陽へと視線を移したときのことだった。ほんのつかのまではあったが、大げさに言えばほぼ真下を見下ろしている感覚に襲われた。道と野辺とがチェス盤のように網の目を張り、農舎の点在するその上から自分がぶらさがっている心持ちがして、よくある思い違いではあるが、石を投げればうまくその家に当てられそうな気がした。実際は、スレート葺きの屋根がかろうじて見えた程度だったのだが。

さらにわたしの目を引きつけたのは、その家の前を走る道だった。道の片側には家を取り巻く鬱蒼とした深緑の木々が、向かい側には果樹園がある。見事なほどまっすぐなその道は、背の高さの揃った、一列に並んだ木々に縁取られ、石炭の燃え殻を敷いた側道と低い石壁が端から端まで並行するさまが見分けられた。果樹園側ですぐ目につくのが、隣り合った二本の木のあいだにあるひとつの白い物体で、どうやら背の高い石灰岩が縦に割れて傾いたものらしく、あたりの野辺の景観は、この邪魔物がいくつもあるせいで損なわれていた。

道そのものは緑の羅紗張りの卓に置かれた黄楊《つげ》の物差しのようにくっきりと見えた。あの道で一気に速度を上げようと心が沸き立った。これまでずっと、森に覆われた山のあいだばかりを走り続けてしんどい思いをしてきたのだ。その間一軒の百姓家もなく、粗末な小屋ばかりが道の脇に立ち、つい二十マイルほど手前で見たものなどは、ひどく傷んで道塞ぎであった。あと数マイルで、休憩を取る予定の場所に着くこともあり、この先を走るのが、とりわけあのまっすぐで平らなところに差しかかるのが、いっそう楽しみに思えた。

速度を慎重に下げているうちに、切り立つような斜度の長い下り勾配が始まり、またもや木々に飲み込まれると、谷が視界から消えた。窪地へと下り、次の小山の頂に上がると、再びあの家が、先ほどよりも近くに、またさほど下にあるでもなく目に入った。

件の背の高い石が見えてくると、わたしは愕然とした。家の向かい側の、果樹園の脇にあったのではなかったか。いまはどう見ても道の左側、家近くにある。自問自答を切り上げる気になったのは、その小山の頂を過ぎるころだった。またも視界がさえぎられたからだが、気づくと前を注視しながら、同じ光景を目にする次の時機をうかがっていた。

このふたつめの小山を下り切ったところで、例の道が斜めの方向に見えたのだが、自信はないものの最初と同じく、あの背の高い石が道の右側にあるような気がした。

最後の三つめの小山の頂から見下ろすと、天蓋状に繁る木々の下に例の道が伸びて、まるで筒のなかを貫いているように見えた。一本の白い線があり、それをあの背の高い石と勘違いしたのだ。石は右側にあった。

最後の窪地へと下った。そしてその先の傾斜を登りながら、目の前の道が上がり切ったところから目を離さずにいた。やがていちばん上まで登って視界が開けると、あの石が自分の右手の、楓が寄り集まったなかにあるのを記憶に留めた。わたしは身を乗り出してまず片側の、次いでもう片側のタイヤを調べてから、ギアを入れた。

車を飛ばしながら、先の方に目をやった。そこには例の背の高い石が――道の左側にあるではないか！わたしは芯から仰天して気を失いかけた。一度車を完全に停め、石をよく見て、右側にあるのか左側にあるのか、さもなければ実は道の真ん中にあるのかを、きちんと確かめなければ。しかし、泡を食ったわたしは速度を最大にまで上げてしまった。車は猛然と走り出し、わたしの触れるものすべてが意図せぬ結果を生み、めちゃくちゃなハンドルさばきの果てに左へと横滑りして、大きな楓の木に衝突した。

気がつくと、わたしは水の枯れた幅広の溝に仰向けに倒れていた。日暮れ直前の太陽が、幾筋もの金色がかった緑の光を、頭上の楓の大枝のあいだから投げかけている。目覚めて最初に襲われたのは、自然の美しさへの感謝と、ひとりの連れもなく旅をする自分を責める気持ちとがないまぜになった、奇妙な感覚だった。頭がはっきりしたので体を起こしてその場に座った。頭から下に具合の悪いところはなさそうだ。出血はなく、骨も折れておらず、かなり揺すぶられた割にはひどいあざも見られなかった。

そのとき、ひとりの少年が目に入った。溝近くの、石炭殻を敷いた道の際に立っている。ずんぐりとした体は頑丈そうで、素足のまま、裾を膝までまくりあげたズボンを履き、胡桃《バターナット》の樹液で茶色に染めた、首まわりの開いた綿シャツを着ているが、上着や帽子は身につけていない。麻色の髪はもじゃもじゃで、そばかすだらけの顔に、見るに堪えない兎口の持ち主だ。落ち着きなく体を左右に揺らし、両のつま先をひねくり回しながら、なにを言うでもなく、ただこちらをまじまじと見つめている。

わたしはなんとか立ち上がり、車の壊れぐあいを調べることにした。どうやらどこもかしこも悲惨な状況らしい。爆発したわけでも火が出たわけでもなかったが、手のつけようもないほど徹底的に壊れていた。とりわけひどくぶつけていそうなところを、ひととおり確かめてみた。大きな籠をふたつ乗せて来ていたのだが、この籠だけが、皮肉な運命のいたずらによって難を逃れ、ふたつとも外へと投げ出されながら傷ひとつなく、なかの瓶さえ一本たりとも割れてはいなかった。

わたしが調べまわっているあいだじゅう、少年は生気のない目でずっとわたしの動きを追っていたが、ひと言も発しなかった。自分では手の施しようのないことがわかったので、わたしは背中を伸ばして少年に話しかけた。「ここから鍛冶屋まではどれくらいあるのかな」

「八マイル」と少年は答えた。重度の口唇裂のせいで、わかりにくいことこのうえない。

「そこまで送ってくれないか」

「乗りものがねえんだ。馬も、牛もいねえし」

「隣の家まではどれくらい」わたしは言葉を継いだ。

「六マイル」

わたしは空をちらりと見た。日はすでに落ちている。時計に目をやると、七時三十六分になろうとしていた。

「今夜はきみの家に泊めてもらえないだろうか」

「来たかったら来な」と少年。「で、泊まれるんなら泊まりな。家ん中はどこも散らかり放題だ。母ちゃんは三年前に死んで、父ちゃんは出かけてる。食べるものはソバの粉と古いベーコンしかねえよ」

「食べるものならいっぱいあるんだ」とわたしは言い、片方の籠を持ち上げた。「そっちの籠を持ってくれるかい」

「来る気があんなら来な」と少年。「でも自分のものは自分で運びな」声を荒げたわけでも乱暴な言い方をしたわけでもなく、やんわりと穏やかに言いたいことを言った体である。

「それもそうだ」とわたしは言って、もう片方の籠を手に取った。「案内を頼むよ」

家の前の庭は、何十本もの鬱蒼とした庭漆《にわうるし》の木の陰になり、暗かった。庭漆の下には低い木が藪をなし、さらにその下では、湿気を含んだ下生えの吸枝が、草のぼうぼうと深く生い茂るなかから高く伸びている。かつては馬車の通る私道であったらしい、弧を描いた細い小道が、使われることなく草が生えるままにされて、家へと続いていた。庭漆は家屋の近くにも生えていて、木の根や吸枝の放つ悪臭と庭漆の花の強烈なにおいが周囲に立ち込め、なんとも厭わしい。

家は灰色の石造りで、緑色の鎧戸が色褪せて石と見紛う灰色に変わっていた。家の前面には外側へと縁《えん》が張り出し、地面からそう高くない位置のせいか手すりや柵はついておらず、胡桃の薄板を編んで座面にした揺り椅子がいくつか置かれている。鎧戸の閉まった窓が張り出し縁に向かって八つと、その中ほどに間口の広い扉があり、扉の両脇には小さな紫色の羽目板が、上には扇型の明かり取り窓があしらわれていた。

「扉を開けてくれ」わたしは少年に言った。

「自分で開けな」少年の口調は不愉快そうでも腹立たしげでもなく、しかし言われたほうはその提案を当然のこととして受け入れざるを得ない、そんな答えが返ってきた。

わたしは籠をふたつとも下ろして扉に手をかけた。掛け金はかかっていたが鍵はかかっておらず、開くと同時に錆びた蝶番が音を立てて軋み、扉は蝶番のところからぐらぐらと傾いていて、開けるたびに床を削った。廊下はかび臭く湿ったにおいがする。両脇にはいくつか扉が並んでいて、少年がいちばん手前の右側の扉を指さした。

「その部屋を使っていいよ」

わたしは部屋の扉を開けた。薄暗がり、外で絡みあう木々、張り出し縁の屋根と閉じた鎧戸のせいで、なかがほとんど見えなかった。

「灯りがあるといいんだが」

「灯りはねえ」少年があっけらかんと言い放った。「ろうそくもねえ。たいてい暗くなる前に寝ちまうんだ」

わたしは車の残骸のところまで戻った。ランプは四つあったが、どれも金屑とガラス片になり果てていた。カンテラはひしゃげている。だが、旅の鞄にはろうそくを入れておくのが常だった。見つけた鞄は亀裂が入って潰れてしまっていたが、依然として鞄の体裁を保っていた。それを張り出し縁まで運んで来て、開け、ろうそくを三本取り出した。

部屋に入ると少年がいて、わたしが部屋を出るときに彼がいた場所にそのまま立っていた。わたしは持って来たろうそくに火を灯した。壁は白い漆喰で、床にはなにも敷かれていなかった。室内の空気はかびの臭いがして冷たいが、寝台は整えたばかりといった様子で清潔そうに見えた。ところが触ってみるとじめじめしていた。

がたが来ている粗末な小さい書き物机の隅に、ろうを垂らしてろうそくを立てた。ほかに部屋にあるものと言えば、いぐさ編みの座面の椅子が二脚と小卓がひとつだけだ。わたしは張り出し縁に戻り、鞄を部屋まで運び、寝台の上に置いた。上げ下げ窓を上げて、鎧戸を押し開けた。それから、相変わらず動きもしゃべりもしない少年に、台所にはどう行けばいいのかと尋ねた。少年は玄関広間を抜けて家の奥へとわたしを案内した。台所は広かったが、家具は松の椅子が数脚と、松の長椅子と食卓がひとつずつあるだけだった。

わたしは二本のろうそくを、食卓の向かい合う角に一本ずつ立てた。料理用のストーブもない台所で、あるのはただ大きな炉床のみであり、なかの灰はにおいも見た目もひと月ほど前のものだった。薪小屋の薪はよく乾燥していたが、かびの淀んだ臭いがした。薪割り斧も手斧も錆びてなまくらだったが使えはしたので、わたしは手早く大きな火を起こした。驚いたのが、六月半ばの夜で暑いというのに、少年は醜い顔に薄笑いを浮かべ、炎に覆いかぶさるように両手両腕を伸ばして、我が身を焼き焦がさんばかりにしている。

「寒いのか」

「寒いよ、いつだって寒い」と少年は答え、さらに火に近寄るので、絶対に火傷するぞとわたしは思った。

少年のことはみずからを炙るがままにして、わたしは水を探しに行った。ポンプを見つけ、使える状態であることや弁のところまで水が来ていることを確かめたが、見つけておいた手桶ふたつを一杯にするのは、水漏れがするとあってたいそう難儀だった。湯を沸かしているあいだに、籠を張り出し縁から運び込んだ。食卓のほこりを払い、冷製の鶏肉とハム、白パンと黒パン、オリーブ、ジャム、焼き菓子を並べた。缶詰のスープが温まり、コーヒーが入ったところで椅子を二脚、食卓まで引きずってくると、少年に一緒に食べようと声をかけた。

「腹、減ってねえんだ。もう食ったから」

こんな少年は初めてだった。わたしの知っている少年たちはみな、食べることに遠慮などせず、いつでも腹を空かせていた。わたし自身は空腹だったのだが、どういうわけか食べる段になって食欲が失せ、味わうという境地にはほど遠かった。そそくさと食事を終わらせ、火の始末をし、ろうそくを吹き消してから張り出し縁に戻り、揺り椅子に体を預けてパイプをくゆらせた。少年は黙ったままわたしのあとをついて来て、張り出し縁の床に腰かけると、柱にもたれ、両足を草の上に下ろした。

「いつもなにをしているの、父さんが留守のあいだは」

「ぼんやりしてるだけさ。ぶらぶらしてるだけ」

「いちばん近くのご近所さんまでは、どのくらいあるんだろう」

「近所の人は、こんなとこ来やしない。幽霊が怖いって話さ」

わたしは微塵も驚かなかった。ここはあらゆる点で幽霊の出る家と呼ばれる要素が揃っている。気になったのは、少年の妙に淡々とした、近所の住人が雑種の犬を怖がっていると言うのと変わらない口ぶりだ。

「この家で幽霊を見たことはあるの」わたしは話を続けた。

「一度もねえ」と答えた少年の口調は、流れ者かウズラの話でもしているようだった。「音も聞こえねえ。なんかいるなって感じは、たまにするけど」

「きみは幽霊が怖いかい」

「いや」と少年はきっぱり否定した。「幽霊は怖かねえ。怖いのは嫌な夢だ。悪い夢、見たことあるかい」

「まずないね」

「俺はある」と少年が言った。「いつもおんなじ夢でよ。でかい雌豚、牛くらいでかいやつが、俺を食おうとすんだ。あんまり怖くて目が覚めて、絶対食われるもんかと思って逃げるんだ。逃げるとこなんかねえから、また寝るだろ、そんでまたおんなじのを見る。目が覚めるたんびに前よか怖くてさ。父ちゃんが言うには、夏場にソバ粉の焼いたのなんか食うからだって」

「雌豚をいじめたことがあるんだろう、きっとそうだ」

「ああ」と少年。「一度、でかい雌豚をからかったことがある。そいつの子どもを一匹、後ろ足をつかんで持ち上げてやったんだ。しつこくやり過ぎたんだな。俺、豚の囲いのなかに落ちちまって、何度か噛まれたよ。いじめたりしなきゃよかった。一週間に三回も嫌な夢を見るときがあんだもの。焼き殺されるより始末が悪いし、幽霊よりおっかないね。それはそうと、なんだか幽霊が近くにいる気がするな」

少年はわたしを怖がらせようとしているわけではなかった。蝙蝠や蚊の話でもするように、自分の思ったままを口にしているだけなのだ。わたしは言葉を返さなかったが、思わず知らず耳を傾けていた。パイプのなかの煙草が燃え尽きた。もう一服、とは思わなかったものの、まだ寝台に上がる気にはなれなかったし、ここにこうしているのが心地よいのだが、庭漆の花のにおいはなんとも嫌な感じがした。パイプに煙草を詰めなおし、火を点け、ふかしているうちに、少しばかりうとうとしてしまったらしい。

目が覚めたのは、軽い布地が顔の上を這う感覚があったからだ。少年の居場所に変化はない。

「やったのはきみか」きつい口調で尋ねた。

「なにもしてねえよ」と少年が答えた。「どうかしたの」

「蚊除けの布みたいなものが顔をかすめたような感じがしたんだ」

「そりゃ布じゃねえ」少年は自信たっぷりに言った。「ヴェールだよ。そういう幽霊がいるんだ。息を吹きかけてくるやつもいれば、長い冷たい指で触れてくるやつもいる。その女の幽霊はヴェールであんたの顔をなでたんだ。まあ、まず間違いなく俺の母ちゃんだと思うな」

誰の否定も受けつけない確信に満ちた口調は、ワーズワースの詩「わたしたち七人」に登場する子どもそのものだった。それに応じる言葉が見つからず、わたしは立ち上がり、部屋に戻って寝ることにした。

「おやすみ」

「おやすみ」少年も同じ挨拶を返した。「俺はもう少しここにいるよ」

わたしはマッチを擦って、粗末な小さい机の角に立てたろうそくに火を点け、着替えた。寝台の褥は穀皮入りで心地よく、わたしはすぐに眠りに落ちた。

眠りについてしばらくたったころ、嫌な夢を見た。少年が話してくれたのと同じ夢だ。巨大な雌豚、それも荷馬車を曳く馬くらい大きなやつが、後ろ足で立って前脚を寝台の足板にかけ、わたしの上に這いのぼろうとしている。豚は鳴き声をあげて鼻を鳴らし、わたしはさながら豚の好物になったような気がした。これは夢に過ぎないのだと、夢のなかのわたしは自覚していて、なんとか目を覚まそうと必死だった。するとこの馬鹿でかい夢の世界の獣が、もがきながら足板を乗り越え、わたしの向こうずねの上に落ちてきたので、目が覚めた。

暗闇のなか、その全き暗さに、黒玉の天蓋に封じ込められたような心持ちがしたが、先の嫌な夢のおぞましさはたちまちのうちに和らぎ、不安も鎮まった。自分の居場所もわかるし、ちっともうろたえてなどいない。わたしは体の向きを変えると、ほぼ瞬時にまた眠りに落ちた。そして本当の悪夢を見た。夢とはわからず、ぞっとするほど生々しく、言葉にならないほど苦しい、訳のわからない恐ろしさを味わうこととなった。

なにかが部屋にいる。雌豚ではなく、名前の呼びようもなく、なにかとしか言いようのないもの。大きさは象ほどもあり、部屋を天井まで塞ぎ、姿形は猪に似て、尻を床につき、前脚を体の前でがっちりと踏ん張っている。熱い息を吐きながら涎を垂らす赤い口は大きな牙だらけで、顎は空腹を訴えるように震えている。体を引きずりつつ前に進み、わずかずつ間を詰め、ついにはその巨大な前脚で寝台にのしかかってきた。

寝台は潰れて濡れた吸取紙のように散り散りばらばらになり、そいつの重みが両足先に、脚全体に、腹に、胸元に感じられた。そいつは空腹で、その空っ腹を満たすのにうってつけなわたしを、まずは頭からがぶりといくつもりなのだ。涎の滴る口が次第に近づいてくる。

それでも夢とあってはどうしようもなく、叫ぶことも動くこともできなかったが、唐突にその感覚が薄れ、わたしは大声をあげて目を覚ました。このときばかりは正真正銘の恐怖にとりつかれ、振り払おうとしてもできなかった。時刻は明け方に近く、わたしは目を凝らし、ひび割れてうす汚れた窓ガラスをかすかに認めた。立ち上がってろうそくの燃え残りと新しいろうそく二本に火を点け、大急ぎで服を着て、壊れた旅行鞄を紐でまとめ、張り出し縁まで運び、扉の近くの外壁に立てかけた。それからわたしは少年を呼んだ。このときふと気づいたのは、自分の名前も名乗らなければ、彼の名前を訊いてもいなかったことだ。

大声で呼んでみた。「おーい!」幾度か繰り返したが、答えはなかった。こんな家はもうこりごりだ。悪夢の恐怖が毛穴の奥にまで染み込んだままだ。呼ぶのをやめて少年を探すのは諦め、二本のろうそくを持って台所に行った。冷たくなったコーヒーを流し込み、小さな固焼きパンを黙々と食べながら、自分のものを手早く籠に詰めた。最後に一ドル銀貨を一枚食卓の上に置き、籠を張り出し縁に運ぶと、旅行鞄のそばに投げ出した。

明るくなって足元が見えるようになったので、表の道まで出てみた。夜露のせいで壊れた車に錆が浮き、昨日よりもいっそう救いようのないありさまだ。とはいえ、ほかはまるきり元のままだった。道にはひとつの轍もなければ蹄の跡もなかった。例の、背の高い白い石は、まるで見張りのごとくに、わたしが車をひっくり返した場所の向かいに立っていた。

例の鍛冶屋を探そうと歩き出した。さほど行かぬうちに太陽が地平線からすっかり顔を出し、たちまちのうちに焼けるような暑さとなった。道なりに歩くうちにつのる暑さに息も絶え絶えになり、六マイルどころか十マイルほども行ったあたりでようやく一軒目の家にたどり着いた。新築の木造家屋は塗装も美しく、道のすぐそばにあり、庭地に沿って白い漆喰の囲いが立っていた。

門を開けようとした刹那、巻尾の大きな黒い犬が茂みから飛び出してきた。吠えはしなかったが門の向こう側に立って尻尾を振りながら、こちらを人懐こそうな眼差しで見つめている。それでもわたしは掛け金に手を置くのをためらい、考えた。この犬は見た目ほど人懐こくないかもしれないし、またこの犬を見て気づかされたのは、あの少年を除けば、一夜を過ごしたあの家のあたりでは、どんな生き物も目にしなかったということだ。犬も猫も、一匹のひきがえる、一羽の鳥でさえ。考えあぐねていると、ひとりの男が家の陰からこちらへと向かってきた。

「この犬は噛んだりしますか」

「いいや」と男は答えた。「噛まないよ。入んなさい」

わたしは車が故障してしまったことを話し、鍛冶屋まで送ってほしいこと、そしてそこから故障車のところまで連れて戻ってほしいことを伝えた。

「いいとも」と男。「お安い御用だ。馬を繋いでくるよ。どこでぶつけたんだね」

「灰色の家の前です、ここから六マイルほど戻ったところの」

「あのでかい石造りの家か」

「まさしく」

「ここを通り過ぎたのか」男は驚いた様子で尋ねた。「車の音なぞしなかったが」

「ええ、反対方向から来たものですから」

「なるほど」男は考えを巡らせた。「日の出ごろにぶつけたんだな。あの山ん中を暗いうちに走ってきたのか」

「いいえ、山越えをしたのは昨日の夕方です。ぶつけたのは日没近くで」

「日没だって！」男が大声をあげた。「じゃあいったい夜はどこにいたんだ」

「車が故障した場所の、あの家に泊まったんです」

「あのでかい石造りの、森のなかの家か」男は詰問口調だ。

「そうです」

「なんとまあ」男は感心したように言う。「あの家は出るんだぞ！　暗くなってからあの家の前を通ると、大きな白い石が道を挟んでどっちの側にあるのかがわからなくなるって話だ」

「確かにわからなくなりました、日没前でしたがね」

「ほんとかね！　いやはや！　しかも、あの家に泊まったとは！　眠れたのかい、ほんとのところ」

「よく眠れましたよ」とわたし。「嫌な夢は見ましたが、一晩中ぐっすりです」

「そうかい。俺なら食い物がほしくてもあの家にゃ行かないし、よほど困ってもあの家にゃ泊まらないよ。

それなのにあんたはあそこに泊まったたって言うんだからな！　しかし、どうやってなかに入ったんだ」

「あのうちの男の子が入れてくれましたよ」

「どんな子だったね？」そう尋ねる男の両目がわたしをじっと見据え、いやに遠慮のない、うっとおしいほどの好奇心をその顔に浮かべている。

「体つきのいい、そばかすだらけの少年ですよ、兎口の」

「粥を口いっぱいに詰め込んだままのようなしゃべり方の？」

「そう。重度の口唇裂ってやつです」

「驚いたな！」と男。「幽霊なぞこれっぽっちも信じちゃいなかったし、あの家には出ると言われても半信半疑だったが、いやよくわかったよ。しかもそんな家に泊まったときてる！」

「幽霊なんて見ちゃいませんよ」わたしは苛立ちに語気強く言い返した。

「見たんだよ、間違いなく」男は真顔で言葉を返した。「その兎口の坊主は、半年前に死んでるんだ」

邪術の島

Sorcery Island

意識を取り戻してみると、わたしは自分の足でまっすぐ立っていて、火に包まれた自分の飛行機のそばで、機体のそこかしこが燃え上がってはぜる炎から発せられる熱を感じていた。しかし、機体から十分に離れていたせいか、そよ風と呼ぶには強過ぎる風が吹いていたにもかかわらず、昼近い陽の光の、雲ひとつない空のほぼ真上から叩きつけてくる強烈な暑さへと意識が向いた。わたしの影はわたしよりずっと背が低く、くっきりとした輪郭を目の前の白い砂浜に落とし、砂浜のまばゆい広がりは、右手側に数歩行ったところで唐突に終わってほぼ直線となり、その先にはむき出しの黒い壌土が八インチほどの小さな土手をなし、土手の向こうには密に生えた熱帯植物がまぶしい陽の光のなかで輝いていた。わたしからそう遠くない左手側にはいくつもの大きな泡の塊があり、それらは小山と言ってもいいほどの、奥行き数ファゾム（ヤード・ポンド法における長さの単位で、一ファゾムは約百八十メートル）、幅数ヤード、高さ一から二、三フィートの大きさで、毒でも含んでいそうな灰色がかった白の粘ついたあぶくが、ひどく汚れた石鹸の泡にも似て、きらめく乾いた砂の際に沿って居並び、その向こうで泡沫が音を立ててぐずぐずと立ちのぼる源は緩やかな砕け波で、それは長く幅の広い穏やかなうねりが、いつまでも寄せては返す波となったあとの成れの果てであった。濃紺の大空には雲ひとつなく、紺青の海の上には帆船の一隻、汽船の煙突からのぼる煙のひと筋も見えなかった。頭上では、濃い青の空を背景に、どぎつい紅色の無数のフラミンゴたちが幾つもの群れをなして旋回し、あるものは高く、あるものは低く、互いに幾度も交差しあう様子はグロテスクでけばけばしく、その数のおびただしさには唖然とするばかりだった。

飛行機を焼き尽くそうとしている炎の向こうをためつすがめつして見てみたところ、最初にちらりと確認しておいたとおり、大破した箇所や破損や傷は機体のどこにもなかった。わたし自身、骨も折らず、靭帯も痛めず、あざもつくらず、ひっかき傷のひとつも見当たらない。震えも不快感も覚えず、着ているものには裂け目はおろかひどいしわすらない。さっそく憶測をめぐらせ、長考の果てに意見をまとめてみるに、わたしは意識朦朧か失神か茫然自失かなにかの状態で、どうにかこうにか着陸し、ベルトの類を外し、機体から這い出て、よろめきながらもそこから離れ、気を失ったとみえる。そして、わたしが意識を失っているあいだに、誰かが飛行機に火を点けたのだ。

意識を失うまでの記憶を浜辺に佇みながら必死にたどるうちに、飛行機が墜落するより前のことが鮮明に思い出され、当時の感覚がありありとよみがえってきた。わたしは飛行機で、雲ひとつないひたすら真っ青な広い空と、帆船、汽船、島の影も見えない青海原とのあいだを飛んでいた。目を凝らすと、前方右手側の水平線に一点、周囲とは異なるものが見えたので、そちらへと向かってみた。すぐに確信したのは、前方にあるそれが海抜の低い島だということだった。

そのときまで、生きてきたなかで一度として、わたしは妄想の類に、あるいは奇論とも呼ぶべき物思いにさえ、とらわれたことがなかった。しかし、自分がかの島へ向かうさなかであるのを確認したちょうどそのときに、これといった理由もなく頭に思い浮かべたのは、祖母の農場にいたガチョウの群れの記憶であり、自分が七つかそれ以上、あるいはまだ六つか、ことによるともっと幼いころに、尋常でない大きさの、並外れておとなしくて人懐こい白い雄のガチョウをペットとして、とにもかくにも愛玩していたことを、さらにはこのガチョウにまたがってそこらを乗り回したことや、そんなときのガチョウが羽をばたばたさせて鳴き声をあげていたことを、とりわけ懐かしく思い起こしたのだった。

一体どうしてあのガチョウのことを突然思い出したものか、不思議に思っているうちに島が近づき、いまにも上空に差しかかりそうになったそのとき、幻としか言いようのないものを見た。馴染みのある機体のどこかしらが自分の前方や周囲に見えるべきところに、空と海と、カヌーよりも長く、がっしりとした荷馬車馬よりも大きな、巨大な白いガチョウにまたがった自分の姿だけが見えた。ガチョウのとてつもなく大きくまばゆい白い両翼は広げると十ヤードを超えそうで、それらがわたしの両脇でリズミカルに空を打っていた。わたしのすぐ前にガチョウの長く白い首が、大きな頭の丸みのある頂が、がっしりとして大きな黄色いくちばしが空に映えて見え、さらにはカーキ色の軍服を身につけた自分の膝やゲートルに包まれた両のふくらはぎ、茶色の編み上げ靴を履いた両の足が目に入って然るべきところに、青いコーデュロイのニッカボッカーズに包まれた両膝と、うねのある青い羊毛の長靴下を履いた両脚が、巨大な夢のガチョウの背中の白い羽に引き立っているのが、そしてわたしの両足が、踵の低い、つま先の広くて四角い、黒い革の靴に収まってガチョウの両脇から突き出しているのが見えた。その靴はアメリカ独立戦争当時の独立軍や、青年時代のベンジャミン・フランクリンを描いた絵で見る趣のもので、大きな銀の留め金がはるか下の海の青さを背景にして際立っていた。

こうした甚だ驚くべき幻視の世界に飲み込まれたことをまざまざと思い出しはしたものの、そこから意識が戻って浜辺に立ち、自分の左側で燃える飛行機のそばにいるとわかるまでの記憶は、まるで残っていなかった。覚えていることをなんとかして思い返そう、気を失っているあいだに起こったことを推し量ろうと努めながら、わたしは周囲を見まわした。一方には果てしのない、どこまでも一様な海原が見え、そこからひんやりとした海風がやってきて、わたしの左の頬に涼を送り、帽子の日よけの下の髪をなでている。反対側は、底の平らに大きく広がった谷が低い山々に取り巻かれており、いちばん高い谷頭でもせいぜい海抜九十フィートといったところで、その谷頭には宮殿にも似た薄紅色の石造りの建物がそびえ、桁外れな高さがあるその二階建てのてっぺんには、装飾的な彫刻の施された高欄が据えつけられ、屋根らしき傾斜は見えず、ゆえにその建物の屋根は平らなのだろうとわたしは結論づけた。わたしの視界に閉じ込められている両脇の丘の連なりは、海に近づくにつれてだんだん低くなり、丸みを帯びたその稜線を覆うのは、みっしりと生え育った、森と呼ぶにはいささか高さの足りない背の低い木々だ。浜辺へとなだらかに続く隆起の近く、谷の両側に、ジオラマとも見紛う村があった。わたしが内陸側を向いた際の右手には、花咲く葡萄の木々に囲まれ、麗しいエキゾチックな姿の木々が覆いかぶさるように繁るなかに、平屋建ての家屋が密集している。反対側はというと、わたしの飛行機の燃え残りの上で勢いを失った炎がちらつくその向こうに、幅も奥行きもある張り出し縁つきの、二階建てのかなり広い屋敷群が、目もあやな花々をつけた若い木々の、堂々たる木陰に立っているのだった。

谷に、ふたつの集落に、丘の上の宮殿にとかわるがわる目をやりながら、ときおり頭上に視線を向けるとフラミンゴの群れが旋回しているのが見え、とそのとき、二度目の幻を目の当たりにした思いがした。生い茂った緑樹のあいだを縫って続く小道を、ひとりの人影が近づいてくるのが見えた気がして、けれども向こうが近づくにつれ、姿がさらにはっきりと見えてきてみると、自分の空想の産物に違いないと思われてならなかった。

それは背が高く、均整の取れた体つきをした優美な身ごなしの若い男だった。しかし、焼けつくような容赦ない陽の光の下だというのに、男は帽子もかぶらず、ふさふさと豊かに波打つ明るい黄色味の強い金髪を耳の下で切りそろえたなりは、初期のフィレンツェ派やヴェネツィア派の絵画に登場するイタリア人の小姓然としていた。瞳は澄み切って明るい青色をたたえ、頬は薔薇色で、むき出しの首も血色が良い。体の線にぴたりと沿う緑の絹のメリヤス地の衣装だけを身につけているさまはどことなく、特許が売りの肌着の広告写真を思わせた。衣装はとても目新しく、とてもなめらかで光沢があり、とても緑色の映える、それでいてここの気候には不似合いに見えて、というのも腕をぴったり覆う長い袖が手首まで伸び、脚の部分は貼りつくようにくるぶしまでを包み込んでいたからだ。男の足は、とても色鮮やかな、そしてとても柔らかそうな、黄色の革の編み上げ靴に収まっていて、これがまたこの男が間違いなく幻であると思わされる所以なのだが、足の五本の指のそれぞれが、分かれて形作られている靴なのだった。

目をこすってこの解釈に苦しむ映像を消してしまおうとしたちょうどそのとき、わたしはその男が誰なのか、そして向こうもわたしが誰なのかに気がついた。

ペンブロークだ！

彼の顔には、わたしに気づいても、喜びの表情が映らなかった。翻って自分の顔はどんなだったかというと、驚き怪しむ表情が浮かんでいただろうと思うほかは、想像もつかない。瞬時に頭のなかを、彼についてかつて知っていたことや聞きおよんだことが駆けめぐった。初めて出会ったのは新入生のときで、級友として過ごしたあいだはお互いほとんど姿を見かけなかった。ペンブロークは、大学では、彼の在学中最も眉目秀麗、かつ級中で最年少の学生として知られ、母校の宿舎に暮らす学生の誰ひとりとしてそれ以上のものを知らないほどの、このうえなく豪華な調度、このうえなく美しく高価な絵画やブロンズ像や磁器や美術品のなかに身を置いて過ごしていたことでも、非常に勝手気儘だったが図抜けて頭がよかったために、人数の多い級で賢い学生が大勢いたにもかかわらず、五番目か六番目の順位についていたことでも、各種言語、音楽、鳥については恐ろしく詳しく、野鳥の生態を壊滅させるがまま放置していることの罪と愚かさについて頻繁に長口舌を振るうことでも、あまりに気まぐれで突飛な性格のため、彼を知る者のほとんどに変人扱いされ、彼をよく思わない者たちからは頭がおかしいと断じられていたことでも名高かった。

卒業を迎え、それに伴う記念式典やら行事やらが終わって皆が散り散りになってからは会う機会もなかった。噂では、とてつもなく裕福な父親がいるということに加え、二十一歳の誕生日に相続し、年間四十万ドルを超える収入と、莫大な額の現金を受け継いだこと、その後すぐさま珍奇かつ美妙なる渡り鳥たちの保護区をつくろうとしたこと、突拍子もない気まぐれや常軌を逸した行動が父親とのあいだに度重なる諍いを引き起こし、ついには完全に疎遠になってしまったこと、どこかの島を購入して野鳥の生態保護に熱心に取り組み、かなりいかがわしげな仲間たちとのつきあいにはまり込んでいることを耳にした。

その彼が手を差し出してきたので、握手を交わした。

「どこも怪我をしたり痛めたりしていないようだな、デンビー。どうやってあの燃え立つ物体から生きて出てこられた、引っかき傷や焦げすらつくらずに」

「機体に火がつく前に抜け出たとしか思えない。きみの島の上に差しかかったときには、頭がいかれたか正気を失っていたかしていたんだ。どうやって、なぜここに着陸したか、記憶にない。すっぽり抜け落ちてしまっている」

「運がよかった」とペンブロークは感情を交えずに言った。「とにもかくにも着陸できて。頭がぼんやりしていたのが本当なら、島の反対側の珊瑚の岩場や離れ小島に叩きつけられたり、海に落ちて溺れたりしなかったのは奇跡だ。

とはいえ、終わりよければすべてよしだ。きみの飛行機の残骸から救い出せるものがなにひとつないことは、疑いようもない。きみに必要なのは気つけの一杯と、食べ物と、休息と、睡眠と、新しい服と、それからほかにもきみの神経を鎮めるのに役立つものがあれば。来たまえ、できるだけのことをさせてもらう」

彼のあとをついて飛行機の燃えかすの脇を過ぎ、浜に沿って邸宅群へと向かった。邸宅や浜に近づくにつれ見えてきたのは、公園あるいは一般に開かれた庭といった趣の場所で、そこでは噴水が水を吹き上げ、彫刻の施された大理石の腰かけがコンクリート敷きの歩道に沿ってあちらこちらに置かれ、両脇には花壇や生垣や刈り込まれた芝生が並び、そのすべてを呆れるほど生き生きとよく育った街路樹が天蓋のように覆っていた。

いちばん近くの屋敷に近づくと、張り出し縁に一組の家族が、つまりはふた親と子どもたちがいるのが見えた。と同時に誰かが口笛で〈アニー・ローリー〉を吹いているのが聞こえ、その恐るべき巧みさは比類なき芸術的天分を示していた。この屋敷へと通じる入り口を通って驚いたのは、ラドノーというまた別の級友の姿を認めたからだった。しかし、ラドノーが階段を駆け下りてきてわたしに挨拶してくれたとき、つくづくと思ったのは、ペンブロークほどの大金持ちなら信頼のおける医者を雇って自分の島に住まわせてもまったく驚くにあたらないし、その医者にみずからの知己を選ぶのは至極当然だということだった。

「デンビーは」とペンブローク。「大空からわたしたちのところに落ちてきた。彼の飛行機が使い物にならないので、しばらくこの島に滞在することになる」

「僕の出番はなさそうだ」とラドノーがわたしの体を調べながら言った。「出血はないし、骨折をうかがわせる様子もない。どこかに絆創膏でも貼るかい」

「ひとつのあざもないんだ、自分で調べてみたかぎりだけれど」わたしは答えた。

「それなら」とラドノーは笑って言った。「僕からの処方箋は、二時間寝床に入ることだ。服を脱いで横になって、本当に起きあがる気になるまでそのままにしていたまえ。それと、ペンブロークの客人用のブランデーはひと口だけにしておけよ。とにかくさっさと横になって、眠れるようなら眠ることだ」

三人で話をしていて気になったのは、ペンブロークの近くにいるラドノーも張り出し縁にいるラドノーの細君も、彼のいでたちを変わったものとは感じていないらしい点だ。あの格好に、あるいは似たような装いに、さらにはもっと珍妙な衣装に慣れてしまったにちがいない。

どうやら集落を南北なり東西なりに隅から隅まで歩いたらしく、わたしたちは浜辺からいちばん遠い屋敷に到着した。なかに入る際に片側の部屋にちらりと見えたのが、大きな丸いセンターテーブル、座り心地のよさそうな肘掛け椅子、書棚で埋めつくされた壁面で、書棚の扉を通して美しい装丁の本が何冊かあるのが認められた。反対側にはこぢんまりとした食堂があり、磨き上げられた食卓の向こうにはサイドボードが置かれ、なかには銀器や装飾用の磁器が飾られている。

幅のある緩やかな階段の親柱のそばに、絵に描いたようなひとりの中国人執事が立っていた。

「ウー」とペンブロークが声をかけた。「ミスター・デンビーがこの屋敷を使う。寝室を教えて差し上げたらフォンを呼べ。ミスター・デンビーにはすぐにも彼が必要だ。そしてフォンには、ミスター・デンビーが荷物をすべてなくしてしまわれたので、ただちに着替えが必要だと伝えよ」

唐突な動きも急いだ様子もなく、ひと言も発さず、執事は体の向きを変えて屋敷から出ていった。わたしが声をかける間もなかった。

気持ちのよい場所に居所が定まり、落ち着いた心持ちになった。外の景色はどこから眺めても心震える絵画のようで、一方室内には見事な意匠が施され、考えられるかぎり快適に、また贅沢にしつらえられていた。使用人は全員が中国人だ。ある者は芝生や花々や生垣の手入れをし、またある者は部屋の掃き掃除をしている。また、顔を見る機会はなかったが、ひときわ優れた中国人料理人がひとりと、聞いた話ではその料理人の助手がひとりいるらしかった。わたしが自由に使える使用人として中国人の側仕えがひとり、中国人の使い走りの少年がひとり、そして先の慇懃な執事がついてくれており、執事がこの屋敷を管理し、わたしのあらゆる望みを先読みして叶えてくれるのだった。

こまめに風呂に入る以外は、その後の四十八時間のほとんどを寝て過ごしたように思う。口にするものはすべて寝台に持ち込んだ。この島で二回目の朝食は、品よく優美に調えられた食堂で食べた。食後は気力が出てきたので、張り出し縁に置かれたいかにもくつろげそうな椅子に体を預け、その体はというと上品で涼しく、仕立てが見事で体型に合った着心地のよい服に包まれていた。それはフォンがわたしのために戸惑うほど大量に用意してくれたなかから選んだ服で、どうすればこれほどぴったりと誂えたかのようなものを見つけ出せるのか、見当もつかなかった。張り出し縁に出てさほどしないうちに、ラドノーが口笛で〈ヴェニスの謝肉祭〉を吹きながらぶらぶらとやって来た。彼は二階に上がってくると、わたしと同じく張り出し縁の椅子に座った。雑談が始まってまもなく彼は言った。

「きみもいろいろと質問せずにはいられないとは思うけど、僕のほうにもきみからの問いにそうそう答えない自由があると思う。僕はこの島のことや、この島で起こったことならほとんどなんでも知っている。それはこの島の男だからとか、住人だからというだけでなく、ペンブロークの主治医だからこそ知っているわけで、すべては他言無用だ。きみがここで得る知識の大半は、きみ自身が観察したり、類推したりして取り入れざるを得ない。それと、はっきり言わせてもらうけれど、きみがあれこれ知ろうとしなければしないほどペンブロークは喜ぶよ、そして僕もね」

ラドノーによれば、これらの邸宅群は主に、ペンブロークの私設管弦楽団や私設音楽隊の構成員たちが借りており、そのほとんどがハンガリー人、ボヘミア人、ポーランド人、イタリア人で、ほかにもお抱えの彫刻家、建築家、技術者、機械工、大工の親方、仕立屋、会計士といった者たちが住んでいるとのことだった。もうひとつの集落はアジア人、中国人、日本人、ヒンドゥー人などで占められ、彼らは皆この島で肉体労働に携わっていた。

翌朝、同じような時間に同じように張り出し縁でくつろいでいると、ペンブロークが姿を見せ、相変わらず奇天烈な、衣装と言っていいものかどうか戸惑うような、昨日会ったときと同じものを身につけていた。一緒に腰を下ろして半時間ほどしたころ、彼は思いやりをこめてわたしの体調について尋ね、快適かどうかを確かめ、さらに言葉を継いだ。

「不満な点はないようでなによりだ。しばらくここにいるといい」

わたしはなにも答えなかった。ペンブロークはふとわたしから視線をそらし、張り出し縁のひさしのへりを、頭上で弧を描く大枝の隙間から見上げた。わたしの視線もそれに従った。目に留まったのはちらちらと紅色に光る、はるか遠くのフラミンゴたちだ。

「荘厳な鳥たち！」ペンブロークが陶然として声をあげた。「あの子たちは、ここからぽつぽつと見える、ああいうあまり高さのない離れ小島に巣をつくる。島と島とのあいだには珊瑚礁が点在しているから、小さな帆船程度の船しかこの島のこちら側には近づけない。わたしの保護下に置くようになってから、驚くほど増えてきているんだ。愛しくてたまらないよ！　わたしの誇りだ！」

そう言うが早いか、この島で最初に会ったときと同じように、唐突にわたしを置いてついと立ち去った。

その後の数週間についてわたしが話せることといえば、ゆったりと心地よい、たいへん快適な監禁状態に置かれていたことだけで、気晴らしのために、非常によく選び抜かれたさまざまな本が屋敷のすこぶる大きな図書室に揃っているのを読んだり、ほかの屋敷の住人たちと知り合いになったり、谷の低いところを散策したりした。雑談をしたあの晩にはラドノー夫人から夕食に招かれ、そのためにフォンがわたしの装いを一分の隙もなく整えてくれ、食事の席ではラドノー夫人のチャーミングさや、もう一組の客である建築家のコンウェイ氏とその細君と妹がたいそう感じのよい人々であることが印象に残った。それからは、毎晩あちらこちらで夕食に招かれたので、昼食と朝食は自分の屋敷でひとりで食べても、夕食をそこで食べることはなかった。

一度だけもう一方の集落を見に行ったことがあり、そこが整然としていて、住人たちが見るからに満ち足りている様子が見て取れ、とりわけ女たちと子どもたちの姿を実に微笑ましく思った。しかし、なんとなくではあるが、こちらの集落の人々が、ヨーロッパ人やアメリカ人を闖入者とみなしているように感じられた。以後わたしはこちらの集落には近づかないようにした。

こちらの集落の男たちのなかには、谷の木々や生垣や葡萄の木や庭を世話する者たちがいて、この島の土壌と気候で育てることのできるあらゆる果実や野菜で、村の幸福と豊かな稔りを維持していた。

ペンブロークの姿はあれきり見かけず、また、丘の上に立つ彼の宮殿には近づけないことがよくわかった。というのも、十二分な威力をそなえた、背の高いL字型の、先の尖った鉄柵が、谷を渡ってそれぞれの集落の向こうの浜辺まで連なっているからで、またこの防壁を見まわるのが、いかつい体つきの筋骨たくましい見張りたちだからだ。スコットランド人らしい彼らは、武装はしていないようで、丁寧な言葉遣いでそれとなくほのめかしてきたところによれば、誰であれ防壁のどの関門も通さないし、どちらの浜辺沿いからも行かせない、ミスター・ペンブロークの特別許可があれば話は別だが、という話だった。ペンブロークが宮殿の露台にいるところを目にする機会はそうそうなかったが、露台には多くの、というよりは一群と言ってよいほどの女たちが姿を見せ、その大まかな形貌からは、かなり遠くからでも、女たちの若さと美しさ、そして明るい色の絹で華やかに着飾っている様子がうかがえた。女たちの近くに男の姿はなく、いたとしてもアジア人の召使いたちとペンブローク本人だけであり、まるで東洋の専制君主を取り巻く複数の妻たちという体であった。

誰かが、というのは誰だったか忘れてしまったからなのだが、うっかり口を滑らせたところでは、かの見張りたちのために島の反対側に営舎なり兵舎なりがあるという。

わたしは許されるかぎり遠くまで足を伸ばして谷歩きを楽しんだ。谷の生み出す多様さや美しさが思いがけず素晴らしかったからだ。

さらに思いがけなかったのが、水の流れの絶えない装飾的な噴水の数々だった。たとえばバハマ諸島はよく知られているとおり、水の供給不足により使用が制限されている。しかしここでは、見たところ、澄んだきれいな飲用水があり余っているようだった。アジア人たちの集落の近くに噴水が一基あり、ブロンズ像が据えられていて、アジアの神か聖人かわからないその像は両手で一匹ずつ大きな蛇の喉首をつかみ、大きく開いたそれぞれの蛇の口からは水がほとばしり出て、像の前の水盤に降りそそいでいた。噴水はほかにもあって、どれにもブロンズ像が一体、あるいは群像があしらわれ、邸宅群のそばの整形庭園に据えられていた。噴水群の向こうには、周囲を取り囲む丘の連なりがあり、そのうちのひとつのえぐれた脇腹を背に、巨大なコンクリート製の水盤と、見事な彫像、塑像の一群と、壁龕を埋める数々の像が配され、とにもかくにもトレヴィの泉を思い起こさせた。そしてわたしの度肝を抜いたのは、そのけばけばしくどぎつく飾り立てた詰め込みすぎの建造物から吹き出す水の量だった。何本もの噴流が吹き出し、空中で互いに交差しあい、さらに言うなら絡みあってさえいる。一方、噴水全体の中心部にあたる中央の水盤の背後には洞穴めいたものがあり、その真ん中には開口部が、高さのない入り口か排水渠のように穿たれ、また洞窟の両脇にはふたつの大きめの隙間があり、そこにブロンズ製の緻密な模様の格子がはめ込まれた様はまるで低い位置につけた格子窓のようで、下の方からは二筋の水が小川と呼べそうなほどにあふれ、主水盤へと流れ落ちていた。

このロココ調の噴水の向こう側にある垣根に囲まれた土地は、小さな低い平屋建ての家の庭だった。年老いたウェールズ人女の住まいで、女は集落の住人たちからは「「マザー・ベヴァン」と呼ばれていた。女はいつもウェールズ地方独特の薄気味悪い衣装を身につけ、T字型の象牙の握りに金の飾りのついた頑丈な藤の杖を頼りに、足を引きずりながら歩きまわっていた。おびただしい数の白いガチョウを嬉々として世話し、当の鳥たちも、ガチョウには暑すぎるように思われる気候の下でどうにか繁殖している様子だった。そのなかに大きな美しい雄のガチョウがいて、子どものころに飼っていたガチョウが思い出された。ガチョウの群れは、あの巨大な洞穴をそなえた噴水の水盤で、泳いだり水を跳ねあげたりして長い時間を過ごすのだった。

あるときラドノーに水の豊富さと、水の浪費とも思しき使い方について尋ねてみた。

「謎や秘密があるわけではないよ。ペンブロークは資財を思うがままに掘り抜き井戸の試掘に充てられたし、豊かな水脈を掘り当てられたのもひねくれた幸運のなせる技で、人の手でつくった道具ではこれ以上深く掘れないと、人足たちがペンブロークに報告せんばかりのタイミングでのことだったんだ。水が噴出する井戸ではないから、ペンブロークくらい裕福な人物が所有者でなければ、いまやっているように水を汲みあげるのは無理だったろう。発電所が島の反対側にあるんだよ、港の近くだ。石油燃料が使われている。なにに使うにしろ水量制限はないし、余った水は観賞用に役立てられている、きみの目にしたとおりにね」

わたしが興味を引かれたのは件のウェールズ人老女とその小さな住まいで、近くのあのイタリア風のコンクリート製の噴水やそう遠くないところにある広大な邸宅群と、彼女の住まいの不釣り合いぶりは、極端に過ぎると言ってよかった。もうひとつの集落のアジア人たちと防壁の見張りたちを除けば、この島の住人は皆気さくで、たいていは愛想がよかった。わたしはだしぬけに、あの奇怪な老婆が自宅の門に身を乗り出しているところに声をかけ、老婆に意外な奇癖があるのに気づいた。というのも、老婆の受け答えはすべて韻を踏んでいて、巧みに詩の形を取っており、彼女はそれをゆっくりと落ち着いた声で口に出すのだが、言いよどむ気配は微塵もないのだった。顔つきははっきりと悪意に満ち、口にする言葉も決して穏やかなものではなかった。わたしが思い出せる唯一の、たいした出来でもない、わたしの彼女への最初の目どおりを締めくくった詩は、こんなであった。

男　空より墜つ
神　人の飛ぶを望まず
高みに昇らんとするは　不遜なり
試みし汝は　愚かなり
我　神の見捨てし者を愛《いつく》しむ由なし

このおぞましい古女狐とのやりとりを除けば、いかなる隣人たちからも敵意を含んだ言葉や視線を受けることはなかった。招きを受けた晩餐会では楽しい時を過ごし、相客たちも好ましかった。それどころか、話をして不愉快に思った相手はひとりもいなかった。とはいえ、その一方で、誰に強く惹かれるということもなく、また、招かれて出かければいつでも歓待を受けたし、心からくつろげたし、再度の招きも喜んで受けたけれども、ふらりと立ち寄って気のおけない雑談でもしようかと思える家はなかった。晩餐の席では親しみの湧く人々と多く知り合えたが、いっそう親しくなれそうな人や、招かれてもいないのに訪ねて行って喜んでくれそうな人はいなかった。
そんなわけで、もともと戸外は好きだし、屋敷の張り出し縁にいるのもどこか寂しいし、横になってのんびりとくつろげそうな場所もほかにないので、午前中の長い時間を、昼になって暑さが厳しくならないうちは、小さな公園の木陰で過ごすようになった。気に入りのその公園には心惹かれる場所がたくさんあり、とりわけ花盛りのブーゲンビリアが園内のあちこちに紅色の塊をなしているのが好きだった。必ず持っていくのが本で、ときおり紙面に目を落とすものの、視線は折に触れて趣深い遠景を、頭上の数え切れないほどのフラミンゴたちを、あるいは木々のあいだから海に向かって、まぶしいほど白い積雲が大きく立ちのぼって巨大な山々をなし、膨らみ育ってそびえ立つ積乱雲となって海の上の鮮やかな青空に映えるのをとらえ、それをただ眺めて過ごすことのほうが多かった。

午前中を公園で過ごすようになって二日目のことだったと思うが、少し離れた小道を横切るマザー・ベヴァンを見かけた。その後も幾度か、何本かある別の小道を横切る姿を見かけた。それからは毎朝同じようにこの老婆を見かけた。そして五日目か六日目の朝、心中に漠然と抱えていたことを不意にはっきりと自覚するに至った。老婆は、再三再四、公園を、つまりはわたしのまわりを巡回していたのであり、それがわたしには、魔女が狙いをつけた犠牲者の周囲に呪いを張りめぐらせているかのように思えた。

翌朝、わたしは読書に没頭しているふりをしながら警戒を怠らず、傍目からはわからぬよう、四方八方を注視した。マザー・ベヴァンが実際に公園の外周部分を、重い足取りで、T字型の握りのついた杖に重たげに体を預けながらめぐっていることを確かめ、わたしのまわりを一周歩き終わると、同じように一周、また一周と周回を重ねつづけていることも確かめた。

好奇心が湧くと同時に困惑もし、腹も立った。一九二一年にもなって、人が妖術を遣おうとしているなどと考える自分をあざ笑い、自分が正気を失ったかと心配になり、完全にその不安を捨て去れない一方で、どうにも疑わしいのが妖術の自分への効き目であり、実のところ効いた気もしないのだった。

しかし、まさにその次の日、いつもの大理石の長椅子に腰かけて、いつもの噴水のそばで、花盛りの薄紅色のブーゲンビリアに囲まれながら気づいたのは、マザー・ベヴァンが公園のはずれをぐるぐる回っているだけではなく、彼女の飼っている騒々しく尊大な態度の白いガチョウたちまでもが、幾つもの群れをなして、わたしからさほど遠くないあたりをよちよちと歩いていて、これがまた間違いなくわたしのまわりを回っているのであり、その輪の数がだんだんと減っていくなかにあっても、あの大きな雄のガチョウはわたしのいちばん近くにいるのだった。最初は自分の目が信じられず、次いで馬鹿馬鹿しくなり、さらには腹が立ってきた。そして、その雄のガチョウがときおり鳴き声をあげながら、わたしのまわりを五回か六回ほども回ったとき、わたしは激情に、それも抑えがたいほどの激情に煽られて、ペンブロークを探し出して自分にしてほしいことならなんでもやると言おうと、彼がしてほしいことならなんでもやると誓おうという気になった。

わたしは激しい不安に駆られた。屈辱的ではあるがしかしありありと、自分に一種の邪術がかけられようとしているのを感じた。やにわに怒りが燃え立ち、かのガチョウへの憎しみがたぎった。わたしは勢いよく立ち上がると、本をガチョウに向かって放り投げ、持っていた竹のステッキを投げつけたが、的を大きく外してしまった。杖を拾いあげて逃げゆく鳥を追いかけ、ふたたび投げつけるも、もう少しのところで当たらなかった。

ガチョウたちはなかばよろめきながら、丘の脇にあるあの悪趣味極まりないごてごてしたロココ風の噴水に向かって飛んで行ったが、わたしは怒りいまだ冷めやらずに後を追った。噴水の前の歩道に沿って縁取りをなすのは幾つもの珊瑚岩の塊で、道と花壇との境界を示していた。わたしは先の尖った珊瑚岩のつぶてをひと抱え分ほども拾い、ガチョウたちを噴水の大きな主水盤に追い込んで、棘のある珊瑚の塊をあの雄ガチョウめがけて投げつけた。ガチョウは中央の排水渠を抜けて洞窟へと飛び込み、わたしに向かってシューッという威嚇音を立て、幾つかある格子窓のうちのひとつを通り抜け、その裏が安全とばかりにわたしの砲撃をかわした。

不意に感情が激変して後ろめたさと自嘲の念に駆られたわたしは、自分の屋敷の張り出し縁へと退却した。そして腰を下ろし、自分の置かれた状況とここでのさまざまな出来事について、よくよく考えてみた。

思い出してみるに、招きを受けたどの晩餐会であっても、話題は事実上ふたつに限られていた。それは、熱帯の島々での暮らしはおしなべて退屈であり、とりわけペンブロークの島ではそれが顕著に感じられるということと、ペンブロークその人の真価、優れた資質、魅力、完全無欠ぶりについてであった。

わたしはラドノーの手が空く機会を狙い、待ち伏せて、わたしの屋敷の張り出し縁へと誘い出した。雑談の合間に聞きたいことが聞き出せそうな空気になってきたところで切り出した。

「さて、ラドノー！　きみは、僕が質問してもすべて退けるつもりだと言ったけれど、ひとつだけ、いずれは答える必要に迫られる質問がある。なぜここの人たちはここにいるんだ」

「そんなの簡単だ」ラドノーが笑う。「その問いに答えてもなんら差し支えない。彼らがここにいるのは、ペンブロークが彼らにここにいてほしいと望んだからだ」

「僕の質問の仕方がまずかった。でもきみには僕の言いたいことがわかっているはずだ。ここで僕が会った人たちの誰ひとりとして、ここにいることを心から楽しんではいない。だのになぜ皆留まっているんだ」

「それも簡単だ」とラドノーは笑みを浮かべた。「快適な住まいと十分な賃金を与えられれば、たいていの人はたいていそこがどこであれ留まるさ。ペンブロークは自分の雇い人には贅沢品を山ほど与えるし、給料だって気前がいいどころかそれ以上だ」

「その説明では僕の好奇心が満足しない」わたしは食い下がった。「相変わらず自分の考えを表すのにぴったりの言葉が思い浮かばないが、きみは僕の言わんとしていることをちゃんと理解している、そうじゃないふりをしているけれど。ここの屋敷に住む人たちは皆、単に居心地が悪いだけでなく、自分たちの懐郷の念に気づき、しかも抑えがたいほどに感じていて、どんな贅沢品に囲まれていようと、今後どれだけ金が貯まろうと、その思いは止まない。故郷を恋しがっている。そんな彼らをここに留め置くものはなんだ」

「この島の」ラドノーが煩わしげに言った。「吸引力から逃れられないんだ。彼らをここに留め置くのはその力だ」

「それは魔術や妖術のことを言っているのか」わたしはわざとそんなふうに訊いてみた。

ラドノーが語気を強めた。

「僕は魅力という意味で言ったんだ！　穿ちすぎだぞ」

「そんな答えじゃ」とわたしは言い返した。「ちっとも納得がいかない。僕はふざけてこんなことを言っているわけじゃないし、うまい言葉遊びで笑って片づけようとも思わない。僕がどうしても知りたいのは、なにが理由でここの人々はこの島に留まっているのかということだ。彼らはひとり残らず、折に触れて、退屈で死にそうだ、気候が体に合わない、穏やかな天気がたまらなく恋しい、北方の植生が懐かしい、霜の降りる夜が偲ばれると口々に言いつのる。そんな彼らをここに留め置くものはなんだ」

「だから」とラドノー。「僕もそうだけれど、たいていの人間はなんでもするんだよ、合法的で筋の通ったことならなんでも、十二分に報酬を払ってもらえるのなら」

「ほかの人たちはきみとは違う」わたしはきっぱりと言った。「きみときみの細君は自由契約というか、報酬と引き換えに、やれと言われていることをやる、夫婦で賛否を検討してから、やると意見が一致したことをやる、そんな感じを受ける。ほかの人たちは、ヨーロッパ人もアメリカ人もアジア人も、マザー・ベヴァン以外は皆、催眠術にかかったみたいに忘我の境で動き、生きた自動人形に過ぎず、自分自身の意志は持たず、原動力となっているのはペンブロークの意志ばかりで、まるで機械仕掛けの人形のようじゃないか。催眠術か魔法でもかけられている、そんな感じを受けるんだ。ここではっきり言っておこう、あの人たちは超自然的な力の、さもなくば魔術の影響下にあると、僕がそう考えていることを。ペンブロークにすっかり支配されて、彼の指先みたいになっているんだ」

ラドノーはぎょっとした様子を見せた。

「どうにもならないぞ」わたしは声を荒げた。「僕に反論したり、僕を否定したりしても」

「そうだな」ラドノーは考えが口に出てしまったかのようにそう言うと、先を続けた。

「きみの言うとおりだ。マザー・ベヴァンと僕とルシールを除いたこの島のすべての人間は、完全にペンブロークの影響下にあって、それを可能にするのに大きく力を貸しているのがマザー・ベヴァンだ」

「なぜきみときみの細君は例外なんだ」

「ルシールは、僕の妻だから」とラドノー。「ペンブロークは、メルヴィルとケナードをここへ置こうと試してみて気づいたんだ。自分の影響下に置かれたあとの外科医は、手術の腕は保つものの、診断と処方がまったくできなくなってしまうということにね。ペンブロークはケナードとメルヴィルを故郷に送り返して、彼らの能力が本調子に戻るまで資金援助をしていたよ」

わたしはラドノーの目をまっすぐに見据えた。ラドノーは、いまにも口を開いて物を言い出さんばかりのわたしの機先を制してこう言った。

「僕が知ることのできる範囲では、ペンブロークがお抱えの人たちに与える影響は、肉体面でも精神面でも無害だ。ケナードもメルヴィルもいまや多額の収入を得て、多くの患者を抱え、成功を収めて潤っているし、同僚の医師のなかでもとりわけ人気があって著名だよ、ここにいたことなんかなかったみたいにね。ペンブロークへの熱狂と賞賛を別にすれば、この島の人間は皆、僕の目には健康で、なんの影響も受けてないように見える」

「たとえそうでも」わたしは思わず口を挟んだ。「悪魔の所業に加担すべきじゃない」

「馬鹿馬鹿しい」とラドノーがむきになって言った。「この島に悪魔の所業が存在するだの、きみがこれまでこの島について幾らか察しをつけてきたなかに、悪魔の所業へと至る道筋があるだの。それに僕はなにものにも加担していない、加担すべきじゃないからね、ただ、こう思うべきだとも思っている、つまりどういう形であれペンブロークの邪魔はしないのが自分に課せられた義務だと。僕はこの島の医者であり、彼の主治医でもある。僕がここにいるのは、傷を手当てし、病気を治し、痛みを和らげ、できるだけのことをして、この島のすべての住民が健康を保てるようにするためだ。それが我が責務と思い定め、それに従って行動している。押しつけがましい説教はやめてくれないか」

「我慢ならないんだ」とわたし。「無理やりここに居させられるのが。それに、ペンブロークの影響力に屈するなんて考えるだけでぞっとする」

ラドノーが笑い声をあげた。

「きみだけだからね、ペンブロークがこの島を購入してこのかた、招待なしでこの島にたどり着いた人間は。そのうちきみは逃げ出すんだろうな。それに、きみほど影響を受けなさそうな人間もいないよ、ペンブロークやマザー・ベヴァンが力の限りに頑張ったとしてもね。ケナードもメルヴィルも、なにかを怪しいと思ったり、疑念をつのらせたりなんてことはなかった。ひとりだけだよ、この島がどういうところなのかを幾らかでも見抜いたのは。きみは、マザー・ベヴァンにとってはこれまででいちばん手強い相手だ。心配いらないよ」

そう言ってラドノーはシュトラウスの〈美しく青きドナウ〉を口笛で吹きながら去って行った。

わたしはそれまでずっと、幾度となく不安に駆られていたのに、そのことに気づかぬふりをしていた。いまになって思うと、この島で残りの日々を過ごすなか、わたしを悩ませたあらゆる恐怖のなかで、わたしをひどくうろたえさせ、粟立つような怖気を覚えさせたのは、ラドノーが立ち去って一時間も経たぬうちに起こった出来事だった。ラドノーの姿がすっかり消え去らぬうちに、今度はペンブロークが、以前と寸分違わぬ、小鬼《ゴブリン》の無言劇《パントマイム》に登場するカエル役を思い起こさせるいでたちで、のんびりとこちらに歩いてくると、わたしの隣に腰を下ろしたのだ。

わたしは狼狽に身が震えて汗が滲み、なすすべもなかった。というのも、例のガチョウやマザー・ベヴァンや、わたしの心中に溜まった様々な疑念について彼に話をしようとしても、自分の口からはひと言も発せず、どうにかほのめかすことさえできなかったからなのだが、それでもペンブロークはぶっきらぼうにこう言った。

「なにか文句でもあるのか」

「僕がここにいること、その点に尽きるよ」

「こちらにはなんの関係もないことだ、きみがここに来たのは」ペンブロークが言い返した。

「きみは招かれてではなく、自分の意志で、あるいは事故でここに来た。わたしはこの島の主人としてきみを丁重に遇してきたが、歓迎しているふりはしないようにしてきた。いま手配しているところだ、きみの旅立ちがわたしにとって迷惑となったり、不都合な成り行きを生じる危険をもたらしたりしないように。安心したまえ、きみが本来いるべき場所に一日も早く帰れるよう、できるだけのことをしているから。準備ができるまではきみも我慢してくれ」

どれほど心のうちで煩悶していても、なにより重くのしかかっていることを口にできず匂わすこともできない自分に気づき、わたしはそれがなにより耐え難く、気が気でなかった。

当たり障りのない会話を漫然と続け、ペンブロークが先日同様だしぬけに立ち去ると、残されたわたしは驚きと戸惑いに体が震えて、彼にどうしても話したいことがあるのに切り出せないのは、いずれ自分もペンブロークの影響下にすっかり取り込まれてしまう前兆ではないかと考えてぞっとした。

日が経つうちに、あの薄気味悪い雄のガチョウに石を投げつけ、例の噴水の水盤に追い込み、鉄格子の陰からこちらを罵るような鳴き声をあげさせるのが、わたしの日課となった。マザー・ベヴァンが少し離れた場所でうろついているのが目に留まっても気にならなくなった。三度の食事も実に楽しみで、屋敷で出される料理は、誰よりも食べ物に対して口やかましい胃弱の自分をひどく刺激して食欲をそそり、空腹感さえ覚えさせてくれたし、招かれた先での晩餐も堪能した。

しかし夜な夜な眠りがだんだん浅くなり、ついには不眠症同然になってしまった。そして、日に日に読書に身を入れることが、読んでいるものに集中することがどんどん難しくなっていくのがわかり、しまいにはまったく読めなくなってしまった。

わたしはまたラドノーを待ち伏せし、日を追って悪化する体調不良と苦痛について話して聞かせた。

「いま、でなければこのあとすぐに、きみの助けばかりか、きみやほかの誰かの助け以上のものが必要となりそうだ。いまきみにどうにかしてもらわなければ、頭がおかしくなるか、なにか馬鹿な真似をしてしまうだろう、自殺するかもしれない」

「僕もあれからいろいろ考えている」とラドノー。「どうすればきみを助けられるかと思って。それに、もう少しでその方法を思いつきそうだ。いまのきみの様子では、眠れるようになるためになにかを与える理由が見当たらない。いまはまだ、きみに薬の類をやりたくないんだ、ごく単純な鎮静剤であってもね。正直なところ、今夜も頑張って眠ってみてくれと言うしかない。明日にはきみにぴったりの、元気になれる処方箋を思いつけそうなんだが、僕がペンブロークを敵に回しているように見えたり、そうとほのめかすようなことになったりするのは避けたいんだ」

わたしはその晩も眠ろうとしたが、夜半を過ぎてもまだ目が冴えていた。そこで心地よい寝台の上であっちこっちと寝返りを打っていると、屋外の月のない暗闇のなかで、誰かが口笛を吹いているのが聞こえた。その音が次第に近づくうちに、わたしはそれがラドノーだと確信した。それがなんの曲かもわかった。〈ネル・フラハーティの雄ガモ〉（十九世紀中頃に生まれたアイルランド古謡）だ。

その曲を聴いているうちに、繰り返し部分の歌詞が頭に浮かんできた。

小さなかわいいあいつ
その両脚は黄色
空を飛ぶ姿は燕の如く　泳ぐ姿は鱈の如し！
かの盗人に災いあれ
かの野蛮なる余所者に災いあれ
ネル・フラハーティの雄ガモを殺したかの極悪人に災いあれ

突如として悟った。これはラドノーが、はっきりと言葉にしてあえて言う気にならないことを、わたしに間接的にやんわりと告げるための手なのだと。わたしには彼の言わんとしていることが、言葉でありていに告げられたのと同じくらい理解できた気がした。わたしは寝返りを打って、三度息をしたところで眠りに落ち、フォンにわざわざ起こす手間をかけさせるまで眠りつづけた。

朝食後、二階に上がって衣装戸棚のなかをかき回してみた。そこは、フォンがわたしの世話をするにあたって、わたしの身につけていたものをしまいこんだ場所だ。そこで見つけたものはどれも、携帯していた記憶のあるものばかりだった。自動拳銃はきちんと油が差されていて動きも正常であり、弾倉はすべて埋まっていた。予備の弾倉がついている銃帯も最後に身につけたときのままだった。わたしはその銃帯を、暑い土地向けの、羽のように軽い服の上から締め、拳銃を肩にかけ、ふらりと外に出ると、どうにかしてペンブロークと話ができるくらいの距離で行き合おうと心に決めた。

運命のめぐり合わせか無意識のうちの気まぐれか、足の運びは浜辺へと導かれ、陽の光の熱さがたちまち厳しさを増していくというのに、さらに浜辺に沿って飛行機の残骸へと誘い出されていった。大きく積み重なったあぶくの下にかろうじて見えるその残骸は、砕け波に置き去りにされ、激しい雷雨がわたしの眠っているうちに猛威をふるったせいで、岸へと叩きつけられていた。

かつて飛行機だったものの残存物を過ぎてそう遠くないところを、浜辺をつたってこちらに近づいてくる人物、ペンブロークその人に、わたしは思いがけなく会うことができた。

もはや自分の気持ちを言葉にして発するのになんの抵抗もなかった。

「ペンブローク、僕はこのきみの島での監禁生活にうんざりしている。苛立ちも限界を超えそうだ。とっとと僕をどこかへやってもらわないと、僕のなかで張りつめているものが、いよいよ手に負えなくなってしまう。僕のなかのなにかが弾けて馬鹿な真似をしてしまいそうだ、きみが後悔するようなことを」

わたしの目をまっすぐに見据えるペンブロークは、奇抜な衣装がよく似合い、見た目には穏やかで冷静だった。

「きみは、ひょっとして」ペンブロークの口調は物憂げだった。「わたしを撃つと脅しをかけているのか」

「僕がこれまで脅しをかけたことがあるか」わたしは語気強く言い返した。「それに、きみであれ誰であれ、撃つつもりなどない。僕にはわかっている、きみのこの島は大英帝国の一部であって、この島のどこにも、人を殺すという行為を見逃すとか、罰せずに放置するような場所などないことを。でも、きみが『脅し』という言葉を使うんだから、こちらも脅しをかけようか。いま現在囚われの身である僕を、さっさと自由にしてくれないのなら、僕をさっさと帰路につかせてくれないのなら、きみやほかの人間を撃つ気はないけれど、あの悪魔の使いみたいなガチョウを撃つ。そして、請け合っておこう、僕が撃てば弾はガチョウに当たるし、弾が当たればガチョウは死ぬ。僕としてはわかりやすく言ったつもりだし、きみも僕の言いたいことは十分に、言外の意味もすべて理解してくれると思うんだが」

ペンブロークの表情がどうわたしの目に映ったかというと、意外な展開に驚いているばかりでなく、予期せぬ状況に直面して困惑し、すぐには手も足も出せずにいるひとりの男の心の動きもそこに見て取れた。

「一緒に来たまえ！」ペンブロークが鋭い口調で言った。

わたしは彼のあとをついて浜辺沿いに村まで歩き、その道すがら、体にぴったりと張りついた衣装となにもかぶらない頭のまま、容赦ない陽光の激烈な輝きの下で心地よさそうにしている彼の様子を不思議に思いつつ、自分の薄物の服と、フォンが揃えてくれた被り物のなかから選んだ日よけにぴったりのパナマ帽をありがたく思った。

鋼鉄の杭柵の終端を通り過ぎると、浜辺を警護するふたりの見張りがペンブロークに敬礼し、一方わたしに対しては、微笑みかけそうになるのを抑えている様子がうかがえた。その地点を超えたところには広々とした飛行場があり、海辺と対峙して複数の格納庫がずらりと一本の長い列をなしていた。これには仰天させられた。というのもこれまで一機の飛行機も、この島の上空や周辺では見かけたことがなかったからだ。

六人の、見たところ安南人らしいアジア人たちが、近づいていくわたしたちに敬意を表して立ち上がり、ペンブロークに視線を向けた。彼がわたしの知らない言語でなにごとかを命令すると、ふたりのアジア人が格納庫の扉を大きく開け放した。なかに見えたのは、驚くまいことか、一機のヴィスコンティ複葉機であった。これは過去に造られたなかでも最も速く最も馬力のある単座飛行機のひとつだった。

「こいつをどう思う」ペンブロークが訊いた。

「びっくりだな。この種の実機は一台も大西洋のこちら側にはなかったはずだが」

「一機目にして唯一の、大西洋のこちら側に配備されたヴィスコンティ機だ」とペンブローク。「問題は、きみがこれを飛ばせるかだ」

「できると思う。ぜひやらせてほしい」

「ではやってみろ」ペンブロークがぴしりと言い放った。「これはきみにやる。きみの旅立ちが早ければ早いほど、わたしは嬉しい」

ペンブロークはかなりの時間をかけて先ほどと同じ未知の言語で指示を出し、つかつかと大股で宮殿へと帰っていった。

わたしはその日と翌日の大半をかけて、このヴィスコンティ複葉機を細かく調べあげ、その際には従順な安南人たちの巧みな技術と優れた知性に助けられた。不備があったり、信頼性に疑問があったり、故障していたりしていたとしても、わたしには見つけられなかった。両日とも夜はラドノーのところで食事を取り、三日目の朝、フォンがわたしの頼んだものをただちに用意してくれたおかげで支度も申し分なく整い、わたしはヴィスコンティ複葉機に乗り込み、そしてわたしの危惧の念とは裏腹に、マイアミに無事到着した。しかし心労のあまりに緊張の度が過ぎて、自分を取り戻すには六週間を療養所で過ごさねばならなかった。終わりがないように思えた空での時間のあいだじゅう、一瞬足りとも思わなかったことはなかったのだ、なにごとかが事前に抜け目なく手配されていて、何度調べ直してもわたしの検査には引っかからず、果たして飛行中に不具合が生じ、たちまちのうちにわたしは絶命するのだろうと。そうした緊張のせいで、わたしは命を落としかけた。とはいえ、終わりよければすべてよしだ。

あとがき

Afterword

ここに収められた物語のうちの八つは、わたしの創作ではありません。わたしが見た夢の話であって、どれも物語に仕立てるにあたり、その夢なり悪夢なりに手を加える必要は、まったくと言っていいほどありませんでした。

例外は「フローキの魔剣」で、下敷きとしたのは、知り合いが見たといって話してくれた夢です。なんとしてもそれを物語に仕立てたいと言ったところ、その着想も同じ夢のなかで彼がわたしに提供したものだと言われました。夢の話から魔法の剣を思いつき、超人的な力を剣の使い手に与え、敵と味方を見分ける霊力を持たせ、物語の舞台も設定しました。残りがわたしの創作です。

「アルファンデガ通り四十九A」の後半はわたしの見た夢の話で、書かれているとおりの筋立てなのですが、その夢を見たのは知り合いが亡くなったときの様子を聞いた後のことで、作中ではその人の名前をペイクと改めました。

「ルクンドオ」は自分の見た悪夢を書いたもので、なんら手を加えず、見たままを記してあります。ただ、わたしが過去にH・G・ウェルズのよく出来た「ポロックとポロの首」を読んでいなければ、こんな夢は見なかったはずです。夢に興味のある方は、この二作を比べて楽しむことができましょう。互いによく似た特徴をそなえながらもその違いは大きく、ではどこが違うのかというと、目覚めているときの頭では思いつかず、恐ろしい夢を見たときにだけ人の心に入り込んでくるものとの違いと言えます。

ほかの物語は典型的な悪夢と言えます。

「夢魔の家」は、わたしが夢に見たままを、一字一句違えずに書いたものです。というのも、わたしは夢を見ながらも、それと同時に印刷されたものを読んでいるような、さらには車といえば右ハンドルでシフトレバーが車体の外についている古い時代を舞台に、その物語が自分の身に起こっているような、そんな感覚を味わったからです。この夢の異様さたるや話の外で、わたしは二度も目を覚ましました。ひどく震えていたために、妻がわたしをなだめて落ち着かせようとするさまは、まるで怯えた子どもを相手にするかのようでした。ですがその後わたしはあえてもう一度眠りにつき、その夢の顛末を最後まで見届けたのです！　夢は思いもよらない結末を迎え、その衝撃は「鼻面」や「アーミナ」の山場にも引けを取りませんでした。

きっとわかっていただけましょう、「ピクチャーパズル」や「千里眼師ヴァーガスの石板」や「豚革の銃帯」のような筋立ての夢を見れば誰だって、どうしても自分の内に収めておけなくなり、物語に書き起こしてしまうということを。

エドワード・ルーカス・ホワイト

解説

植草昌実

本書『ルクンドオ』の著者、エドワード・ルーカス・ホワイトは、アメリカのみならず、世界の幻想文学史上においても、最も奇矯な小説家の一人と言えるでしょう。彼の短篇小説のほとんどが「見た夢をそのまま書いたものだ」と、自ら明かしているのですから。

その夢に見た物語を集めた一冊が、本書『ルクンドオ』であり、「夢をそのまま書いた」と書いているのが、本書のあとがきです。しかし、収録された十篇の物語を読み終えたとき私は、それらがみな夢であったことに、作品の奇妙さゆえ納得もする一方で、その短篇小説としての構成の確かさに、本当に見たままなのか、後で手を加えてはいないか、と考えてしまいました。

エドワード・ルーカス・ホワイトは、一八六六年にニュージャージー州バーゲン郡に生まれました。メリーランド州ボルティモアのジョンズ・ホプキンズ大学に学んだのち、一九一五年から退職する三〇年まで、ユニヴァーシティ・スクール（幼稚園から高校終了まで一貫の私立男子校）の教師を務めながら小説を執筆しました。余談ですが、ボルティモアといえば、かのエドガー・アラン・ポオゆかりの地で、ジョンズ・ホプキンズ大学は彼の生家から遠からぬところにあります。

ホワイトの初めての創作は、一八八五年から書きはじめた長篇ユートピア小説、Plus Ultraでした。が、彼は気に入らなかったのか、初稿を途中で破棄してしまい、一九一八年にFrom Behind the Starsの題名で中篇に書き直しました。が、彼の傑作選 The Stuff of Dreams（2013）を編纂したS・T・ヨシが同書の序文に書くところによると、いまだ公刊はされていないとのことです。

のちには怪奇小説の作家として知られることになりますが、ホワイトが書いていたのはもっぱら歴史小説でした。教職についた翌年の一九一六年から、彼は十年間に次の四作の長篇を発表しています。

El Supremo: A Romance of the Great Dictator of Paraguay (1916)
The Unwilling Vestal: A Tale of Rome Under the Caesars (1918)
Andivius Hedulio: Adventures of a Roman Nobleman in the Days of the Empire (1921)
Helen (1926)

最初の長篇 El Supremo は、副題に「パラグアイの偉大なる独裁者の物語」とあるように、スペインからの独立後最初の指導者であったホセ・ガスパール・ロドリゲス・デ・フランシア博士（一七六六－一八四〇）をモデルにしたもの。登場人物の名前は史実とは変えてあるものの、アメリカの古書店のカタログでは、小説化した伝記として紹介されることもあるようです。

第二作の The Unwilling Vestal は、著者の序文に「古代ローマ人は競馬やスポーツに熱狂していたようで、現代のアメリカ人とさほど変わらないのではないか」という一節があり、古代ローマの生活を生き生きと描いた作品である由。続く Andivius Hedulio は、ホワイトが少年時代に愛読したロバート・ルイス・スティーヴンスンに捧げた一作で、副題にあるように古代ローマの青年貴族へデュリオが自身の冒険を語るものです。なお、この二作は〈プロジェクト・グーテンベルク〉で電子データが公開されています。

第四作 Helen は、タイトルどおり、映画『トロイのヘレン』（一九五五）にもなったギリシア神話の美女ヘレネーと、彼女と運命を共にした、英雄テーセウスの母アイトラーの物語です。なお、これらの長篇は、初刊当時はベストセラーになり、現在も洋書店で入手できます。

四作の長篇のうち三作までが、ギリシア・ローマ関連なことからも、ホワイトの関心が伝わりますが、彼はノンフィクション Why Rome Fell (1927) も著しています。もっとも、こちらは稀覯本のようです。

その一方でホワイトは、怪奇と幻想の短篇小説を書いていました。本書に収録された作品を、発表年と、確認できたものに限り初出誌を以下に記しておきます。発表年が一九二七年になっているものは、本書の原書である Lukundoo and Other Stories（George H. Doran）で初めて発表されたものになります。

千里眼師ヴァーガスの石板　The Message on the Slate (1906)
夢魔の家　The House of the Nightmare (Smith's Magazine, September, 1906)
ルクンドオ　Lukundoo (1907)
豚革の銃帯　The Pig-Skin Belt (1907)
アーミナ　Amina (The Bellman, June 1,1907)
ピクチャーパズル　The Picture Puzzle (1909)
鼻面　The Snout (1909)
アルファンデガ通り四十九Ａ　Alfandega 49A (1927)
フローキの魔剣　Floki's Blade (1927)
邪術の島　Sorcery Island (1927)

このうち「ルクンドオ」のみが、江戸川乱歩「怪談入門」のおかげか、怪奇小説の名作として一九五〇年代から邦訳されていましたが、追って「セイレーンの歌」(The Song of the Sirens and Other Stories, 1919所収/ナイトランド叢書予定)が、のちに「夢魔の家」「鼻面」「アーミナ」が邦訳され、短篇作家ホワイトの作風が、徐々に見えてきた感がありました。さらに未紹介の六篇を収録した本書で、彼の短篇小説の多彩さや独特の妙味を、存分に味わえることでしょう。「ルクンドオ」「アーミナ」や「邪術の島」といった異国譚。のちのTVシリーズ《ミステリーゾーン》を連想させるような「ピクチャーパズル」や「アルファンデガ通り四十九A」。いかにも怪談らしい「千里眼師ヴァーガスの石板」や「夢魔の家」。いったいどんな話になるのか、まさに悪夢を見ているような「鼻面」や「豚革の銃帯」。いずれも、端正な短篇小説でありながら、どこかにぼうっと霞んだところが残り、これも夢か、という読後感を残す作品です。そんな中で、本書で唯一、他人の夢に基づいて書いたというだけに一味違う、北欧英雄物語の「フローキの魔剣」は、これもまた忘れがたい一篇でしょう。なお、一九一〇年代に書かれた短篇は、The Song of the Sirens and Other Stories のほうに収録されています。幸い、これらの怪奇短篇は、英米では二〇〇〇年代に入って、数社から電子書籍を含め数点が刊行され、ほとんどが入手しやすくなっています。

なお、ホワイトの怪奇短篇にご興味をお持ちいただいた方には、安田均「怪物から白昼夢へ　ホワイトの金縛り」と、岡和田晃「E・L・ホワイト「セイレーンの歌」と、『オデュッセイア』の「内なる自然」」(共に《ナイトランド・クォータリー　vol.09》アトリエサードに掲載)のご一読をお奨めします。

ホワイトは一九二七年に妻アグネス・ゲリーに先立たれ、七年後の三四年に、ボルティモアの自宅の浴室で自死しました。最後の著書は一九三二年に刊行された自叙伝 Matrimony で、タイトルが「結婚」であるように、妻との幸せな生活の思い出を綴ったものということです。なお、こちらも稀覯本のようです。

《エドワード・ルーカス・ホワイト作品邦訳リスト》

Lukundoo
「ルクンドゥ」塩田武訳　早川書房編集部編『幻想と怪奇2　英米怪談集』早川書房　一九五六
「こびとの呪い」中村能三訳『世界恐怖小説全集7 こびとの呪い』東京創元社　一九五九
↓『怪奇小説傑作集2』東京創元社　一九六九

The Song of Siren
「セイレーンの歌」森美樹和訳　紀田順一郎・荒俣宏編『怪奇幻想の文学5　怪物の時代』新人物往来社
一九七七

The House of the Nightmare
「夢魔の家」倉阪鬼一郎訳　西崎憲編『怪奇小説の世紀1』国書刊行会　一九九二

The Snout

「鼻面」西崎憲訳　荒俣宏編『怪奇文学大山脈2』東京創元社　二〇一四

Amina

「アーミナ」遠藤裕子訳《ナイトランド・クォータリー vol.09》アトリエサード　二〇一七　＊本書所収

《編集部付記》

本書中、「ピグミー」「小人」「らい病」「屠殺」「兎唇」など、現在では差別的な意味にとられる言葉が使われている作品があります。これらの語は作者が執筆当時の社会通念に従って使用したものであり、差別的な意図はなく、原作の文学的な価値を守るため、訳者と相談のうえ原文に忠実な訳語にしました。

エドワード・ルーカス・ホワイト（Edward Lucas White）
1866年、米国ニュージャージー州に生まれる。メリーランド州ボルティモアのジョンズ・ホプキンズ大学に学び、その地で教職に就きつつ、長篇歴史小説の創作を手掛けるかたわら、自らの夢を書き留め、怪奇小説として発表。本書の表題作「ルクンドオ」は怪奇小説の傑作として高く評価されている。1934年歿。

遠藤裕子（えんどう ゆうこ）
1966年、長野県に生まれる。慶応大学文学部文学科（英米文学専攻）卒業。英米文学翻訳家。主な訳書に『世界シネマ大事典』（三省堂／共訳・監訳）『世界アート鑑賞図鑑』（東京書籍／共訳）がある。

ナイトランド叢書 3-3

ルクンドオ

著　者　エドワード・ルーカス・ホワイト
訳　者　遠藤 裕子
発行日　2018年10月7日

発行人　鈴木孝
発　行　有限会社アトリエサード
東京都新宿区高田馬場1-21-24-301 〒169-0075
TEL.03-5272-5037 FAX.03-5272-5038
http://www.a-third.com/ th@a-third.com
振替口座／00160-8-728019
発　売　株式会社書苑新社
印　刷　モリモト印刷株式会社
定　価　本体2500円＋税
ISBN978-4-88375-324-6 C0097 ¥2500E

www.a-third.com